〔宋〕王安石 著
〔宋〕李 壁 箋注
高克勤 點校

王荆文公詩箋註

修訂版

四

上海古籍出版社

王荆文公詩卷第四十二

律詩

送黃吉父〔一〕入京題清涼寺壁

薰風洲渚薺花繁，看上征鞍立寺門。投老難堪與公〔二〕別，倚崗一作「江」。從此望回〔三〕一作「還」。轅。

李白詩：「東風春草緑，江上候歸軒。」○齊王孫賈母：「倚門而望汝，倚閭而望汝。」

【校記】

〔一〕「父」，宋本、叢刊本作「甫」。

〔二〕「公」，宋本、叢刊本作「君」。

〔三〕「崗」，宋本、叢刊本作「江」。「回」，宋本、叢刊本作「還」。

送和父至龍安微雨因寄吴氏女子

荒煙凉雨助人悲，淚染衣襟〔一〕不自知。劉孝標書：「泫然不知涕之無從也。」除却春〔二〕風沙際緑，一如看汝過江時。杜詩：「春從沙際歸。」

【校記】

〔一〕「襟」，龍舒本、宋本、叢刊本作「巾」。

〔二〕「春」，宫内廳本作「東」。

與道原〔一〕步至景德寺

公自注云〔二〕：「元豐七年三月十九日。」

前時偶見花如夢，傳燈録：「陸亘大夫見南泉，南泉云：『老僧見一株花，如夢相似。』陸當下有省。」紅紫紛披競淺深。今日重來如夢覺，靜無餘馥可追尋。

【校記】

〔一〕宋本、叢刊本「道原」下有「自何氏宅」四字。

〔二〕宋本、叢刊本無「公自注云」四字，龍舒本無題注。

過法雲寺〔一〕

按建康志：「寺在城外東北十里，本齊集善寺，齊世祖爲豫章文獻王造也。」

路過潮溝八九盤，招提雪脊隱雲端。按建康實録：「潮溝，吴大帝所開，以引江潮。其舊跡在天寶寺後。」○高齊築三臺，少帝登脊疾走，殊無畏怖。○「招提雪脊」，謂寺之屋稜也，必加堊，故云「雪脊」。公又有「招提素脊隱西阿」句。○樂天詩：「亭脊太高君莫坼，東家留取當西山。」金鈿一一花揔老，翠被重重山更寒。金鈿、翠被，見招約之職方注。

【校記】

〔一〕宋本、叢刊本無「寺」字。

光宅寺

齊安孤起宋興前，光宅寺，梁武帝宅也。其北，齊安寺，隔淮齊武帝宅也。宋興又在其北。〔一〕齊安今爲妙静寺，在城東門外，前臨官路，後徙置高壠，面秦淮。南唐昇元中建。光宅相仍一水邊。見古詩注。○選詩：「何慚宿昔意，消恨坐相仍。」蜂分蟻争今不見，故窠遺垤尚依然。抱朴子云：「蟻有兼弱之智，蜂有攻寡之計。」○又，五行記云：「後魏顯宗時，兖州有黑蟻與赤蟻交鬬，長六十步，廣四寸。赤蟻斷頭而死。東魏孝静時，鄴下有黄蟻與黑蟻鬬。」○白傳詩：「蜂窠與蟻垤，隨分有君臣。」○杜牧之詩：「山墻谷塹依然在，弱吐强吞盡已空。」

【校記】

〔一〕「梁武帝」至「其北」諸句，宋本、叢刊本作題下注，其中「齊安」下無「寺」字。

題勇老退居院

公自注：「今鐵索。」〔二〕按建康志：「鐵索，寺名，今名瑞相，在城南門外。本晉時尼寺，至宋建業十一年，有尼鐵索羅等三人至，因以爲號。及國朝開寶中，有僧重興瑞相禪師塔，又改今額。」

道人投老寄山林，偶坐翛然洗我心。易：「聖人以此洗心，退藏於密。」○韓詩：「偶坐藤樹下，暮春下旬間。」○唐常建詩：「山光悦鳥性，潭影空人心。」夢境此身能且在，明年寒食更相尋。盧携詩：「老夫如且在，不用歎屯奇。」○白詩：「好去今年江上春，明年未死還相見。」

【校記】

〔一〕龍舒本無「公自注」三字。宋本、叢刊本無此注。

與寶覺宿龍華院三絶〔一〕

公自注云：「某舊有詩：『京口瓜洲一水間，鍾山只隔數重山。春風自緑江南岸，明月何時照我還？』」〔二〕

老於陳〔三〕迹倦追攀，但見幽人數往還。憶我小詩成悵望，金山〔四〕秖隔數重山。按建康志，溧陽縣南五十里亦有金山。不知詩指此山，或浮玉之金山也？然後兩篇又言京口，恐只是浮玉之金山。

【校記】

〔一〕宋本、叢刊本「三絶」下有「句」字。

〔二〕宋本、叢刊本無「公自注云」四字，又無「某」字，「詩」下有「云」字。又，「何時」，宮内廳本作「何曾」。龍舒本無此注。

〔三〕「陳」，宮内廳本作「塵」。

〔四〕「金山」，宋本、叢刊本作「鍾山」。

其二

世間投老斷攀緣，維摩經云：「何斷攀緣，以無所得。若無所得，即無攀緣。」忽憶東游已十年。但有當時京口月，與公隨我故依然。案鎮江志：「孫權自吴徙丹徒，謂之京城，亦曰京口。晉桓温以京口兵勁，不欲郗愔居北府。故有『京口酒家〔一〕飲，兵可用』之言，即指此也。今尚有京口鎮，去城最近，與瓜洲相對，士人但呼爲江口鎮云。」○夢得詩：「淮水東邊舊時月。」○李白詩：「月行長與人相隨。」

【校記】

〔一〕「家」，宫内廳本作「可」。

其三

與公京口水雲間，問月何時照我還。邂逅我還還問月，何時照我宿金山？李白月詩：「我欲停杯一問之。」

清涼寺〔一〕白雲庵

庵雲作頂峭無鄰，水〔二〕月爲衿靜稱身。杜詩：「月峽瞿塘雲作頂，亂石崢嶸俗無井。」○杜牧詩：「水如環珮月如襟。」木落岡巒因自獻，水歸洲渚得橫陳。〔三〕周禮掌客注，有「橫陳」字。又，騷詞：「橫自陳兮君之前。」今人但取首楞嚴經「於橫陳時，味如嚼蠟」，非也。○玉臺新詠沈約夢見美人詩：「立望復橫陳，忽覺非在側。」○陸龜蒙薔薇詩：「倚墻當户自橫陳，致得貧家似不貧。」

【校記】

〔一〕宋本、叢刊本無「寺」字。

〔二〕「水」，龍舒本、宋本、叢刊本作「衣」。

〔三〕宮内廳本注曰：「自獻，見尚書。」

自定林過西庵

午雞聲不到禪林，柏子煙中靜擁衾。忽憶西巖道人語，杖藜乘興得幽尋。

歸庵　未詳何地。

稻畦藏水緑秧齊，松鬣初乾尚有泥。酉陽雜俎：「松言五粒者，粒當言鬣。自有一種名鬣，皮無鱗甲而結實多。」縱蹇尋崗歸獨卧，東庵殘夢午時雞。劉夢得詩：「茅屋午時雞。」

雪中游北山呈廣州使君和叔同年

南枝〔一〕歲晚亦花開，有底堪隨驛使來。看取鍾山如許雪，何須持寄嶺頭梅。和叔時赴廣帥，用嶺頭事尤切。

【校記】

〔一〕「枝」，宋本、叢刊本作「州」。

謝公〔一〕墩二首 建康志云：「墩在半山報寧寺之後，基尚存。」

我名公字偶相同，我屋公墩在眼中。公去我來墩屬我，不應墩姓尚隨公。詩話曰：「或云：『介甫性好與人争，在廟堂，則與諸公争新法；歸山林，則與謝安争墩。』此亦善謔也。」

【校記】

〔一〕「公」，龍舒本、宋本、叢刊本作「安」。

其二

謝公陳迹自難追，山月淮雲秖往時。一去可憐終不返，暮年垂淚對桓伊。事見桓伊傳，已見古詩謝公墩注。○一去不返，似言出鎮新城以避道子，繼逐，卒也。

東陂二首

東陂風雨卧黄雲，杜詩：「天涯宿雨霽，秔稻卧不翻。」膹〔一〕水翻溝隔隴分。言水多，洩之入他壠也。○杜詩：「剩水滄江破。」剩、膹通。舂玉取新知不晚，舂，謂搗，剥去粃糠。言將炊新米也。城南聯句云：「刈熟擔肩赬。」腰鎌今日已紛紛。

【校記】

〔一〕「膹」，宋本、叢刊本作「賸」。

其二〔一〕

荷葉初開笋漸抽，東陂南蕩正堪游。無端隴上翛翛麥，横起寒風〔二〕占作秋。禮記：「孟夏，麥秋至。」又見蔡邕月令章句云：「百穀各以其初生爲春，熟爲秋。故麥以孟夏爲秋。」○宋景文詩：「情知邊地霜風惡，不肯將花剩占秋。」

【校記】

〔一〕此詩龍舒本卷七十七題作「隴麥」。

〔二〕「寒風」，龍舒本作「風寒」。

山陂

山陂院落今挼種，城郭樓臺已放燈。劉晏傳：「時大兵之後，京師斗米千錢，禁膳不兼味，甸農挼種以輸。」○韓詩：「瞻相北斗柄，兩手自相挼。」江西方言，挼種，謂以足挼之。又云，凡打禾取穀，以兩木相穿，擊之。至取穀爲種則不然，以足挼之，至今謂之挼種。以兩木擊之，則穀多綻破，種不生也。白髮逢春惟有睡，睡間啼鳥亦生憎。此詩似謂居間時，猶不免世俗之嫌嫉。

欲往鍾山〔一〕以雨止

韓集鬭雞聯句：「中休事未决，小挫勢益倍。」

北山朝氣澮高秋，欲往愁霖〔二〕獨少留。散策緣岡初見日，興隨雲盡復中休。杜詩：「千崖秋氣高。」唐詩：「行到水窮處，坐看雲起時。」詩意言欲往北山，值雨作中止，但詩已及「散策緣岡」，又云「初見日」，當是行及半塗而復返耳。

【校記】

〔一〕「鍾山」，宋本、叢刊本作「北山」。

〔二〕「霖」，宋本、叢刊本作「霑」。

耿天騭惠梨次韻奉酬三首〔一〕

故人家果獨難忘，秋實初成便得嘗。孔融謂楊脩：「楊梅，此是君家果。」家果，豈謂耿梨耶？直使紫花形味勝，豈能終日望咸陽。蜀都賦：「紫梨津潤。」唐人李遵進梨表：「紫花開處，擅美春林；緑蔕懸時，回光秋浦。」〇本草：「紫花梨療心熱。唐武宗有此疾，百醫不効。青城山邢道人以此梨絞汁而進，帝疾遂愈。後復求之，苦無此種。」西京雜記曰：「上林有紫梨、芳梨、青梨、大谷、金柯、縹蔕、紫條、瀚海、青玉等梨。」

【校記】

〔一〕宋本、叢刊本題末無「三首」二字。

其二

漢地理志：「晉陽屬太原郡，晉水出焉。」

淮圃新陰百畝涼，分甘每得助秋嘗。郊特牲：「春禘而秋嘗。」張公大谷雖云美，誰肯苞苴出晉陽。潘岳閑居賦：「張公大谷之梨。」注：「洛陽有張公，居大谷，有夏梨，海內惟此一樹。」據寰宇志，并州舊爲晉陽，有大谷縣。故公詩引晉陽。選注乃謂在洛陽，誤矣。

其三

甘滋南北共傳誇，栽接還知〔一〕老圃家。陳了翁有接花詩：「色紅可使紫，葉單可使重。用智固巧矣，天時可易歟？我欲春採蘭，我欲冬賞桃。汝不能栽接，汝巧亦徒勞。」五代時，有內園栽接使。故老云：李衛公有平泉花木記，百餘種爾。今洛陽良工巧匠批紅判白，接以他木，與造化爭妙，故歲歲益奇，且廣桃、李、梅、杏、蓮、菊各數千種，牡丹、芍藥至數百種。而又遠方異卉如紫蘭、茉莉、瓊花、山茶之儔，號爲難植，獨植之洛陽，輒與其土產無異。故洛中園圃花木有至千種者。誰謂交梨非外奬，謝靈運擬鄴中集詩：「沮漳自可美，客心非外奬。」李善注曰：「奬，勸也。」李周翰曰：「言中心思歸，非外物所能留。」〇王平甫詩：「乘閑眄物情，自得忘外奬。」因君澆灌已萌芽。真誥第一卷：「王夫人語許長史：『玉醴金漿、交梨火棗，此則騰飛之藥，不比於金丹也。仁侯體未真正，穢念盈懷，恐此物輩不肯來也。苟真誠未一，道亦無私也。』」又言：「火棗、交梨之樹已生君心，但心中獨有荆棘相雜，是以二樹不見。不審可剪荆棘，出此樹草生，其實幾好也。」又云：「玉醴金漿、交生神梨、方丈火棗、玄光靈芝，我當與山中許道士，不以與人間許長史也。」

【校記】

〔一〕「知」，宋本、叢刊本作「如」。

北山有懷

香火因緣寄北〔一〕山，香火，謂領真祠。主恩投老更人間。傷心躑躅岡頭路，明月春風自往還。此詩必有謂。莫知當時事。或賓客已去，歎獨游之落莫也。不然，則「躑躅岡」指臨川，蓋上云「寄北山」。晚念松楸缺於省掃，獨有春風自來去。

【校記】

〔一〕「北」，宋本、叢刊本作「此」。

定林院〔一〕

窮谷經春不識花，新松老柏自欹斜。殷勤更上山頭望，蘇峻：「我寧山頭望廷尉。」○歐公詩：「春風疑不到天涯，二月山城未見花。」白下城中有幾家。

【校記】

〔一〕龍舒本卷六十三題作「定林院三首」，其一同此，其二即本書卷四十四定林，其三即本書卷二十二定林院。叢刊本無「院」字。

封舒國公三首〔一〕

楊龜山說：「介甫先封舒，後改封荆。詩云：『戎狄是膺，荆舒是懲。』識者謂宰相不學之過。」

陳迹難尋天柱源，漢武紀：「登灊天柱山。」灊，縣名，屬廬江，即今舒州也。○介父嘗通判舒州，故云「陳迹」。舒州懷寧縣西北二十里灊山，其山有三峯：一天柱山，一灊山，一皖山。疏封投老誤明恩。國人欲識公歸處，楊柳蕭蕭白下門。公熙寧十年以南郊恩封舒國公，集有謝表云：「唯兹邦土之名，乃昔宦游之壤。久陶聖化，非復魯僖之所懲；積習仁風，乃嘗朱邑之見愛。」元豐三年九月又自舒改荆。

【校記】

〔一〕龍舒本卷七十五題無「三首」二字，僅一首，即此詩。「首」，宫内廳本作「絶」。

其二

桐鄉山遠復川長，紫翠連城碧滿隍。桐鄉，屬桐城縣。今日桐鄉誰愛我？當時我自愛桐鄉。公又自有二十字，此只添「今日當時」四字，言吾無德與桐鄉之人，人豈知愛我？我自愛之耳。何其藹然君子之言也。○選詩潘安仁詩：「齊都無遺聲，桐鄉有餘謡。」

其三

開國桐鄉已白頭，國人誰復記前游。故情但有吴塘水，轉入東江向我流。寰宇志：「舒州有吴塘陂，在縣西二十里，皖水所注。曹公遣朱光守廬江，屯皖，大開農田。吕蒙曰：『皖地肥美，若一收熟，彼衆必增。如是數歲，操態見矣，宜早除之。』於是權親征皖，破之。」此吴塘，即朱光所開也。

北陂杏花〔一〕

一陂春水遶花身，別本作「真」，誤。身〔二〕影妖饒各占春。縱被春風吹作雪，絶勝南陌碾成塵。評曰：靜態自可。〇古詩：「悲妾似花身。」〇韓偓詩：「岸上花根揔倒垂，水中花影幾千枝。千枝一影寒山裏，野水野花清露時。」

【校記】

〔一〕龍舒本卷七十六題作「水花」。

〔二〕「身」，龍舒本、宋本、叢刊本作「花」。

五更

青燈隔幔映悠悠，小雨含煙凝不流。雨爲煙閣，故不流。此言細雨耳。秪聽蛩聲已無夢，五更桐葉強知秋。唐詩：「窗中海月早知秋。」又：「一葉落知天下秋。」〇南史：「高阿那肱：『漢兒無事，強知星宿。』」〔一〕

【校記】

〔一〕南史無此記載。高阿那肱，爲北齊後主時宰相，北史、北齊書均載其事跡。北齊書卷五十載：「肱云：『漢兒強知星宿。』」

與薛肇明弈棊賭梅花詩輸一首〔一〕

肇明，薛昂也。杭州人，没於紹興四年。臣僚嘗言：「其以腐儒之學黨附蔡京，致位近弼。當政和、宣和間，朝廷大事一無建明，專務諂諛，同惡相濟。」觀此詩，則昂早從介甫，後爲京所引，有自來矣。

華髮尋春喜見梅，一株臨路雪培堆。鳳城南陌他年憶，杜詩：「復愁不滿鳳凰城。」歐公詩：「鳳城緑樹知多少。」杳杳難隨驛使來。吴曾漫録：「荆公在鍾山下棊時，薛門下與焉，賭梅花詩一首。薛敗而不善詩，荆公爲代作。今集中所謂薛秀才者是也。薛既宦達，出知金陵，或者嘲以詩曰：『好笑當年薛乞兒，荆公坐上賭梅詩。而今又向江東去，奉勸先生莫下棊。』薛書名似『丐』字，故人有『乞兒』之説。向來多謂此詩韓子蒼作，非也。昂賦蔡京君臣慶會詩：『逢時可謂真千載，拜賜應須更方回。』時謂之薛方回。」據此，則昂不能詩可知矣。荆公代作梅詩，亦所以誨之也。

【校記】

〔一〕「肇明」，龍舒本作「秀才」。宫内廳本題無「花」字。

又代薛秀才〔一〕一首

野水荒山寂寞濱，攀條弄色最關春。故將明艷凌霜雪，未怕青腰玉女嗔。李白詩：「攀條折春色，遠寄龍庭前。」○司馬相如傳：「排閶闔入帝宮兮[二]，載玉女與之歸。」注：「玉女青腰，乘弋等也。」○章子厚嘉祐中令商洛日，賦梅詩極佳，因附此。詩云：「紡車山下雪成堆，黄澗溪邊始見梅。山吏不知春色早，却言花是去年開。」

【校記】

〔一〕「秀才」，宋本、叢刊本作「肇明」。

〔二〕「兮」，原作「號」，據漢書司馬相如傳所載大人賦改。

溝上梅花[一]

亭亭[二]背暖臨溝處，背，常作「偝」。夏侯嬰傳：「漢王急，馬罷，虜在後，常蹳[三]兩兒棄之。嬰常收載行，面雍樹馳。」師古注云：「面，偝也。」此言梅臨水則稍側向，與暖相背。項王傳：「馬童面之。」注：「面，背也。」脉含芳映雪時。莫恨夜來無伴侣，月明還見影參差。言影爲伴也。○退之詩：「我來無伴侣，把酒對南山。」○映雪而含芳，言畏寒而不盡開也。

【校記】

〔一〕宋本、叢刊本題末有「欲發」二字。

〔二〕「亭亭」，宫内廳本作「亭臺」。

〔三〕「蹳」，原作「踐」，據漢書夏侯嬰傳、宫内廳本改。

紅　梅〔一〕

江南歲盡多風雪，也有紅梅漏洩春。杜詩：「漏洩春光有柳條。」顔色凌寒終慘澹，不應摇落始愁人。

○言方冬凝凛，紅梅雖挾春意，終覺慘澹，不必時當摇落而後愁。

【校記】

〔一〕龍舒本卷七十七題作「江梅」。

耿天騭許浪山千葉梅見寄

聞有名花即謾栽，慇懃準擬故人來。白詩：「準擬人看似舊時。」故人歲歲相逢晚〔一〕，知復同看幾度開。

【校記】

〔一〕宋本、叢刊本「相逢晚」下注云：「一作『能相見』。」

與天鷺宿清涼寺[一]

按建康志：「寺在石頭城，去城一里，僞吴順義中建，號興教寺。南唐昇元初，改爲石城清涼禪寺。至宋朝太平興國五年，改今額。」

故人不惜馬虺隤，卷耳詩：「陟彼崔嵬，我馬虺隤。」注：「病也。」許我年年一度來。野館蕭條無準擬，與君對一作「封」。植[二]浪山梅。浪山梅，見公它詩序。浪山，地名也，出梅花。杜詩：「莫嫌野外無供給。」

【校記】

〔一〕宋本、叢刊本題「清涼」下有「廣惠僧舍」四字，無「寺」字。

〔二〕「對植」，宋本、叢刊本作「封殖」。

池上看金沙花數枝過酴醾架盛開二首[一]

午陰寬占一方苔，劉禹錫詩：「一方明月可中庭。」○趙安民詩：「槐夏午陰清。」映水前年坐看栽。紅蘂似嫌塵染汙，青條飛上別枝開。李義山詩：「莫許韓憑爲蛺蝶，等閑飛上別枝開[二]。」

【校記】

〔一〕龍舒本卷七十七薔薇四首，前二首同此二首；第三首即本卷北山，第四首即本書卷四十池上看金沙花數枝過酴醾架盛開。

〔二〕「開」，宮内廳本作「花」。

其二

酴醾一架最先來，夾水金沙次第栽。濃緑扶疎雲對起，醉紅撩亂雪爭開。韓退之城南聯句詩：「醉結紅滿杏。」○紅亦可言雪，謂花可比雪之輕盈，非專指其色也。道家亦有絳雪。○柳詩：「欹紅醉濃露。」

北山〔一〕

北山輸緑漲横陂，直塹回塘灎灎時。細數落花因坐久，樂府崐崙子：「坐久落花多。」○李文饒詩：「逕閑芳草合，山静落花遲。」○王績詩：「置酒燒秋葉，披書坐落花。」○裴説詩：「坐久燒移山。」緩尋芳草得歸遲。離騷經：「惜吾不及古人兮，吾誰與玩此芳草？」○古詩：「爲憶〔二〕緑羅裙，步步憐芳草。」○杜詩：「花殘步屧遲。」○三山老人語録云：「歐陽永叔『静愛竹時來野寺，獨尋春偶過溪橋』，與介甫『細數落花』詩聯，皆狀閑適，而王爲工。」○堯夫詩：「因隨芳草行來遠，爲愛清波歸去遲。」

【校記】

〔一〕此詩爲龍舒本卷七十七薔薇四首之第三首。

〔二〕「憶」，宫内廳本作「惜」。

詠菊二首〔一〕

補落迦山傳得種，閻浮檀水染成花。補陁落迦山，觀音化現處。釋迦氏譜云：「閻浮，樹也。有二説，或云此州南邊有，又云無熱池邊。此云上勝。緣樹近水，水下有金，因爲名。提檀，此云州也，亦因樹爲名，或因果立稱，金中上也。」○華嚴經：「譬如日出於閻浮提，光照一切須彌山，然後普照一切大地。」光明一室真金色，復似毗耶長者家。毗耶長者，維摩詰也。○涅槃經〔二〕云：「譬如日出閻浮提，光明破暗悉無餘。」

【校記】

〔一〕「首」，宫内廳本作「絶」。

〔二〕「涅槃經」，原作「涅盤經」，據宫内廳本改。

其　二

院落秋深菊數〔一〕叢，緣花錯莫兩三蜂。唐詩：「餘花留暮蝶，幽草戀殘陽。」亦公意也。蜜房歲晚能多少，酒盞重陽自不供。李羣玉詩：「短篇纔遣悶，小釀不供愁。」○蜀都賦：「蜜房郁毓被其草。」杜詩：「天寒割蜜房。」

【校記】

〔一〕「菊數」，龍舒本、宋本、叢刊本作「數菊」。

楊　柳

楊柳杏花何處好？李義山柳下暗記詩：「更將黃映白，擬作杏花媒。」亦謂楊柳杏花爾。又，杜牧柳詩：「深感杏花相映紅。」○鄭谷詩：「杏花楊柳年年好，不忍回看舊寫真。」石梁茅屋雨初乾。緑垂静路要深駐，紅寫清陂得細看。「緑垂」，説柳；「紅寫」，説杏。

北山道人栽松〔一〕

陽坡風暖雪初融，杜詩：「陽坡可種瓜。」遶〔二〕谷遥看積翠重。磊砢拂天吾所愛，他生來此聽樓鐘。評曰：超然一至於此。○磊砢，見送李宣叔倅漳州注。○李義山詩：「若信見多真實語，三生同聽一樓鐘。」此詩題僧壁。○唐人詩：「若得身無事，長來寄此生。」

【校記】

〔一〕龍舒本卷七十七題作「文師種松」。

〔二〕「遶」，龍舒本、宋本、叢刊本作「度」。

山櫻

山櫻抱石蔭〔一〕松枝，比並餘花發最遲〔二〕。張喬詩：「松寒蔭井枝。」○沈休文詩：「野棠開未落，山櫻發欲然。」賴有春風嫌寂寞，吹香渡水報人知。唐人詩：「却是五侯家未識，春風不放過江來。」

【校記】

〔一〕「蔭」，宮内廳本作「映」。

〔二〕「發最遲」，龍舒本作「最發遲」。

償薛肇明〔一〕秀才榿木

濯錦江邊木有榿，小園封植佇〔二〕華滋。杜詩：「飽聞榿木三年大，與致溪南十畝陰。」地偏或免桓魋伐，莊子讓王：「夫子再逐於魯，削迹於衛，伐樹於宋。」○史記：「孔子去曹過宋，與弟子習禮大樹下。宋司馬桓魋欲殺孔子，拔其樹。孔子去。」歲晚聊同庾信移。交廣人物志云：「蘇頲年五歲，裴談過其父，試誦庾信枯樹賦。頲避『談』字，易其韻曰：『昔年移柳，依依漢陰。今看摇落，悽慘江潯。樹猶如此，人何以任？』」本文云：『昔年移柳，依依漢南。今看摇落，悽慘江潭。樹猶如此，人何以堪？』」疑「庾信移」用此事。「庾信移」，或指信自江南過北方也。唐人詩：「傷心庾開府，老作北朝臣。」

【校記】

〔一〕龍舒本卷七十七題無「肇明」二字。

〔二〕「植」，龍舒本作「殖」。「佇」，宮内廳本作「喜」。

馬死[一]

杜詩：「天厩真龍此其亞。」

恩寬一老寄松筠，晏卧東窗度幾春。公熙寧七年六月罷相，知江寧府，時五十六歲。至六十五歲，猶食觀使禄，居鍾山。六十六歲，始薨。則閒居之日，幾十年也。天厩賜駒龍化去，謾容小蹇載閑身。公嘗有謝鞍馬表云：「引内厩之名駒，傅之錯綵。」此言向所賜已亡矣。○柳集：「明皇得靈昌部異馬，居帝閑幾二十年。帝西幸，馬至咸陽西，入渭水，化爲龍，泳去，不知所終。」○小蹇，驢也。○楚辭九懷：「蹇驢服駕，無門曰參[二]。」○冷齋夜話云：「公食宫使禄，居蔣山，時時往來白下門西庵小堂法雲，止以一駻挾蹇驢。門人乘閒，諷筍輿宜老者。公曰：『古之王公至不道，未嘗以人待畜。』」又張浮休南遷録云：「癸丑，往蔣山候王荆公。食罷，約同上蔣山。堅欲居後，即鞭馬先之。可里餘，回見荆公跨蹇驢，不施繖扇，行赤日中。遂策馬疾馳趨寺。荆公後别而之他。至暮，竟不至，不知所之。」又，東坡和詩有「騎驢渺渺入荒陂，想見先生未病時」之句。而[三]建康續志亦云：「公晚年定字説，出入百家，語高而意深。嘗自謂平生精力，備於此書。好事者從之請問，口傳手畫，終席幾至千餘字。金華俞紫琳清老，嘗冠秃巾，衣掃塔服[四]，抱字説，逐公之驢，往來法雲、定林，過八功德水，逍遥游[五]亭之上。龍眠李伯時曰：『此勝事，不可以無傳也。』遂畫以爲圖。」觀此，則「小蹇載閑身」，殆非空言矣。

【校記】

〔一〕「死」，宋本、叢刊本作「斃」。

〔二〕「無門曰參」，楚辭補注本九懷株昭作「無用日多」。

〔三〕原注衍一「而」字，删。

〔四〕「服」，原作「眼」，據宫内廳本改。

〔五〕「游」，宮内廳本作「斿」。

出郊

川原一片綠交加，杜詩：「種竹交加翠。」深樹冥冥不見花。風日有情無處着，初回光景到桑麻。杜詩：「樹攪離思花冥冥。」○許景先詩：「田家心適處，春色徧桑榆。」

補注　杜詩：「柟樹色冥冥。」二字，杜以言花，公以言樹，皆不可易也。〔一〕

【校記】

〔一〕本注原闌入詩題下，無「補注」二字。

懷府園

槐陰過雨盡新秋，盆底看雲映水流。言雲影行於盆水中，可玩。忽憶小金山下路，綠蘋稀處看游儵。張子野詩：「浮雲被處見山影。」○秋興賦：「玩游儵之瀲瀲。」○小金山，在江寧之府園。蘇公頌有金陵府舍重建金山亭詩，見本集中。

江寧夾口二首〔一〕

鍾山咫尺被雲埋，韓詩：「當憂復被冰雪埋，汲汲來窺戲遲緩。」何況南樓與北齋。南樓、北齋，未詳何在。北齋豈即高齋乎？昨夜明月江上夢，逆隨潮水到秦淮。秦淮附城與江通，故言「逆隨潮水」。

【校記】

〔一〕龍舒本卷七十一江寧夾口五首之三、四同此二首。

其二

日西江口落征帆，却望城樓淚滿衫。從此夢歸無別路，破頭山北北山南。傳燈録：「道信大師，姓司馬氏，世居河内，後徙於蘄州之廣濟縣。隋大業十三年，領徒衆抵吉州。唐武德甲申，返蘄春，住破頭山，學侶雲集。一日，告衆曰：『吾武德中游廬山，登絶頂，望破頭山，見紫雲如蓋，下有白氣，橫分六道。』」地理書不載蘄春有破頭山，以此知遺落者多矣。

蔣山手種松

蔣山有公真迹石刻，「巖」字作「菴」，「近」字作「別」。

青青石上歲寒枝，一寸巖前手自移。樂天詩：「小松未盈尺，心愛手自移。」又云：「栽植我年晚，長成君性遲。如何過四十，種此數寸枝。」○杜詩：「欲存老蓋千年意，爲覓雲根數寸栽。」○皇甫冉：「閑看秋水心無事，卧對寒松手自栽。」聞道近來高數尺，此身蒲柳故應衰。評曰：此等即似晉人語言。○晉書：「顧悦之蒲柳之姿，望秋先零。」○唐人詩：「世人易合復易離，故多棄舊求新知。歎息青青長不改，歲寒霜露貞松枝。」

中年

中年許國邯鄲夢，晚歲從家壙埌游。邯鄲夢，見游土山及示寶覺注。壙埌，見次韻酬朱昌叔注。南望青山知不遠，五湖春草入扁舟。杜詩：「不意青草湖，扁舟入吾手。」入，一作「落」。

寄四姪旊二首〔一〕

旊，平父子，行第四。東坡哭平父詩有云：「氣吞餘子無全目，詩到諸郎尚絶倫。」旊早能文，故公念之如此。

數篇持往助歡咍，想見封題手自開。春草已生無好句，阿連空復夢中來。宋書：「謝靈運嘗在永嘉西堂，思詩竟日不就，忽夢見惠連，即得『池塘生春草』。常曰：『此語有神助，非吾語也。』」阿連，即惠連，靈運族弟。

【校記】

〔一〕龍舒本、宋本、叢刊本無「二首」二字。龍舒本僅一首，同「其二」。「旊」，龍舒本作「斻」。

其二

一日東崗望百回〔一〕，「望百」，一作「上幾回」。○杜詩：「一日上樹能千回。」迢迢雲水隔蘇臺〔二〕。遙知別後多新句〔三〕，一作「詩無數」。黃犬歸時揔寄來。白詩：「淚眼凌寒凍不流，每經高處即回頭。遙知別後西樓上，應憑欄干獨自愁。」○述異記：「陸機少好獵。在吳，豪客獻快犬，名曰黃耳，能解人語。機羈旅京師，嘗作家書，盛以竹筒，繫之犬頸。犬出驛路，走向吳。仍取回書，馳還。計人行程五旬，犬往還纔半月。」

【校記】

〔一〕「望百回」，宋本、叢刊本作「上幾迴」。

〔二〕「迢迢」，宋本、叢刊本作「百重」。宋本、叢刊本校曰：「一作『一日東崗望百迴，迢迢雲水隔蘇臺。』」

〔三〕「多新句」，宋本、叢刊本作「詩無數」。

寄吴氏女子

吴充子安持之妻。

夢想平生在一丘，暮年方得此〔一〕優游。韓詩：「辛勤三十年，始有此屋廬。」江湖相望〔二〕真魚樂，怪汝長謡特地愁。莊子：「魚相忘於江湖。」

【校記】

〔一〕「得此」，龍舒本、宋本、叢刊本作「此得」。

〔二〕「望」，宋本、叢刊本作「忘」。

寄蔡天啓

杖藜緣塹復穿橋，誰與高秋共寂寥。佇立東岡一搔首，冷雲衰草暮迢迢。劉賓客詩：「人道逢秋轉寂寥，我言秋日勝春朝。晴空一鶴排雲上，便引詩情到碧霄。」兩詩相似，亦相角也。余友楊方子直嘗哦公此詩，以爲奇。

絶句呈陳和叔二首〔一〕 陳繹也，時爲江寧守。

數椽牢落長一作「生草覆」。莓苔〔二〕，一徑墻陰斸雪開。王吉囊衣新徙舍，杖藜從此爲公〔三〕一作「君」。來。王吉好車馬、衣服，其自奉養極爲鮮明，而亡金銀、錦繡之物。及遷徙去處，所載不逾囊衣，不畜餘財。

【校記】

〔一〕宋本、叢刊本題作「呈陳和叔」。

〔二〕「牢落長」，宋本、叢刊本作「生草覆」。宋本、叢刊本校曰：「一作『數椽牢落長莓苔。』」

〔三〕「公」，宋本、叢刊本作「君」。

其二

數椽庫屋生茨〔一〕草，三畝荒園種晚蔬。永日終無一樽〔二〕酒，樽，一作「杯」。可能留得故人車？公時已爲宰相，清約如此。詩墻有茨注：「茨，蒺藜也。」

【校記】

〔一〕「生茨」，宋本、叢刊本作「茨生」。

〔二〕「樽」，宋本、叢刊本作「杯」。

招葉致遠

白下長干一水間，建康實録云：「江東謂兩山之間曰干。州南五里有山岡，其間平地，民庶雜居，有大長干、小長干。」竹雲新笋已斑斑〔一〕。明朝若有扁舟興，日落〔二〕潮生尚可還。皇甫冉詩：「落日臨川問音信，寒潮惟帶夕陽還。」孫逖詩：「晚來潮正滿，數處落帆還。」

【校記】

〔一〕「雲」，龍舒本作「勻」。「斑斑」，龍舒本作「班班」。

〔二〕「日落」，宋本、叢刊本作「落日」。

招楊德逢

山林投老倦紛紛，獨臥看雲却憶君。雲尚無心能出岫，不應君更懶於雲。「雲無心而出岫」，略增換淵明語，尤佳。〇言雖世故之紛，尚思見親朋耳。

和叔招不往

門前秋水可揚舲，有意西尋白下亭。案：荆公舊宅在今報寧寺前，臨溝港，故有「門前秋水」之句。只欲往來相邂逅，詩：「邂逅相遇，適我願兮。」却嫌招喚苦丁寧。公意欲省煩耳，足見其簡曠。

和叔雪中見遇[一]

真迹與「南枝歲晚亦花開」同一處贈和叔，當合於此。

捐書去寄老山林，無復追緣[二]往事心。忽值故人乘雪興，玉堂前話得重尋。歐公語：「追思玉堂，如在天上。」○唐詩：「各當恩寄重。」「去寄」者，去所寄之官。○和叔亦嘗在翰苑。

【校記】

〔一〕「遇」，宋本、叢刊本作「過」。

〔二〕「緣」，宋本、叢刊本校曰：「緣，一作『尋。』」

陳俞二君忽然不見〔一〕

忽去飄然游冶盤，共疑枝策〔二〕在梁一作「雲」。端。冶盤，猶狹邪之類。太白詩：「君馬黃，我馬白，馬色雖不同，人心本無隔。共作游冶盤，雙行洛陽陌。」○枝策，見上注。禪心暫起何妨寂，道骨雖清不畏寒。暫起，必謂冶盤也。

【校記】

〔一〕「陳俞二君」，宋本、叢刊本作「俞秀老」。龍舒本題「不見」下有「用前日韻作口號用過法雲寺韻」十三字。

〔二〕「枝策」，龍舒本作「策杖」。

與耿天騭會話

邯鄲四十餘年夢，相對黄粱欲熟時。萬事盡[一]如空鳥迹，怪君強記尚能追。華嚴十地法門：「如來大仙道，微妙難可知。如空中鳥迹，難説難可示。如是十地義，心意不能了。」○樂天觀幻詩：「更無尋覓處，鳥迹印空中。」柳詩：「心境本同如，鳥飛無遺迹。」

【校記】

〔一〕「盡」，宋本、叢刊本作「秖」。

庚寅增注第四十二卷

歸庵　松鬣　五代史：「鄭遨聞華山有五粒松，脂淪入地，千歲化爲藥，能去三尸。因徙居華陰，欲求之。」

雪中游北山　如許雪　言雪如梅，不必更寄梅也。

東陂　卧黄雲　李蕭遠運命論：「褰裳以陟汶陽之丘，則天下之稼如雲矣。」　春玉　戰國策蘇秦語：「楚國之食貴於玉，薪貴於桂。」又云：「今令日食玉炊桂，因鬼見帝。」公云「春玉」，恐本諸此。又，唐人詩亦以稻譬珠、譬雲子。其詩云：「誰云盤中珠，粒粒皆辛苦。」又云：「飯抄雲子白」也。左氏：「不食新矣。」

山陂　惟有睡　「世情祇益睡，盜賊敢忘憂。」

耿天騭惠梨　紫花形味勝　太平廣記菓門：「太白南溪有紫花梨一樹，即武宗所餌者。太白在咸陽境内，疑即指此。壽春公主，會昌女弟，聞真定李令有紫花梨，就加封檢，剪其傍樹，護以朱欄，罩以紗縠。洎及秋實，公主必手選而進之。」

其二　秋嘗　叔孫通傳：「古者有春嘗果。」此言「秋嘗」，或止言嘗果之嘗。

與薛肇明弈棊　鳳城　劉禹錫詩：「南山宿雨晴，春入鳳凰城。」

溝上梅花　無伴侶　游石沼寺詩：「莫道山僧無伴侶，獮猴長在古松枝。」

詠菊　補落迦山　華嚴合論第一百二卷：「二十七位鞞瑟眡羅居士指示善財童子，令參二十八位觀自在菩薩。善知識云：『善男子，於此南方有山，名補怛洛迦波，有菩薩名觀自在。』」李長者論釋云：「山名補怛洛迦者，此云小白華樹山，爲此山多生白華樹，其華甚香，香氣遠及，爲明此聖者修慈悲行門。以謙下極小爲行□華者，明開敷萬行，故此慈悲謙下和悦行華開敷教化行，香遠熏一切衆生，皆令聞其名香，發菩提心。」

其二　蜜房　李義山詩：「蜜房羽客類芳心，冶葉倡條偏相識。」

北山道人栽松　來聽此樓鐘　公薨後，郭功父拜公墓，有詩：「寺樓早晚傳鐘響，墳草春回雪半消。」下注云：「公蔣山絶句：『他生來聽此樓鐘。』」當作「來此」爲是。

山櫻　比並　韓公外集詩云：「競挽春衫來比並。」

蔣山手種松　手自栽　白居易和李相公任兵部日移四松詩：「右相歷兵署，四松皆手栽。」

寄吴氏女子　江湖相望真魚樂　事見莊子。又文選：「魚以泉涸相濡沫，及游江湖，則相忘矣。是憂合歡離之理也。」〇此詩大意類此。公方樂於江湖，怪其長謡而愁也。

絶句呈陳和叔其二　終無一樽酒　前漢：「家貧孟公，無置酒之樂。」又後漢：「周黨每過閔仲叔，共飲水而已。」

王荆文公詩卷第四十三

律詩

與道原游西莊過寶乘〔一〕

周顒宅作阿蘭若，阿蘭若，佛書或作阿練若，釋云：「寂静無事之處。」蘭若字，樂天詩作「爾者切」押。按：上官儀酬薛舍人萬年宫晚景寓直懷友詩中四句云：「東望安仁省，西臨子雲閣。長嘯求煙霞，高步尋蘭若。」此又作「日灼切」押。婁約身歸窣堵波。梵語「窣堵波」，此云靈廟。○高僧傳：「慧約姓婁，二十，達妙理。周顒素所欽服，迺於鍾山舊館，造草堂寺以居之。」今寺左乃婁約置臺講經之地，後即顒舊居也。唐會昌中，寺廢。國朝復建。治平中，改賜寶乘額。○按：梁武嘗與傅大士、婁約法師、昭明太子等論三諦法門：真諦以明非有，俗諦以明非無，聖諦則真俗不二矣。據此，婁約猶及武帝時。蕙帳銅缾皆夢事，脩然陳迹翳松蘿。一作「今日隱侯孫亦老，偶尋陳迹到煙蘿。」○楞嚴經：「却來觀世間，猶如夢中事。」〔二〕○蕙帳，謂顒。銅屏，指約。

【校記】

〔一〕龍舒本卷六十三題作「草堂懷古」。宋本、叢刊本題「游」作「過」，「過」作「遂游」。

〔二〕宋本、叢刊本三、四两句正文作「今日隱侯」云云，即本詩小注「一作」两句，并校曰：「一作『蕙帳銅屏皆舊事，飄然陳迹在松蘿。』」

庚申游齊安院〔一〕

水南水北重重柳，山後山前處處梅。未即此身隨物化，莊子：「此之謂物化。」年年長趂此時來。王母爲穆天子謡曰：「道里遥遠，山川間之。將子無死，尚能復來？」

【校記】

〔一〕宋本、叢刊本題作「庚申正月游齊安」。

庚申正月游齊安院有詩云水南水北重重柳壬戌正月再游〔一〕

建康志云：「淨妙寺即齊安寺，在城東門外，前臨官路。今徙置高隴，面秦淮。南唐昇元中建，政和中改今額。」

招提詩壁漫〔二〕黃埃，經音義云：「西方云招提，正〔三〕云招鬬提奢。此云四方，即四方僧居止處。」忽忽籠紗雨〔四〕過梅。周處風土記：「夏至前雨，名黃梅雨，霑衣服，皆敗。」埤雅云：「今江、湘、二浙，四、五月間，梅欲黃落，則水潤土溽，柱礎皆汙。蒸鬱成雨，其霏如霧，謂之梅雨。故自江以南，三月雨謂之迎梅，五月雨謂之送梅。」○樂天故衫詩：「殘色過梅看向盡。」○東坡詩：「三三已過黃梅雨。」○王播詩：「三十年來塵撲面，如今始得碧紗籠。」老值白雞能不死，白雞，用謝安石事。李文饒懷嵩記：「洎大和己丑，復接舊老，同升台階，或纔歎止輿，已叶白雞之夢。或未聞稅駕，遽有黃犬之悲。向之榮華，可以悽愴。」○李白詩：「白雞夢後五百歲，洒酒澆君同所懽。」復隨春色破寒來。

【校記】

〔一〕龍舒本題無「壬戌正月再游」六字，又「詩」作「語」，兩「水」字均作「港」；宋本、叢刊本題無「院」字。

〔二〕「漫」，龍舒本作「謾」。

〔三〕「正」，宮内廳本作「梵」。

〔四〕「雨」，龍舒本、宋本、叢刊本作「兩」。

壬戌正月晦與仲元自淮上復至齊安〔一〕

風暖柴荆處處開，雪乾沙浄水洄洄。意行却得前年路，看盡梅花看竹來。唐李羣玉詩：「緑陰十里灘聲裏，閑即王家看竹來。」

【校記】

〔一〕龍舒本卷六十三題作「壬戌正月再游齊安次韻」。

同陳和叔游齊安院〔一〕壬戌五月。

繅成白雪桑重緑，割盡黄雲稻正青。木末絶句同。他日玉堂揮翰手，芳時同此賦林坰。和叔，裕陵時再入翰林爲學士。時守江寧，當元豐五年、六年、七年也。

【校記】

〔一〕宋本、叢刊本題作「壬戌五月與和叔同游齊安」。

成字説後與曲江譚掞丹陽蔡肇同游齊安院〔一〕

據梧枝〔二〕策事如毛，莊子齊物篇：「昭文之鼓琴也，師曠之枝策也，惠子之據梧也。三子之知幾乎？」注：「三子知盡慮窮，形勞神倦。」○世説：「范榮期見郗超俗情不淡，戲之曰：『夷、齊、巢、許，一詣垂名。必勞神苦形、枝策據梧耶？』」○劉叉詩：「日出扶桑一丈高，人間萬事細如毛。」久苦諸君共此勞。唐李密傳：「密兵敗，謂王伯當曰：『兵敗矣，久苦諸君，我今自刎以謝衆。』」遥望南山堪散釋，故尋西路一登高。劉公幹詩：「沈迷簿領書，回回自昏亂。釋此出西城，登高且游觀。」○李白詩：「還將三五少年輩，登高送遠形神開。」

【校記】

〔一〕宋本、叢刊本「掞」、「肇」皆作「君」，無「院」字。龍舒本「院」作「寺」。

〔二〕「枝」，龍舒本作「杖」。

元豐二年僧修定林路成〔一〕一作「政公改路」。

獨龍新〔二〕路得平岡，始免游人屐齒妨。言道路平治，不妨屐齒也。更有主林身半現，與公隨轉作陰涼。金光明經第四卷：「流水長者子見枯池魚，生大悲心。時有樹神示現半身，作如是言：『此魚可愍，汝可與水。』長者索水，不可得，顧見大樹，尋取枝葉，還到池上，與作陰涼主林神。」按華嚴經妙嚴品：「復有不可思議數主林神，所謂布華〔三〕如雲主林神，擢幹舒光主林神，生牙發曜主林神，吉祥淨葉主林神，垂布燄藏主林神，清淨光明主林神，可意雷音主林神，光音普遍主林神，妙光逈曜主林神，華菓光味主林神。如是等而爲上首，不思議數，皆有無量可愛光明。」

【校記】

〔一〕龍舒本卷六十三題作「僧修定林路成」。宋本、叢刊本題作「元豐二年十月政公改路故作此詩」。

〔二〕「新」，宋本、叢刊本作「東」。

〔三〕「華」，宫内廳本作「葉」。

書定林院牕

公自注云：「與安大師同宿。既曉，問：『昨夜有何夢？』師云：『有數夢，皆忘記。』」〔一〕

竹雞呼我出華胥，言夢覺也。列子：「黄帝夢游華胥之國。」起滅篝燈擁燎爐。試問道人何所夢，但言渾忘不言無。有近臣問本淨：「此身何從而來？百年之後，復歸何處？」師云：「如人夢時，從何而來？夢覺時，從何而去？」曰：「夢時不可言無，既覺不可言有。雖有有無，來往無所。」師曰：「貧道此道，亦如其夢。」又有偈曰：「視生如在夢，夢裏實是鬧。忽覺萬事休，還同睡時悟。智者會悟夢，迷人信夢鬧。會夢如兩般，一悟無別悟。富貴與貧賤，更亦無別路。」

【校記】

〔一〕龍舒本卷六十三題下爲兩首，其一同此；其二題「又」，即本書卷四十書定林院窗。龍舒本、宋本、叢刊本無「公自注云」四字。龍舒本注曰：「問安大師：『昨夜有何夢？』師云：『有數夢，皆忘記。』」

同熊伯通自定林過悟真二首

建康續志云：「悟真庵在蔣山八功德水之南，有梅摰悟真院亭〔一〕。」

與客東來欲試茶，倦投松石坐欹斜。南史蕭思話傳：「相賞有松石間意。」暗香一陣連風起，知有薔薇澗底花。白詩：「聞有澗底花，貰得村中酒。」

【校記】

〔一〕「亭」，宮內廳本作「記」。

其二

城郭紛紛老倦尋，幅巾來寄北山岑。長遭客子留連我，未快穿雲涉水心。穰侯語謁卿：「得無與客子俱來乎？」魏文詩：「客子常畏人。」

悟真院

續建康志云：「洪覺範有詩云：『水邊脩竹纔堪數，林外蒼崖已半頽。』」

野水縱横漱屋除，午窗殘夢鳥相呼。白詩：「山歌猿獨叫，野哭鳥相呼。」○杜詩：「水宿鳥相呼。」春風日日吹香草，山北山南路欲無。評曰：妙意。○王維詩：「不向春山去，日令春草深。」○孟東野詩：「春風朝夕起，吹緑日日深。」○薛存誠詩：「積草漸無徑，殘花猶灑衣。」

真讃[一]

我與丹青兩幻身，世間流轉會成塵。圓覺經：「幻身滅，故幻心亦滅。」○維摩經：「是身無作，風力所轉。」但知此物非他物，傳燈録：「此物非他物。」莫問今人猶昔人。梵志出家，白首而歸。隣人見之，驚曰：「昔人尚存耶？」志曰：「吾猶昔人，非昔人也。」隣人皆愕然。莊子：「吾猶昔人，非昔人。」柳子厚詩：「坐來念念非昔人，萬遍蓮花爲誰用？」○筠州洞山良价禪師，問雲巖和尚：「百年後，忽有人問，還邈得師真，如何祇對？」雲巖曰：「但向伊道：『即遮箇是。』」師良久，雲巖曰：「承當遮箇是，大須審細。」師猶涉疑。後因過水睹影，大悟前旨，因有一偈曰：「切忌從他覓，迢迢與我踈。我今獨自往，處處得逢渠。渠今正是我，我今不是渠。應須恁麽會，方得契如如。」他日，因供養雲巖具〔二〕，有僧問曰：「先師道：『只遮是。』莫便是否？」師曰：「是。」僧曰：「意旨如何？」師曰：「當時幾錯會先師語。」曰：「未審先師還知有也無？」師曰：「若不知有，争解恁麽道？若知有，争肯恁麽道？」此即「我與丹青兩幻身」之意。

【校記】

〔一〕龍舒本卷六十七真贊二首，其一同此，其二即本書卷四十傳神自贊。宋本、叢刊本題作「傳神自讚」。

〔二〕「具」，宮内廳本作「真」。

定林院昭文齋

定林齋後鳴禽散，秖有提壺遶〔一〕屋簷。苦勸道人沽美酒，不應無意引陶潛。用遠公沽酒與淵明事。○儲光羲詩：「蒙籠荆棘一鳥飛，屢唱提壺沽酒喫。古人不逢酒不足，遺恨精神傳此曲。」〔二〕○歐公詩：「獨有花上提壺蘆，勸我沽酒花前傾。」

【校記】

〔一〕「遶」，宋本、叢刊本作「守」。

〔二〕全唐詩此詩作崔國輔對酒吟，其中「逢」作「達」，「神」作「靈」。

經局感言〔一〕

劉原甫撰七經小傳，謂毛詩、尚書、公羊、周禮、儀禮、禮記、論語也。元祐史官謂：「慶曆前，學者尚文詞，多守章句注疏之學。至敞，始異諸儒之説。後王安石修經義，蓋本於敞。如『伊尹相湯伐桀升自陑』之説之類，經義多勦取之。」史官之言，良不誣也。此據楊時龜山説，今附此。

自古能全已不才，豈論騏驥與駑駘。不才之木，終其天年。妙處全在「已」字。放歸自〔二〕食情雖適，絡首猶存亦可哀。熙寧七年四月，公罷相知江寧，依舊提舉修撰經義。明年再相，經義成，拜左僕射。九年十月，以與呂惠卿交惡，力乞罷政，判江寧。又力辭請宮觀，乃以使相領集禧。此詩言「放歸自食」，蓋宮觀時作也。時尚帶經局，故云「絡首猶存」。莊子「絡馬首」，是謂子。

【校記】

〔一〕宋本、叢刊本題注云：「罷相出守江寧，仍領經局。」

〔二〕「自」，宮内廳本作「就」。

鍾山晚步

小雨輕風落楝花，東皋雜録云：「江南自初春至初夏，有二十四番風信，梅花風最先，楝花風最後。」○唐人詩曰：「楝花開後風光老，梅子黄時雨氣〔一〕濃。」○晏元獻詩亦曰「二十四番花信風」是也。細紅如雪點平沙。槿籬竹屋江村路，沈休文詩：「槿籬疏復密，荆扉新且故。」謝靈運詩：「插槿當列墉。」時見宜城賣酒家。襄州宜城縣出美酒，俗号宜城美酒爲竹葉盃。今賣酒家、詩人多借用宜城，亦猶世槩以酒爲竹葉也。○後漢：「杜根逃竄，爲宜城山中酒家保，積十五年。酒家知其賢，厚待之。」則宜城以酒名久矣。○陸韓卿詩：「渤海方淫滯，宜城誰獻酬？」

【校記】

〔一〕「氣」，宫内廳本作「意」。

散　策〔一〕

散策東崗〔二〕亦已勞，杜詩：「羸老思散策。」散策不爲勞，久則倦矣。横塘〔三〕西轉有亭皋。離騷經：「路不周以左轉。」言散策既倦，憩於亭皋。不必言憩，而意自在其中。此詩人之妙。絮飛度屋何許柳，花落填溝無數桃。倒用「柳」與「桃」字，尤覺奇健。○韓詩：「柳巷還飛絮，春餘幾許時。」○杜甫桃花詩：「河陽縣裏雖無數，濯錦江頭未滿園。」

【校記】

〔一〕此詩爲龍舒本卷七十二晚春二首之二。龍舒本其一題注：「或云盧秉詩。」本書不收。

〔二〕「崗」，宋本、叢刊本作「岡」。

〔三〕「塘」，龍舒本作「堂」。

書静照禪〔一〕師塔

傳燈録：「昇州奉先寺浄照禪師慧同，魏府人也，姓張氏。」○建康志載南唐葬照禪師於殊勝院，院在城南門外。

簡老已歸黄土陌，淵師今作白頭翁。百憂三十餘年事，陳迹山林草野中。因至此寺而念簡與淵，却不及浄照也。○歐公詩：「蘇梅久作黄泉客，我亦今爲白髪翁。卧讀楊蟠一千首，乞渠秋月與春風。」

【校記】

〔一〕宋本、叢刊本無「禪」字。

記夢

公自注云〔一〕：「辛酉九月二十二夜，夢高郵土山道人赴〔二〕蔣山北集雲峯爲長老，已而坐化。復出山南興國寺，與予同卧一榻，探懷出片竹數寸，上繞生絲，屬余藏之。余棄弗取，作詩與之。」

月入千江體不分，道人非復世間人。鍾山南北安禪地，香火他時供〔三〕兩身。東坡祭辨才文：「如一月水，如萬竅風。」又：「遇物而應，施則無窮。」亦「千江體不分」之意。○傳燈録：「千江同一月。」○古尊宿語：「佛具遍智，如月印海，挹海得水，月亦隨在。」

【校記】

〔一〕龍舒本、宋本、叢刊本無「公自注云」四字。

〔二〕「赴」，原作「越」，據諸本改。下「予」，龍舒本、宋本、叢刊本作「余」；「繞」，原作「纔」，據諸本改。龍舒本題注末「之」下有「曰」字。

〔三〕「供」，龍舒本、宋本、叢刊本作「共」，宋本、叢刊本注云：「一作供。」

勘會賀蘭溪主

賀蘭溪上幾株松，南北東西有幾峯。買得住來今幾日，尋常誰與坐從容。賀蘭溪，洛京地名，陳繹買地築

居於此。公從鄆中寄此詩問之。〔一〕

【校記】

〔一〕叢刊本此注在題下，「築居」上同，下僅作「於鄆中問之」。

書湖陰先生壁二首 楊德逢也。

茆簷長掃静無苔，花木成畦手自栽。柳詩：「石門長老身如夢，旃檀成林手所種。」一水護田將緑遶，漢西域傳序云：「自燉煌西至鹽澤，往往起亭，而輪臺、渠犁皆有田卒數百人，置使者、校尉領護。」師古曰：「統領保護營田之事也。」又：「桑弘羊奏：可遣屯田卒詣故輪臺以東，置校尉二人分護。」兩山排闥送青來。「樊噲乃排闥直入，大臣隨之。」

○五代沈彬詩：「地隈一水巡城轉，天約羣山附郭來。」○冷齋夜話云：「山谷嘗見荆公於金陵，因問：『丞相近有何詩？』荆公指壁上所題兩句云：『一水護田云云，此近所作也。』」○石林詩話云：「荆公詩，用法甚嚴，尤精於對偶。嘗云：『用漢人語，止可以漢人語對，若參以異代語，便不相類。』如此句『護田』、『排闥』之類，皆漢人語也。此法荆公用之，不覺拘窘。」○如「周顒宅作阿蘭若，婁約身歸窣堵波」者，以梵語對梵語，亦此類。

其二

桑條索漠柳[一]花繁，白詩：「桑條初綠即爲別，柹葉半紅猶未歸。」風斂餘香暗度垣。首楞嚴經：「如聲度垣，不能[二]爲礙。」黄鳥數聲殘午夢，尚疑身在[三]一作「屬」。半山園。按建康志云：「公有示蔡天啓詩云『今年鍾山南，隨分作園圃』者是也；又在次吴氏女子詩，注云：『南朝九日臺在孫陵[四]曲街傍，去吾園只數百步。』今報寧禪院即其地。」

【校記】

〔一〕「柳」，叢刊本作「楝」。

〔二〕「能」，原作「龍」，據宫内廳本改。

〔三〕「在」，宋本、叢刊本作「屬」。

〔四〕「孫陵」，原作「丞陵」，據宫内廳本改。

過劉全美所居

西崦晴天得強扶，杜詩：「西崦人家宿。」○法帖：「何氏書云：『投老殘年，西崦已迫。』」出林知有故人居。數能過我論奇字，奇字，出揚雄傳。顔師古曰：「奇字，古文之異者。」當復令公見異書。袁山松書：「王充〔一〕所作論衡，中土未有傳者。蔡邕入吴，始得之，常秘玩以爲談助。其後王朗〔二〕爲會稽太守，又得其書。及還許下，時人稱其才進。或曰：『不見異人，當得異書。』問之，果以論衡之益，由是遂見傳焉。」抱朴子曰：「時人嫌蔡邕得異書，或搜求其帳中隱處，果得論衡。抱數卷持去。邕丁寧之曰：『准我與爾共之，勿廣也。』」

【校記】

〔一〕「王充」，原作「上充」，據宫内廳本改。

〔二〕「朗」，原作「郎」，據宫内廳本改。

書何氏宅壁

有興提魚就公煑，世説：「衛君長爲温嶠長史，温甚善之，每提酒脯，就衛論書。」又：「桓仲在荆州，張玄爲侍中。使至江陵，路經陽岐村，見一人持半籠生魚徑來造船，云有魚，欲寄作鱠。張乃維舟納之。問其姓字，云是劉遺民。張素聞其名，大相忻待。張甚欲話言，劉了無停意。既進鱠，便去，云：『向得此魚，觀君舡上當有鱠具〔一〕，是故來耳。』於是便去。」遺民，劉驎之字。○杜詩：「知子松根長茯苓，遲暮有意來同煑。」○陸龜蒙詩：「今朝有客賣鱸魴，手提見我長於尺。」此言雖在已三年。皖灊終負幽人約，空對湖山坐惘然。

【校記】

〔一〕「具」，原作「見」，據宫内廳本改。

題永慶壁有雱〔一〕遺墨數行 按建康志：「在城北門外烏龍潭北。」

永慶招提墨數行，歲時風露每悽傷。殘骸豈久人間世，故有情鍾未可忘。王夷甫哭子：「情之所鍾，正在我輩。」

【校記】

〔一〕「有雱」，龍舒本作「元澤」。

江寧府園示元度〔一〕

畫船南北水遥通，日暮幅巾篁竹中。羊祜贊：「成功弗居，幅巾窮巷，落落焉其有風飆者也。」行到〔二〕月臺逢翠碧，背人飛過子城東。杜詩：「雙雙瞻客上，一一背人飛。」○韋蘇州詩：「每到子城東路上，憶君相逐入朝時。」

【校記】

〔一〕龍舒本卷六十九題作「示元度秘校」。

〔二〕「到」，宫内廳本作「過」。

金陵郡齋

談經投老拚悠悠，爲吏文書了即休。深炷爐香〔一〕一作「煙」。閉齋閣，卧聽簷雨瀉高秋。評曰：語有恨意。○公經術晚益深，而云「拚悠悠」者，謙光之談也。此詩作於熙寧七年秋，時惠卿爲政，已極力傾公，雖經義，亦多改定云。○唐人詩：「剩栽高竹聽秋聲。」○杜詩：「雨瀉暮簷竹，風吹春井芹。」又于鵠詩：「空山獨卧秋。」

【校記】

〔一〕「香」，宋本、叢刊本作「煙」，校曰：「一作『香』。」

戲示蔣穎叔

扶衰南陌望長楸，曹子建詩：「鬬雞東郊道，走馬長楸間。」燈火如星滿地流。韓詩：「騎火萬星攢。」但怪傳呼殺風景，西清詩話云：「義山雜纂，品目數十，蓋以文滑稽者。其一曰殺風景，謂清泉濯足，花上曬褌，背山起樓，燒琴煑鶴，對花啜茶，松下喝道。晏元獻慶曆中罷相守潁，以惠山泉烹，日注從容，賦詩曰：『稽山新茗緑如煙，静挈都藍煑惠泉。未向人間殺風景，更持醪醑對花前。』王荆公元豐末居金陵，大漕蔣之奇夜謁公於蔣山，騶唱甚都，公取『松下喝道』語，作此詩戲之。自此，『殺風景』之語頗著於世。」豈知禪客夜相投。穎叔好參禪，故以「禪客」戲之。○公集有與蔣論禪一書，今附於此：「阻闊未久，豈勝思渴。承手筆，訪以所疑，因得聞動止，良以爲慰。如某所聞，非神不能變，而變以赴感，特神足耳。所謂性者，若四大〔一〕是也。所謂無性者，若如來藏是也。雖無性而非斷絶，故曰一性所謂無性。曰一性所謂無性，則其實非有非無，此可以意通，難以言了也。惟無性，故能變。若有性，則火不可以爲水，水不可以爲地，地不可以爲風矣。長來短對，動來静對，此但令人勿著爾。若了其語意，則雖不著二邊而著中邊，此亦是著。故經曰：『不此岸〔二〕，不彼岸，不中流。』長瓜梵志一切法不變，而佛告之以受與不受亦不受，皆争論也。若知應生無所住心，則但有所著，皆在所訶，雖不涉二邊，亦未出三句。若無此過，即在所可。三十六對，無所施也。妙法蓮華經説實相法，然其所説，亦行而已。故導師曰『安立行浄行，無邊行上行』也。其所以名芬陁利華，取義甚多，非但如今法師所釋也。佛説有性，無非第一義諦。若第一義諦，有即是無，無即是有，以無有像計度言語起。而佛不二法，離一切計度言説。謂之不二法，亦是方便説耳。此可冥〔三〕會，難以言了也。」

【校記】

〔一〕「四大」，龍舒本卷七答蔣穎叔書作「七大」。

〔二〕「岸」，原作「峯」，據龍舒本答蔣穎叔書、宫内廳本改。

〔三〕「冥」，原作「貝」，據龍舒本答蔣穎叔書、宫内廳本改。

游城東示深之德逢二首〔一〕

欲牽淮舸共尋源，且踏青青繞杏園。憶我舊時〔二〕光宅路，依然桑柳映花繁。杏園，未詳在何處。淮舸，謂秦淮。

【校記】

〔一〕龍舒本、宋本、叢刊本無「二首」兩字，僅第一首。

〔二〕「時」，龍舒本作「詩」。

其　二〔一〕一作麗澤門詩。

麗澤門西日未俄，水明沙浄卷纖羅。退之詩：「山浄江空水見沙。」又：「江作青羅帶。」緑瓊洲渚青瑶嶂，付與詩工敢琢磨。瓊，赤玉也。今媲緑而言，豈謂草木紅碧相間乎？詩工，謂二子也。

【校記】

〔一〕此詩爲龍舒本卷六十七示耿天騭二首之二。宋本、叢刊本題作「麗澤門」。

示公佐

殘生傷性老躭書，年少東來復起予。各據槁梧同不寐，偶然聞雨落堦除。莊子天運篇：「儻然立於四虛之道，倚乎槁梧而吟。」梁元帝讀書事曰：「憑几據梧。」〇柳詩：「高樹臨清池，風驚夜來雨。余心適無事，偶此成賓主。」

示俞秀老二首〔一〕

不見故人天際舟，謝玄暉詩：「天際識歸舟。」小亭殘日更回頭。繰成白雪三千丈，李白〔二〕詩：「白髮三千丈，緣愁似个長。」細草孤〔三〕雲一片愁。別本「片」作「寸」，言一寸愁能繰成白雪三千丈。

【校記】

〔一〕題原無「二首」二字，據目録補。龍舒本卷六十九題作「示俞秀老三首」，其一即本書卷二十七「示俞秀老」，其二、三同此二首。

〔二〕「李白」，原作「杜甫」；下「白髮」，原作「白雪」，據李白秋浦歌、宮内廳本改。

〔三〕「孤」，宮内廳本作「游」。

其二

君詩何以〔一〕解人愁？初日紅蕖碧水流。鮑昭言：「謝靈運五言如初發芙蓉，自然可愛。」未怕元劉妨獨步，白樂天集：「予頃以元微之唱和頗多，或在人口，常戲微之云：『僕與足下，二十年來爲文友詩敵，幸也，亦不幸也。吟詠情性，播揚名聲，其適遺形，其樂忘老，幸也；然江南士女語才子者，多云元、白，以子之故，使僕不得獨步於吴越間，亦不幸也。今垂老復遇夢得，得非重不幸耶？』」每思陶謝與同游。杜詩：「安得思如陶謝手，令渠述作與同游。」

【校記】

〔一〕「以」，宫内廳本作「似」。

示李時叔二首

知子鳴絃意在山，一官聊復戲人間。能爲白下東南尉，唐張容詩：「一尉東南遠，誰知此夜歡。」○白詩：「王夫子，送君爲一尉，東南三千五百里。」藜杖緇巾得往還。杜詩：「杖藜長松陰，作尉窮谷辟。」○伯牙鼓琴，志在高山。見别注。

其二

千山訪我幾摧輈，劉琨詩：「駭駟催雙輈。」王維梵志體詩：「何津不鼓棹，何路不摧輈。」清坐來看十日留。勢利白頭何足道，古人傾蓋有綢繆。鄒陽傳：「語曰：『白頭如新，傾蓋如故。何則？知與不知也。』」○詩：「綢繆牖户。」○退之贈劉生詩：「乃獨遇之盡綢繆。」

示寶覺二首〔一〕

火煖〔二〕窗明粥一盂，晨興相對寂無魚。言寂然無魚鼓之聲，非馮諼彈鋏事。○韓文：「子飯一盂，子啜一觴。」翛然迥出〔三〕山林外，別有禪天好浄居。佛書，四禪有浄居天。梁武帝有浄居殿。○「飯香魚熟近中厨。」元微之詩。

【校記】

〔一〕龍舒本卷六十九「二首」作「三首」，第一、三首同此二首，第二首即本書卷二十二示無外。宫内廳本無「二首」二字。

〔二〕「煖」，宋本作「輭」。

〔三〕「翛然迥出」，宋本、叢刊本作「超然聖寺」。

其二

重將壞色染衣裙，東坡文：「璉禪師曰：『吾衣以壞色，食以瓦鐵，龍腦鉢非法。』」○四分律云：「著壞色衣有五利：一順聖威儀，二離傲慢，三不受塵垢，四不生蟣虱，五觸時柔輭，易將護故。」共卧鍾山一塢雲。客舍黃粱今始熟，黃粱事，已見游土山注。此略不同，兩存之。異聞集：「道者呂翁經邯鄲道上，邸舍中有少年盧生，自歎其貧困，言訖思寐。時主人方炊黃粱爲饌，翁乃探懷中枕以授生，枕兩端有二竅。生夢中自竅入其家，見其身富貴五十年，老病而卒。欠伸而悟，顧呂翁在傍，主人炊黃粱尚未熟。」鳥殘紅柿昔曾分。「鳥啣紅柿落前，潙山接與仰山，仰山以水洗了，却與潙山，潙山曰：『子什麼處得來？』仰山曰：『此是和尚道德所感。』潙山曰：『汝也不得空。』即分半與仰山。」事見傳燈。唐人詩：「松和巢鶴看，果共野猿分。」

補注 詩末附注 真誥：「太真夫人語安期生：『吾昔與君共食一棗，不能盡。』」〔一〕

【校記】

〔一〕本注原闌入題下，無「補注」二字。

仲元女孫

雙鬟嬉戲我庭除，争挽新花比繡襦。杜詩：「憶昔初見時，小襦繡芳蓀。」○韓詩：「嬌癡婢子無性靈，競挽春衫來並比。」親結香纓知不久，汝翁那更鑷髭鬚。鑷鬚，見游土山注。內則：「婦事舅姑」。○「衿纓」注：「衿，結也。婦人有纓，示繫屬也。」

示永慶院秀老

禪房借枕得重欹，陳迹翛然尚有詩。嗟我與公皆老矣，拂天松柏見栽時。太白胡僧歌：「此僧年紀那得知，手種青松今十圍。」賈島詩：「養雛成老〔一〕鶴，種子作高松。」○記劉長卿詩有「松蘿長稚子，風景逐新文」，亦此意。

【校記】

〔一〕「老」，宮内廳本、全唐詩賈島山中道士作「大」。

示王鐸主簿

君正忙時我正閑，盧綸詩：「花正濃時君正愁，逢花却欲替花羞。」即此句法也。如何同得到鍾山。夷門二十年前事，回首黄塵一夢間。史記魏公子贊：「吾常過大梁之墟，問其所謂夷門。」夷門者，城之東門也，今爲汴都。

戲城中故人〔一〕

城郭山林路半分，君家塵土我家雲。莫吹塵土來污我，王導傳：「元規塵污人。」我自有雲持寄君。陶弘景詩，見定林寺注。

【校記】

〔一〕此詩爲龍舒本卷六十九戲贈約之二首之第一首，第二首爲本書本卷下首。

戲贈段約之

竹柏相望數十楹，選詩：「峭蒨青葱間，竹柏得其真。」藕花多處復開亭。如何更欲通南埭，割我鍾山一半青。建康志：「南埭，今上水閘也，正對青溪閘。」段約之家有割青亭，見建康志。

示俞處士

魯山眉宇人不見，只有歌辭來向東。借元魯山以比俞也。魯山，名德秀，字紫芝，嘗爲魯山令。房琯嘗云：「見紫芝眉宇，使人名利之心都盡。」○杜詩：「清渭無情極，愁時獨向東。」借問樓前踏于蔿，何如雲卧唱松風。玄宗在東都，酺五鳳樓前，命三百里縣令、刺史各以聲樂集，往往爭爲瓌麗。時元令魯山惟樂工十數人聯袂歌于蔿〔一〕。于蔿者，德秀所爲歌也。帝聞，異之，歎曰：「賢人之言哉！」詩言元猶爲縣令，不及俞之自如也。○杜詩：「雲卧衣裳冷。」○陶弘景喜松風。

【校記】

〔一〕「于蔿」，新唐書元德秀傳、宮内廳本作「于蔿于」，下同。

懷張唐公

直諒多爲世所排，唐公仕仁宗時，能守其職，數與俗忤。如謚錢惟演爲「文墨」，帝喻易之，詞愈直，卒不能奪。爲淮南轉運使，三司責諸道餘財，淮南獨上金九錢。三司使怒，詆之甚。瓌以賦數民貧爲對。草劉沆贈官制，意言沆特鄉里豪舉，以附會至將相。沆子瑾訴於朝，極其醜詆。出知黄州。後又爲瑾發其判吏部時調其子不應法，降一官。公詩所稱「爲世排」者，指此類也。有懷長向我前開。暮年惆悵誰知此，南陌東阡獨往來。顏師古注漢書曰：「阡陌，田間道也。南北曰阡，東西曰陌。蓋秦商鞅所開也。」今云「南陌東阡」，亦互言之耳。

憶〔一〕金陵三首

覆舟山下龍光寺，覆舟山，在城北七里，東際青溪，北臨真武湖〔二〕，狀如覆舟，因以爲名。案輿地志：「在樂游苑内。宋元嘉中，改名真武山，以其臨真武湖故也。高祖舉兵討桓玄，玄使卞範之屯覆舟山西。義軍進至山東，高祖躬先士卒以奔之。範之諸軍大敗。陳高祖時，齊兵踰鍾山，高祖衆軍分頓樂游苑東及覆舟山北，斷其衝要。齊軍至玄武湖西北、幕府山南，將據北郊壇。衆軍自覆舟東移郊壇北，與齊人相對，縱兵大戰。即此地。」玄武湖畔五龍堂。玄武湖周回四十里，宋以肄舟師。京都記云：「從北湖望鍾山，似宫亭湖望廬岳也。」沈約登覆舟山詩云：「南瞻儲胥館，北眺昆明池。」即此湖也。又建康志：「玄武湖，亦曰後湖，在城北二里，東西有溝，流入秦淮，深七尺，灌田一百頃。」案建康實録：「吴寶鼎二年，開城北渠，引後湖水，流入新宫，巡遶殿堂。晉元帝太興三年，始創北湖，築長堤，以壅北山之水，東自覆舟山，西至宣武城六里餘。宋元嘉中，有黑龍見，因改玄武湖，立三神山於湖中，春秋祠之。」南史：「元嘉二十三年，文帝築北堤，立玄武湖，築游苑，欲起三山湖中。何尚之固諫，乃止。」豈當時諫止之後復立耶？故李白詩亦云：「空餘後湖月，波上對三山。」孝武大明中，大閲水軍於湖，因號〔三〕昆明池，而俗亦〔四〕呼爲飲馬塘。又於湖側作大竇，通水入華林園。故臺中諸溝水常縈流不息。建平王景素舉兵，蕭道成出屯玄武湖，梁嗣微等引齊兵至玄武湖，侯景舉兵引玄武湖水以灌臺城是也。國朝天禧四年，改曰放生池，其後稍廢爲田。想見舊時游歷處，煙雲渺渺水茫茫。許堅詩：「一水茫茫豈有涯？春風時節萬林花。」○杜詩：「春動水茫茫。」

【校記】

〔一〕「憶」，宫内廳本作「懷」。

〔二〕「真武湖」，宫内廳本作「玄武湖」，下同。

〔三〕「號」，原作「尋」，據宫内廳本改。

〔四〕「亦」，原作「築」，據宫内廳本改。

其二

煙雲渺渺水茫茫，繚繞蕪城一帶長。宋鮑照有蕪城賦，指廣陵故城也。城乃吴王濞所都〔一〕。蒿目黄塵憂世事，莊子駢拇篇：「今世之仁人，蒿目而憂世之患。」注：「以可尚之迹，蒿令有患而遂憂之，此爲陷人於難而後拯之也。」追思陳〔二〕迹故難忘。嬰於世故而思舊游也。蘭亭序：「俛仰之間，已爲陳迹。」

【校記】

〔一〕「都」，宫内廳本作「築」。

〔二〕「陳」，龍舒本作「塵」。

其三

追思塵〔一〕迹故難忘，翠木蒼藤水一方。詩魏風汾沮洳：「彼汾一方，言采其桑。」劉禹錫詩：「一方明月可中庭。」聞説精廬今更好，好隨殘汴理歸艎。姜肱傳：「盜就精廬求見。」注曰：「精廬，即精舍。」○劉淑傳：「隱居，立精舍講授。」○隋煬帝開汴渠，達江都。公時在京師，故欲順流理歸艎。○唐李翺爲來南録云：「自淮沿流至於高郵，乃泝至於江。孟子所謂『決汝漢，排淮泗而注之江。』」則淮泗固嘗入江矣。此乃禹之舊迹。熙寧中，曾遣使按圖求之，故道宛然，終不能復。據此，則歸艎之句及淮而止耳，不能徑出江也。朱元晦嘗言：「據禹貢及今水，而淮漢水入江耳，汝泗則入淮，而淮自入海。或非孟子謂『四水皆入於江』，亦不以文廢詞耳。」

【校記】

〔一〕「塵」，宋本、宮内廳本、叢刊本作「陳」。

離昇州作〔一〕

殘菊冥冥風更吹，雨如梅子欲黃時。杜詩：「四月熟黃梅。」相看握手摠無語，愁滿眼前心自知。張籍詩：「失意還獨語，多愁秖自知。」○白樂天弔元相詩：「相看掩淚都無語，別有傷心事豈知？」又：「多病多愁心自知。」

【校記】

〔一〕此詩爲龍舒本卷七十離昇州作二首之第二首。

望淮口

白煙瀰漫接天涯，黯黯長空一道斜。陸龜蒙詩：「分明似箇屏風上，飛起鵁鶄一道斜。」有似錢塘江上望，晚潮初落見平沙。張籍宿江店詩：「閑尋泊舡處，潮落見平沙。」

補注

唐昭度詩：「長憶錢塘江上望，酒樓人散雨千絲。」〔一〕

【校記】

〔一〕本注原闌入題下，無「補注」二字。

入瓜步望揚州

瓜步屬真州，即魏太武入寇駐軍之地也。

落日平村〔一〕一水邊，蕪城掩映秖蒼然。蕪城，見上注。白頭追想當時〔二〕事，幕府青衫最少年。

韓文送李礎序：「愈於太傅府年最少。」張籍哭孟寂詩：「曲江院裏題名處，十九人中最少年。」〇按：荆公慶曆二年楊寘榜第四名及第，授簽書淮南節度判官廳公事。五年三月，韓忠獻公罷樞密，以資政殿出鎮維揚。公時尚在簽幕，年二十五，故自云「最少年」。又，公作忠獻挽辭，有云：「幕府少年今白髮，傷心無路送靈輀。」時荆公召自江寧，再居相位，蓋熙寧八年也。

【校記】

〔一〕「村」，宋本、叢刊本作「林」。

〔二〕「時」，宮内廳本作「年」。

泊船瓜洲

京口瓜洲一水間，京口，已見別注。瓜洲，在丹徒之對。鍾山秖隔數重山。春風自緑江南岸，李白宜春苑歌：「東風已緑瀛州草，紫〔一〕

殿紅樓覺春好。」〇又，香山詩：「春岸緑時連夢澤，夕陽紅處近長安。」〇温庭筠詩：「緑昏晴氣春風岸，紅漾輕淪野水天。」〇又，李白愁陽春賦：「天光青而妍和，海氣緑而芳新。」明月何時照我還。

【校記】

〔一〕「紫」，原作「蓬萊」，據宋蜀刻本李太白文集侍從宜春苑奉詔賦龍池柳色初青聽新鶯百囀歌改。

重陽〔一〕余婆岡市

建康續志云：「余婆岡城〔二〕，在城東北二十里。公詩刻市中有。」

憶我東游未有鬚，韓詩：「君顧始生鬚。」扶衰重此駐肩輿。市中年少今誰在，魯叟當街六十餘。魯叟，公自謂也。陶詩：「汲汲魯中叟。」漢書：「臣里中有酈生，年六十餘，長八尺。」

【校記】

〔一〕「陽」，龍舒本、宋本、叢刊本均作「過」。

〔二〕「城」，宫内廳本作「市」。

秦淮泛舟

強[一]扶衰病牽淮舸，尚怯春風泝午潮。花與新吾如有意，山於何處不相招。新吾，見傳神自讚注。

杜詩：「百丈牽江色，孤舟泛泛斜。」

【校記】

〔一〕「強」，宮内廳本作「搖」。

中書即事

投老𦩈爲世網嬰[一]，低佪終恐負[二]一作「誤」。平生。何時白石岡[三]頭路，渡水穿雲取次行。白石岡，撫州、建康皆有之。○觀公拜相日，題西廡小閣牕間云：「霜筠雪竹鍾山寺，投老歸來寄此身。」既得請金陵，出東府，寓定力院，又題壁云：「溪北溪南水暗通，隔谿遥見夕陽春。當時諸葛成何事？只合終身作卧龍。」時熙寧九年十月，大抵皆此詩之意。

【校記】

〔一〕「嬰」，龍舒本作「纓」。

〔二〕「負」，龍舒本作「悮」。

〔三〕「白石岡」，宋本作「白土岡」，叢刊本作「白上岡」。

萬　事〔一〕

萬事黄粱〔二〕欲熟時，世間談笑漫〔三〕追隨。雞蟲得失何須筭，鵬鷃逍遥各自知。公詩屢用黄粱事，而語意皆妙。○杜詩縛雞行：「家中厭雞食虫蟻，不知雞賣還遭烹。」又云：「雞虫得失無了時，注目寒江倚山閣。」○鵬鷃，見莊子逍遥游，注：「各以得性爲至，自盡爲極也。或翱翔天池，或畢志榆枋，直各稱體而足，不知所以然也。」

【校記】

〔一〕此詩爲龍舒本卷七十五絶句九首之第五首。

〔二〕「粱」，龍舒本作「糧」。

〔三〕「漫」，龍舒本作「謾」。

寄金陵傳神者〔一〕李士雲

衰容一見便疑真，李子揮毫妙入〔二〕神。一作「故有神」。白詩：「衰容自覺宜閑處。」欲去鍾山終不忍，謝渠分我死前身。

【校記】

〔一〕「者」，原作「老」，據目録及諸本改。

〔二〕「李子」，龍舒本作「李氏」。「妙入」，宋本、叢刊本作「故有」。

贈外孫

乃吴侔也。其父安持，充次子，介父壻。侔得公此詩，何止不克負荷，後乃更坐惡逆誅，累及其親。○按國史：「舒州人張懷素本百姓，自稱落魄野人，以幻術游公卿間。於元祐六年，説朝散郎吴儲云：『公福似姚興，可爲關中一國主。』儲云：『儲福弱，豈能及姚興？』懷素云：『但説有志，不説福。』紹聖四年，懷素入京，又與儲結約，儲以語侔。崇寧四年，事敗，獄成，懷素、吴儲、吴侔、邵稟並陵遲處斬；楊公輔、魏當、郭乘德並特處死；吴儲父安持貸命，免真決，追毁出身以來文字，除名勒停，送潭州編管；吴侔母王氏係王安石女，特免遠竄，送太平州羈管；侔弟僎道州羈管。」公此詩蓋爲侔作也。吕惠卿子淵坐曾聞妖言不以告，削籍，竄沙門島；惠卿散官，安置宣州；蔡卞降職，奉外祠；鄧洵武妻吴侔之兄，出知隨州；安惇追貶散官。初，蔡京實與懷素往來，書疏猥多。余深、林攄鞫制獄，曲爲京地，故京獨免。懷素之敗，本潤州州學内舍生湯東野將錢十千與進士范寥入京告發。獄竟，東野除宣義郎、寺監主簿，賜袍帶並見錢一千貫、盤纏錢一百貫；范寥特除供備庫副使，賜見錢一千貫、金二十兩，銀腰帶並公服靴笏，與在京監當。然東野用是積累至從官，晚年嘗見卧牀有人頭無數，豈懷素之獄不能無濫耶？

南山新長鳳凰雛，眉目分明畫不如。年小從他愛梨栗，長成須讀五車書。淵明責子詩：「通子垂九齡，但覓梨與栗。」○杜詩：「庭前八月梨棗熟，一通正又能千里。」又：「男兒須讀五車書。」

東流頓令罷官阻風示文有按風伯奏天閽之語答以四句

令尹犀舟失去期，張衡傳：「雖有犀舟勁楫，猶人涉卬否，有須者也。」憮然凭几占文移。勸君慎莫譏風伯，韓文古本、杭本及文苑訟風伯皆作「譏」。會有開帆破浪時。宗慤曰：「願乘長風，破萬里浪。」

楊德逢送米與法雲二老作此詩

盧仝不出憎流俗，我卜郊居避俗憎。仝有鄰僧來乞米，我今送米乞鄰僧。韓公寄仝詩：「先生結髮憎俗徒，閉門不出動一紀。至今隣僧乞米送，僕忝縣尹能不恥？」音氣，已見上。

送黃吉父三首[一] 將赴南康官，歸金谿。

柘岡西路白雲深，唐人詩：「宛陵三千里，路指吳雲深。」想子東歸得重尋。亦見舊時紅躑躅，爲言春至每傷心。公雖徙居金陵，而念鄉里每切。柘岡在臨川。

【校記】

〔一〕宋本、叢刊本題均作「送黃吉父将赴南康官歸金谿三首」。龍舒本題注無「歸金谿」三字。

其二

還家一笑即芳辰，好與名山作主人。邂逅五湖乘興往，相邀錦繡谷中春。廬山記：「谷中奇花異草，不可殫述。三四月間，紅紫匝地，如披錦繡，故以爲名。」

其三 杜詩：「喜心翻倒極，烏咽更沾巾。」

歲晚相逢喜且悲，莫占風日恨歸遲。我如逆旅當還〔一〕客，後〔二〕會有無那得知！〔三〕淵明詩：「家如逆旅舍，我如當去客。」言再見未可知也。

【校記】

〔一〕「還」，宋本、叢刊本作「去」。

〔二〕「後」，叢刊本作「復」。

〔三〕宫内廳本評曰：「其達，可誦。」

補注 示俞秀老 俞紫芝字秀老。惠洪冷齋夜話載：「秀老一日盜解荊公驢，騎入蔣山。公候其至，叱下堦，責數良久。秀老叩頭，願有以自贖。僧爲勸解，乃罰作松聲詩。」洪補亡云：「萬壑抱蒼煙，百灘度流水。下有跨驢人，蕭蕭吹醉耳。」秀老高士，非可下堦叱責者。荊公嘗況其詩如「紅渠碧水」，元、劉、陶、謝之流，且與書云：「當營理報寧菴舍，以佇游惕營從，何時如約一至乎？」則欽重之意，槩可想見。惠洪誕妄，類如此也。〔一〕

補注 金陵郡齋 蘇公子由云：「安石以宰相解經，行之於世。至春秋漫不能通，則詆以爲『斷爛朝報』。」余每謂「以宰相解經」五字，以〔二〕譏公操權勢，駈脅世俗，以行其説。然公諸經解妙處實多，韓持國輩終推之，何可盡疵哉？

【校記】

〔一〕本注原闌入詩注末，闕題，據注補。

〔二〕「以」，宮内廳本作「似」。

庚寅增注第四十三卷

鍾山晚步　細紅如雪　言花軟盈如雪，不言色也。　宜城賣酒家　張華詩：「蒼梧竹葉肖，宜城九醖酒。」

散策　何許　猶何處也。

江寧府園示元度　行到　王維詩：「行到水窮處。」

金陵郡齋　談經投老拚悠悠　治平四年三月，知江寧；五月，召爲學士。熙寧七年四月，罷相知江寧；六月，到江寧。八年二月，復拜相。「談經投老拚悠悠」，當是七年秋所作，蓋出守領經局也。

戲示蔣穎叔　燈火如星　韓詩：「漁火粲星點。」

示俞秀老　一片愁　庾信詩：「誰知一寸心，乃有萬斛愁？」

示李時叔　時叔，即伯時也。據建炎執政張澂題山莊圖云：「予渭陽李伯時德素既褫褐，相與隱舒之龍眠山。里人李元中少年邁往，人物如璧，而善言論，伯時招徠之，輒與山澤之游，號龍眠三李，一時聲聞出兩淮上，時人比之何氏大山、小山。王介甫以詩招伯時曰：『能爲白下東南尉，藜杖緇巾得往還。』德素善山谷道人黃魯直，申以姻連，故數爲人排根際官。元豐中亦登科，晚節顛沛，至不可道，視二李有遺恨焉。」　東南尉　揚雄解嘲曰：「東南一尉，西北一候。」注：「皆官也。」

其二　來看十日留歐公和徐生詩：「幸以主人故，崎嶇幾摧輈。一來勤已多，而況欲久留。」　傾蓋家語：「孔子之郯，遭程子於塗，傾蓋而語終日，有間，顧子路曰：『取束帛以贈先生。』」

示寶覺　別有禪天好净居唐人李幼卿題琅邪東峯禪室云：「同居好樂土，別占静居天。」

其二　壞色衣梵言袈裟，此云壞色衣，言非五方之正色。

仲元女孫　鑷髭鬚齊高祖曰：「豈有爲人曾祖拔白髮乎？」

憶金陵其三　好隨殘汴理歸艎按：周顯德五年正月，上欲引戰艦自淮入江，阻北神堰，不得度。欲鑿楚州西北鸛水以通其道。遣使行視，還言地形不便，計功甚多。上自往視之，授以規畫，發楚州民夫浚之。旬日而成，用功甚省。巨艦數百艘皆達於江。唐人大驚，以爲神。按：李翺亦載淮尚通江，距顯德未遠，不知何爲遽塞。元晦亦未深考也。

泊船瓜洲　春風自緑江南岸洪景盧内翰嘗云：「公此詩，吴中士人家嘗得公草，初云『又到江南岸』，圈去『到』字，注曰：『不好。』改爲『過』字，復圈去，而改爲『入』，旋改爲『滿』，凡如是十許字，始定爲『緑』。」李嘉祐詩：「細草緑河洲，王孫耐薄游。」

重陽余婆岡市　魯叟「魯叟」字，後見曾景建言，此人姓魯，名趙宗。其孫名翫，能世其家。託宣和間一從官重寫荆公此詩，刻之蛇蟠驛，則魯叟必一儒生爾。

寄金陵傳神者李士雲　衰容一見便宜真唐李遠帝王畫像詩：「宫女捲簾皆暗認，侍臣開殿盡遥驚。」便疑真，亦類此。白詩：「衰容自覺宜閑處。」

送黄吉父其二　錦繡谷中春范雎傳：「秦、韓之地形，相錯好繡。」柳文馬退山記：「蒼翠詭狀，綺綰繡錯。」谷以錦繡名，亦此意。

王荆文公詩卷第四十四

律詩

金陵即事三首〔一〕

水際柴門一半開，小橋分路入蒼〔二〕一作「青」。苔。背人照影無窮柳，隔屋吹香併是梅。此詩吟諷

不足，可入畫圖。○張祜詩：「紅樹蕭蕭閣半開。」○小杜詩：「綠樹陰青苔，柴門臨水開。」○皮日休古人名詩：「水邊韶景無窮柳，空被江淹一半黄。」杜詩：「野老籬前江岸迴〔三〕，柴門不正逐江開。」又：「隔屋唤西家，借問有酒不？」

【校記】

〔一〕龍舒本卷六十四題作「金陵絶句四首」，前三首同此，第四首即本書卷四十山鷄。此詩又爲龍舒本卷七十五即事十五首之第十三首。

〔二〕「蒼」，龍舒本作「青」。

〔三〕「迴」，原作「日」，據杜甫野老詩改。

其二〔一〕

結綺臨春歌舞地，荒蹊狹巷〔二〕兩三家。結綺、臨春，見和微之登高齋注。○李白姑蘇臺詩：「宮女如花滿春殿，只今〔三〕惟有鷓鴣飛。」即此意。東風漫漫吹桃李，非復當時仗外花。評曰：無奇。○唐詩：「佳氣常薰仗外峯。」

【校記】

〔一〕此詩又爲龍舒本卷七十五即事十五首之第十四首。

〔二〕龍舒本校：「一云『頹城斷壍』。」

〔三〕「今」，原作「令」，據李白越中覽古改。

其　三〔一〕

昏黑投林晚〔二〕更驚，背人相喚百般鳴。評曰：無名不爲雅。○退之聞鶯詩：「誰人教解百般鳴？」柴門長閉春風暖，事外還能見鳥情。列子黄帝篇：「太古聖人備知萬物情態，悉解異類音聲。」○杜詩：「農事聞人説，山光見鳥情。」

【校記】

〔一〕此詩又爲龍舒本卷七十五雜詠絶句十五首之第八首。

〔二〕「晚」，宋本、叢刊本作「曉」。

烏　塘

烏塘渺渺淥〔一〕平堤，言水與堤平。堤上行人各有携。試問春風何處好？辛夷如雪柘岡西。公母家吴氏，居臨川三十里外，地名烏石岡。吴氏所居，又有柘岡，即詩所指。○本草：「辛夷初開如筆，人呼爲木筆。其花最早。江南地暖，正月開，南人呼爲迎春。北地寒，二月開，樹高數仞，葉似柿葉而狹長，花似著毛小桃，色白而帶紫。花落後，至夏初復開花。」○輞川圖有辛夷塢。王維詩：「況有辛夷花，色與芙蓉亂。」○杜詩：「辛夷始花亦已落，況我與君非少年。」○白詩：「辛夷花白柳梢黃。」○退之詩：「辛夷花高最先開。」○錢起詩：「辛夷花盡杏花稀。」○杜牧之詩：「借問春風何處在？緑楊深巷馬頭斜。」

【校記】

〔一〕「淥」，宋本、叢刊本作「緑」。

柘岡

萬事〔一〕紛紛只偶然，老來容易得新年。柘岡西路花如雪，回首春風最可憐。杜牧詩：「冥鴻不下非無意，塞馬歸來是偶然。」柳集：「長來覺是日亦速殄。」〔二〕又有詩云：「一年容易即黃花。」

【校記】

〔一〕「事」，龍舒本作「里」。

〔二〕柳集引文，宮内廳本作「長來覺日月益速」。

北城[一]

青青千里亂春袍，後漢五行志：「千里草，何青青。十日卜，不得生。」[二]杜詩：「鵝草淡衣袍。」[三]唐人詩：「庾郎年最少，青草妬春袍。」暮[四]雨催紅出小桃。王維詩[五]：「桃紅復含宿雨，柳緑更帶春煙。」介父又詩：「晴飛落紅點[六]小桃。」回首北城無限思，日酣川浄野雲高。

【校記】

〔一〕宋本、叢刊本題作「城北」。龍舒本卷七十一北城同此；卷六十五重出，題作「開元上方」。

〔二〕原作「後漢末行至：千里草，何貴貫，紅色不得生」，乖謬錯漏不成句，據後漢書五行志及宮内廳本校正。

〔三〕「鵝草」句：宮内廳本作「堤草亂春袍」。下句「青草」，宮内廳本作「堤草」。

〔四〕「暮」，諸本均作「宿」。

〔五〕「王維詩」，原作「王母壽」，據宮内廳本改。

〔六〕「飛落紅點」，宮内廳本作「日蒸紅出」。

金　陵〔一〕

金陵陳迹老莓苔，南北游人自往來。最憶春風石城塢，家家桃杏過墻開。

【校記】

〔一〕此詩爲龍舒本卷七十五即事十五首之第十二首。

午　枕〔一〕

午枕花前簟欲流，言簟文瑩滑，如水之流。日催紅影上簾鈎。杜詩：「落日在簾鈎，谿邊春事幽。」窺人鳥唤悠颺夢，隔水山供宛轉愁。孟東野詩：「清溪宛轉水，脩竹裴回風。」○陳陶詩：「迎風騷屑千家竹〔二〕，隔水悠颺午夜鐘。」○靈一詩：「花濕隔水見，洞府過山逢。」

【校記】

〔一〕此詩爲龍舒本卷七十六獨卧三首之第三首。

〔二〕「風」，原作「門」，「竹」，原作「詩」，據全唐詩陳陶夜别温商梓州改。宫内廳本「陳陶」作「陳羽」，下句末字「鐘」作「風」。

州橋〔一〕

州橋踏月愁〔二〕山椒，回首哀湍故未〔三〕遥。今夜重聞事〔四〕嗚咽，却看山月話州橋。李義山詩：「君問歸期未有期，巴山夜雨漲秋池。何當共剪西牕燭，却話巴山夜雨時。」又陳陶詩：「憶昔鄱陽旅游日，曾聽南家争擣衣。今夜重聞舊砧杵，當時還見鴈南飛。」

【校記】

〔一〕此詩爲龍舒本卷七十五絶句九首之第四首。

〔二〕「愁」，諸本作「想」。

〔三〕「故未」，宋本、叢刊本作「未覺」。

〔四〕「事」，諸本均作「舊」。

觀明州圖〔一〕

明州城郭畫中傳，明州治鄞縣。尚憶西亭一艬船。出項羽傳。投老心情一作「光陰」。非復昔，當時風月故依然。歐公詩：「翠幙紅燈照羅鏡，心憶何似十年前。」

【校記】

〔一〕龍舒本此首重出，卷七十題作「憶鄞」，首句「中」作「圖」，三句「心情」作「光陰」；卷七十六題同此，二句「憶」作「記」，四句「風月」作「山水」，宋本、叢刊本同。

九日賜宴瓊林苑作

金明池〔一〕一作「馳」。道柳參天，瓊林苑、金明池，已見別注。○杜詩：「高柳半天青。」投老重來聽管絃。飽食太官還惜日，評曰：此豈志富貴者？○古詩：「志士惜日短。」夕陽臨水意茫然。杜詩：「夕陽臨水釣。」又：「斯爵〔二〕恐不遂，把酒意茫然。」又□□詩：「河日沾欲禄，歸山買薄田。終身恐不遂，把酒意茫然。」

【校記】

〔一〕「池」，宋本、叢刊本作「馳」。

〔二〕「爵」，杜甫重過何氏五首之五作「游」。又，此詩後四句曰：「何路霑微禄，歸山買薄田。斯游恐不遂，把酒意茫然。」與注下詩相近。

壬子偶題〔一〕

公自述云：「熙寧五年，東府庭下作盆池，故作。」

黃塵投老倦匆匆，故遶盆池種水紅。韓詩：「老翁真個似童兒，打水埋盆作小池。」又奉和錢七兄曹長盆池所植。錢七兄，徽也。徽詩序云：「小庭水植，率爾成詩。」又李白對雨詩：「水紅愁不起。」落日欹眠何所憶？江湖秋夢櫓聲中。劉長卿詩：「暮情辭鏡水，秋夢識雲門。」汪遵〔二〕詩：「秋宵睡足芭蕉雨，又是江湖入夢來。」

【校記】

〔一〕龍舒本卷七十四題作「懷舊」，無題注。宋本、叢刊本題下無「公自述云」四字。

〔二〕「汪遵」，原作「注遵」，據宮内廳本改，引詩見全唐詩汪遵詠酒二首。

和張仲通憶鍾陵絶句二首〔一〕

鍾陵，謂豫章，昔之洪州，今之隆興也。

一夢章江已十年，故人重見想皤然。章貢水，已見上注。自贛州至洪，通謂之章江。只應兩岸當時柳，能到春來尚可憐。杜牧詩：「夾岸垂楊三百里，只應圖畫最相宜。自嫌流落西歸疾，不見東風二月時。」

【校記】

〔一〕「二首」，龍舒本作「四首」，前二首同此；後二首同本書卷四十七汀沙、西山。宋本、叢刊本題無「絶句」二字。

其　二

逸少池邊有一丘，西山南浦慣曾游。殘年歸去終無樂，聞説章江即淚流。右軍墨池在撫州州學，距公居切近。西山、南浦，指洪州，見王勃滕王閣記。

送和甫至龍安暮歸

隱隱西南月一鈎，春風落日〔一〕澹如秋。柳詩：「春半如秋意轉迷。」司馬天章詩：「冷於陂水澹於秋。」房櫳半掩無人語，鼓角聲中始欲愁。「人言愁，我始欲愁矣。」晉衛玠語。

【校記】

〔一〕「日」，宋本作「晚」。

鍾山即事〔一〕

澗水無聲遶竹流，竹西花草弄春柔。茅簷相對坐終日，一鳥不鳴山更幽。舊本注：「減二字，再成一首：『澗水繞竹流，花草弄春柔。相對坐終日，鳥鳴山更幽。』」荊公嘗語山谷云：「古稱『鳥鳴山更幽』，我謂不若『不鳴山更幽。』」故今詩如此。沈存中又稱公以「鳥鳴山更幽」對「風定花猶落」爲妙。苕溪漁隱曰：「太白詩：『解道澄江静如練，令人還憶謝元暉。』至魯直則云：『憑誰説與謝元暉，休道澄江静如練。』王文海云：『鳥鳴山更幽。』至介甫則云：『茅簷相對坐終日，一鳥不鳴山更幽。』皆反其意而用之，蓋不欲沿襲之耳。」

【校記】

〔一〕龍舒本卷六十四鍾山絶句二首，其一同此，其二即本書卷四十八竹窗。

南澗樓[一]　在江寧尉司。

撲撲煙嵐遶四阿，杜牧之詩：「後嶺翠撲撲，前溪緑泱泱。」○周禮：「明堂四阿重屋。」物華終恨未能多。故應斗[二]起三千丈，始柰重山複嶺何。張祜詩：「泉聲到池盡，山色上樓多。」○太白詩：「白髮三千丈。」○韓詩：「直須臺上看，始柰月明何。」

【校記】

〔一〕龍舒本卷六十六南澗樓同此，卷七十一南澗橋重出，題注：「重。」

〔二〕「斗」，叢刊本作「陡」。

京　城

三年衣上禁城塵，撫事茫[一]然愧古人。漢贊：「彼以古人之責見繩，烏能勝其任乎？賢者自以不能如古人爲愧。」明月滄波秋萬頃，扁舟長寄夢中身。雖明月滄波之浩渺，非不超然垢紛之外，亦均於夢耳。○吕居仁贈真歇詩：「城市少留真夢事，山林高卧亦空花。」

【校記】

〔一〕「茫」，叢刊本作「怊」。

隴東西二首〔一〕

唐人賦。歐陽詹詩：「忽如隴頭水，坐作東西分。」

隴東流水向東流，不肯相隨過隴頭。秖有月明西海〔二〕上，伴人征戍替人愁。辛氏三秦記載俗歌曰：「隴頭流水，鳴聲嗚咽。遥望秦川，肝腸斷絶。」又：「隴山，一名隴坻，又名分水嶺。」故公有「東流」、「西流」之句。○王建詩：「一東一西隴頭水，一聚一散天邊霞。」○漢有西海郡。博物志云：「漢使張騫渡西海，至大秦。西海之濱，有小崐崙。」

【校記】

〔一〕「首」，龍舒本作「絶句」。

〔二〕「西海」，宋本作「西河」。

其二

漢書：「于闐之西，水皆西流注西海；其東，水東流注鹽澤。」然則外域水亦有東、西分者。

隴西流水向西流，自古相傳到此愁。添却征人無限淚，怪來嗚咽已千秋。公送董傳詩又云：「悠悠隴頭水，日夜向西流。」○李義山詩：「溝水分流西復東，九秋霜月五更風。」亦謂隴水。雍裕之詩：「思君如隴水，長聞嗚咽聲。」

斜徑

斜徑偶穿〔一〕南埭路，數家遙對北山岑。草頭蛺蝶黃花晚，菱角蜻蜓翠蔓深。南埭、北山，在公園屋旁近。余使燕時，館伴使李著能誦公「黃花翠蔓」之句，以爲妙。杜詩：「穿花蛺蝶深深見，點水蜻蜓欵欵飛。」

【校記】

〔一〕「穿」，龍舒本作「通」。

暮春〔一〕

北風〔二〕吹雨送殘春，南澗朝來緑〔三〕映人。昨日杏花渾〔四〕不見，故應隨水到江濱。杜鵬詩：「侵階草色連朝雨，滿地梨花昨夜風。」〔五〕意亦類此，但比公語爲簡耳。

【校記】

〔一〕龍舒本卷七十二暮春三首，其一同此，其二、三首即本書卷四十七兩首暮春。

〔二〕「風」，宋本、叢刊本作「山」。

〔三〕「緑」，龍舒本作「渌」。

〔四〕「渾」，龍舒本作「都」。

〔五〕據唐詩紀事卷五十六，乃來鵬寒食山館書情句。

雨晴

晴明山鳥百般催，不待桃花一半開。雨後緑陰空遶舍，總將春色付莓苔。唐人詩：「杏香終日被風吹，多在青苔少在枝。」○長孫左輔枯樹詩：「應是無機承雨露，却將春色寄苔痕。」

日西

日西階影轉梧桐，簾捲青山簟半空。武元衡詩：「簾捲青山巫峽曉，雲凝碧岫渚宮秋。」○杜詩：「卷簾惟白水，隱几亦青山。」○令狐楚詩：「玉箸千行落，銀床一半空。」潘安仁悼亡詩：「展轉眄枕席，長簟竟床空。」金鴨火消沉水冷，悠悠殘夢鳥聲中。李賀詩：「深幃金鴨冷，奩鏡幽鳳藏。」

禁直

翠木交陰覆兩簷，夜天如水碧恬恬〔一〕。帝城風月看常好，人世悲哀老自添。李賀詩：「夜天如玉砌。」○杜牧詩：「瑶〔二〕階夜色涼如水。」又：「微漣風定翠恬恬。」○王縉詩：「帝城風月好，況復建平家。」○張籍詩：「秋天如水夜未央，天漢東西月色光。」○李端詩：「人老自多愁，水深難急流。」

【校記】

〔一〕「恬恬」，宋本、叢刊本作「湉湉」。

〔二〕「瑶」，宮内廳本作「天」。

御柳〔一〕

作翰林時。此詩一作：「習習春風拂柳條，御溝春水已冰消。人間今日春多少，秖看東方北斗杓。」

御柳新黄已迸條，宫溝薄凍未全消。公爲翰林時，熙寧元年，四十七歲。杜詩：「臘日常年煖尚遥，今年臘日凍全消。」○王涯詩：「二月春風變柳條，九天清樂奏雲韶。」不知人世春多少，先向天邊問斗杓。北斗七星，在紫宫南，其杓所建，周於十二辰之舍，改〔二〕定十有二月，斟酌元氣，運乎四時者也。孟浩然詩：「昏見斗杓回，始知星歲改。」或言介甫作此詩已，未幾，參大政，類詩讖云。○晏公詩：「臘雪半含梅粉白，春風先著柳梢黄。」

【校記】

〔一〕龍舒本卷七十六題作「作翰林時」，前兩句全同題下注「一作」云云，第三句作「欲知四海春多少」，第四句同本詩。宋本、叢刊本題下注「一作」云云，同龍舒本。

〔二〕「改」，宫内廳本作「以」。

祥雲

冰入春風漲御溝，上林花氣欲飛浮。言東風解凍，冰溶而溝漲。未央屋瓦猶殘雪，却爲祥雲映日流。

○退之詩：「墻下春渠入禁溝。」○王昌齡詩：「慶雲從東出，泱漭抱日流。」

題中書壁

夜開金鑰詔詞〔一〕臣，金坡遺事云：「舊制，學士晚得熟狀。其〔二〕密者，多夜降出草麻，五更三點進入。又，每恩例除改，即宰相得旨後〔三〕，入熟狀。至晚，或召對，或降出熟狀，便草麻。惟進退宰相，及非時特旨除改，皆夜後宣入，面受處分。宰相不得知也。」對御抽毫草帝綸。吴融詩：「六載抽毫侍禁闈，不堪多病決然歸。」須信朝家重儒術，一時同榜用三人。杜集送顧八分詩：「三人並入直，恩澤各不二。」○熙寧三年，公與韓子華同拜相，王岐公爲翰林學士，被召草麻。既受〔四〕旨，神宗因出手札示之曰：「已除卿參知政事矣。」故此詩云：「一時同榜用三人。」公楊寘榜及第，岐公第二，子華第三，公第四。寘早世。或云陸子履詩，非也。

【校記】

〔一〕「詞」，龍舒本、宋本、叢刊本作「辭」。

〔二〕「其」，原作「共」，據宫内廳本改。

〔三〕「後」，原作「復」，據宫内廳本改。沈注引事實類苑，亦作「後」。

〔四〕「受」，原作「文」，據宫内廳本改。

禁中春寒

青〔一〕煙漠漠雨紛紛，謝玄暉游東田詩：「生煙紛漠漠。」○竇庠上陽宮詩：「愁煙漠漠草離離。」盧綸詩：「垂楊不動雨紛紛。」水殿西廊北苑門。韋執誼翰林記：「院在銀臺門内，麟德殿重廊之後，廊各設一門。若在院〔二〕得召，即自西重廊複門而入，對於麟德。」今言西廊，蓋宋朝翰苑亦略仿唐制。韓致光玉堂閑坐詩：「清冷侵肌水殿風。」已著單衣猶禁火，海棠花下怯黄昏。樂天慈恩寺詠：「惆悵春歸留不得，紫藤花下漸黄昏。」○花蘂夫人詩：「試炙銀槃先按拍，海棠花下合梁州。」

【校記】

〔一〕宋本、叢刊本校云：「一作『浮』。」

〔二〕「院」，原作「陁」，據宮内廳本改。

試院五絶句〔一〕

少時操筆坐中庭，子墨文章頗自輕。聖世選才〔二〕終用賦，白頭來此試諸生。公集首善自京師始賦，其詩〔三〕切，有義味。今之陳腐雕刻，何足窺其詩〔四〕者？然公亦姑同俗耳，而心卒薄之，故云「頗自輕」，下又云「終用賦」，言不常用也，意欲改之。

【校記】

〔一〕龍舒本卷七十六題作「試院中五絶句」；宫内廳本題作「試院五絶」。宋本、叢刊本此首在卷第三十，題作「試院中」；以下四首則在卷第三十一。

〔二〕「才」，宋本、叢刊本作「材」。

〔三〕「其詩」，宫内廳本作「甚精」。

〔四〕「詩」，宫内廳本作「藩」。

其　二〔一〕

白髮無聊病更侵，移床向竹卧〔二〕秋陰。朝來鴈背西風急，吹折江湘萬里心。溫庭筠詩：「蝶翎胡粉重，鴉背夕陽多。」

【校記】

〔一〕宋本、叢刊本此與以下三首在卷第三十一，題作「試院中」；以下三首分别題作「二」、「三」、「四」。

〔二〕「向竹卧」，龍舒本、宋本、叢刊本作「卧竹向」。

其三

咫尺淹留可奈何，東西虚共一姮娥。階前棗樹應摇落，此夜清光得幾多。月賦：「隔千里兮共明月。」

○白詩：「華陽洞裏秋壇上，今夜清光此處多。」又詩：「坐愁樹葉落，中庭明月多。」杜牧之詩：「庭樹空來見月多。」

其四

青燈照我夢城西，坐上傳觴把菊枝。忽忽覺來[一]頭更白，隔墻聞語趂朝時。言夢傳觴把菊，既覺，聞隔墻語，身在試院，非自趂朝，止言是此時耳。

【校記】

〔一〕「來」，原作「李」，據諸本改。

其五

蕭蕭疎雨吹簷角，噎噎暝蛩啼草根。閉[一]却荒庭歸未得，一燈明滅照黄昏。杜詩：「歸翼飛棲[二]定，寒燈亦閉門。」

【校記】

[一]「閉」，宋本、宫内廳本、叢刊本作「閑」。

[二]「棲」，原作「極」，據杜甫晚及宫内廳本改。

學士院燕侍郎畫屏[一]

六幅生綃四五峯，暮雲樓閣有無中。韓退之桃源圖詩：「生綃一幅垂中堂。」○郎士元詩：「青山霽後雲猶在，畫出西南四五峯。」○王維詩：「江流天地外，山色有無中。」○韓琮詩：「緑暗紅稀出鳳城，暮雲樓閣古今情。」去年今日長干里，遥望鍾山與此同。李白長干行：「同居長干里，兩小無嫌猜。」玉堂有董羽[二]畫水，吴僧巨然畫山水，皆有遠思，一時絶筆也。見金坡遺事。又，京師學士院有燕侍郎山水圖，荆公有一絶云：「六幅生綃四五峯」云云。後張天覺有詩云：「相君開卷憶江東，髣髴鍾山與此同。今日還爲一居士，儵然身在畫圖中。」此詩話所載。但學士院不聞有燕畫，恐只指巨然尔。

【校記】

〔一〕龍舒本題作「學士院畫屏」。「屏」，宋本、叢刊本作「圖」。

〔二〕「董羽」，原作「黄羽」，據宫内廳本改。沈注引事實類苑亦作「董羽」。

道傍大松人取爲明〔一〕

虬甲龍髯不可〔二〕攀，亭亭千丈〔三〕蔭南山。左太冲詩：「亭亭山上松。」王維松歌：「爲君顔色高且閑，亭亭迥出浮雲間。」○李白詩：「錯落千丈松，虬龍盤古根。」

應嗟無地逃〔四〕斤斧，豈願争明爝火間。評曰：語真意厚。○白傅松詩：「尚可以斧斤，伐之爲棟梁。殺身獲其所，爲君構明堂。」其意與公異矣。○柳子厚詩：「孤松停翠蓋，託根臨廣路。不以險自防，遂爲明所誤。」○詩言松意尚不願見采於匠石，充樑棟之用，况肯與區區螢爝争明於頃刻間耶？

【校記】

〔一〕宋本、叢刊本題「傍」作「旁」，「取」下有「以」字。

〔二〕「虬甲龍髯」，宋本、叢刊本作「龍甲虬髯」。「可」，龍舒本作「易」。

〔三〕「丈」，龍舒本作「尺」。

王荆文公詩卷第四十四

〔四〕「無地逃」，龍舒本作「此地無」。

見鸚鵡戲作〔一〕

雲木何時兩翅翻，林逋詩：「雲木叫鉤輈。」玉籠金鎖秖煩冤。武元衡詩：「粉鸞歸處玉籠開。」宋玉風賦：「勃鬱煩冤。」○杜詩兵車行：「新鬼煩冤舊鬼哭。」禰正平有鸚鵡賦：「順籠檻以俯仰，窺户牖以踟躕。想崐山之高峻，思鄧林之扶疎。顧六翮之殘毁，雖奮迅其焉如。心懷歸而不果，徒怨毒於一隅。」○張茂先賦：「戀鍾岱之林野，慕隴坻之高松。雖蒙幸於今日，未若疇昔之從容。」○歐陽公畫眉詩：「須知鎖向金籠聽，不及林間自在啼。」

直〔二〕須强學人間語，軒轅彌明：「吾不解世俗書。」舉世無人解鳥言。評曰：翻一句更佳。○神異經曰：「西方大荒中有人焉，長丈，其腹圍九尺，知河海升斛，識山石多少，知天下鳥獸言語。」○周禮：「夷隸掌役牧人養牛馬，與鳥言。」鄭司農云：「夷狄之人，或曉鳥獸之言。」○又廣記成仙公傳：「嘗與衆共坐，聞羣雀鳴而笑之。衆問其故，答曰：『市東車飜，覆米，羣雀相呼往食。』遣視之，信然。」觀此，世固有解鳥言者矣。管輅能曉鳥鳴。劉長仁曰：「夫生民之音曰言，鳥獸之聲曰鳴，故言者，則有知之靈貴；鳴者，則無知之賤名。何由以鳥鳴爲語，亂神明之所異也。」

【校記】

〔一〕宋本、叢刊本「作」字下有「四句」二字。

〔二〕「直」，宋本、叢刊本作「真」。

池鴈

羽毛摧落向人愁，當食哀鳴似有求。失侶而思其羣也。杜詩：「孤鴈不飲啄，哀鳴聲念羣。」萬里衡陽冬欲暖，失身元爲稻粱謀。杜詩：「君看隨[一]陽鴈，各有稻粱謀。」

【校記】

〔一〕「隨」，原作「衡」，據杜甫同諸公登慈恩寺塔及宮内廳本改。

六年[一]

六年湖海老侵尋，千里歸來一寸心。西[二]望國門搔短髮，九天宮闕五雲深。杜詩：「心折此時無一寸。」○陸龜蒙江湖散人歌：「短髮搔來蓬半垂。」此見公深追神宗之遇，雖已在田里，不忘朝廷也。

【校記】

〔一〕此詩爲龍舒本卷七十五雜詠絶句十五首之第十首。

〔二〕「西」，宫内廳本作「回」。

世故〔一〕

世故紛紛謾〔二〕白頭，欲尋歸路更遲留。鍾山北遶無窮水，散髮何時一釣舟？嵇叔夜詩：「散髮嵓岫。」注：「謂不爲冠冕所拘束也。」〇盧仝詩：「荷蓑不是人間事，歸去滄江有釣舟。」〇李白詩：「黄犬空太息，緑珠成釁讎。何如鴟夷子，散髮棹扁舟。」〇又詩：「人生在世不稱意，明朝散髮弄扁舟。」〇此詩當作於未去相位時。

【校記】

〔一〕龍舒本卷七十六題作「省中絶句」。

〔二〕「謾」，宋本、叢刊本作「漫」。

邵平

天下紛紛未一家，漢主謂陳平：「天下紛紛，何時定乎？」○項羽傳：「天下洶洶，徒以吾兩人。願與王挑戰決雌雄，無徒罷天下父子爲也。」販繒屠狗尚雄誇。「灌嬰，睢陽販繒者也。」師古曰：「繒者，帛之總名。」『樊噲，沛人也，以屠狗爲事。」東陵豈是無能者，獨傍青門手種瓜。評曰：好。○蕭何傳云：「平種瓜長安城東。」又：「霸城門，民間所謂青門也。」○陶詩：「衰榮無定在，彼此更共之。邵生瓜田中，何似東陵時。寒暑有代謝，人道每如斯。達人解其會，逝將不復疑。」○杜詩：「千載商山芝，往者東門瓜。其人骨已朽，此道無疵瑕。」陶以爲「達人」，杜謂「無疵瑕」，蓋漢興不復出，此尤高也。○胡曾詩：「漢皇提劒滅咸秦，亡國諸侯盡是臣。惟有東陵守高節，青門甘作種瓜人。」

中牟

屬東京開封府，在京城西七十里，即古中牟故城。後漢魯恭嘗爲之宰。

潁城百雉擁高秋，驅馬臨風想聖丘。退之遠游聯句：「乘桴想聖丘。」此道門人多未悟，爾來千載判〔一〕悠悠。佛肸爲中牟宰，趙鞅攻范中行，伐中牟，佛肸畔，使人召孔子。子欲往，子路曰：「由聞諸夫子：『親於其身爲不善者，君子不入也。』今佛肸以中牟畔，子欲往，如之何？」孔子曰：「有是言也：『不曰堅乎？磨而不磷。不曰白乎？涅而不淄。』吾豈匏瓜也哉？焉能繫而不食？」門人多未悟，謂子路之問。

【校記】

〔一〕「判」，龍舒本作「拚」。

王章

志〔一〕士軒昂非自謀，近臣當〔二〕爲國深憂。區區女子無高意，追念牛衣暖即休。軒昂，真跡作「激昂」。本傳：「章病，無被，卧牛衣中，涕泣與妻訣。妻呵章曰：『仲卿，京師尊貴在朝廷人，誰踰仲卿者？今疾病困阨，不自激昂，乃反涕泣，何鄙也？』及章爲京兆，欲上封事，妻又止之曰：『人當知足，獨不念夫牛衣中泣時耶？』章曰：『非女子所知也。』」按：漢史「激昂」作「卬〔三〕」，音仰，此乃作平聲。牛衣，龍具也。龍具之制，不知何若。按食貨志：「貧民常衣牛馬之衣。」蓋編草使暖，以被牛體。

【校記】

〔一〕「志」，宋本、叢刊本作「壯」，注云：「一作『志』。」

〔二〕「當」，宫内廳本作「常」。

〔三〕「卬」，原作「仰」，據漢書王章傳及宫内廳本改。

神物〔一〕

神物登天擾可騎，如何孔甲但能羈？當時若更無劉累，龍意茫然豈得知！評曰：能言自異。○韓非說難：「龍之爲虫也，可擾狎而騎也。」○昭公二十九年：「秋，龍見於絳郊。魏獻子問於蔡墨曰：『吾聞之，蟲莫知於龍，以其不生得也。謂之知，信乎？』對曰：『人實不知，非龍實知。昔有飂叔安，有裔子曰董父，實甚好龍，能求其嗜欲以飲食之，龍多歸之。乃擾畜龍，以服事帝舜。帝賜之姓曰董，氏曰豢龍，封諸鬷川。及有夏孔甲擾於有帝，帝賜之乘龍，孔甲不能食，而未獲豢龍氏。有陶唐氏既衰，其後有劉累，學擾龍於豢龍氏，以事孔甲，能飲食之。夏后嘉之，賜氏曰御龍，以更豕韋之後。』獻子曰：『今何故無之？』對曰：『夫物物有其官，官修其方，朝夕思之。一日失職，則死及之。失官不食，官宿其業，其物乃至。若泯棄之，物乃坻伏，鬱湮不育。龍，水物也。水官棄矣，故龍不生得。』」蘇子容嘗記計用章郎中語曰：「神龍騰驤，豈可羈也。其豢養於人者，謂其有嗜欲故也。故人主不宜有所好。有所好，則腹心肝膽皆在人矣。故好征戰，則孫武、白起之徒出，而民殘於干戈矣；好刑名，則韓非、張湯之徒出，而民苦於刻核矣；好聚斂，則桑弘羊、皇甫鎛之徒出，而民困於掊剋矣；好順從，則張禹、胡廣之徒出，而民蔽於夸大矣。豈惟人主，學士、大夫亦宜知之。」

【校記】

〔一〕此詩爲龍舒本卷七十五雜詠絶句十五首之第四首。

文成〔一〕

文成五利老紛紛，方丈蓬萊但可聞。言方士之虛誕，神仙但可聞，不可見。萬里出師求寶馬，飄然空有意凌雲。李斯傳：「公子高上言：『中厩之寶馬，臣得賜之。大宛之役，耗竭中國最甚。』」公言武帝殺人之多，乃徒有欲仙之意，蓋譏之也。神宗嘗曰：「漢武帝至不仁，以一馬之故，勞師萬里，侯者七十餘人。視人命如草芥，此天下户口所以減半也。人命至重，天地之大德曰生，豈可如此？」

【校記】

〔一〕此詩爲龍舒本卷七十五雜詠絶句十五首之第五首。

讀漢書

京房劉向各稱忠，詔獄當時跡自窮。房、向各以言災異，下詔獄。畢竟論心異恭顯，不妨迷國略相同。蓋漢儒五行傳必以某異應某事，識者多非之。公素不喜。疑所稱「迷國」，指此也。○杜牧詩：「碧溪留我武關東，一笑懷王跡自窮。」○吕晦叔、王介甫同爲館職，當時閤下皆知名士。每評論古今人物治亂，衆人之論，止於介甫；介甫之論，又爲晦叔止也。

一日，論劉向當漢末，言天下事，反復不休，以爲知忠義，或以爲不達時變。議未決，介甫來，衆問之，介甫卒然對曰：「劉向強聒人耳。」衆意未滿。晦叔至，又問之，則曰：「同姓之卿歟？」衆乃服。

賜　也〔一〕

賜也能言未識真，悮將心許漢陰人。桔槔俯仰妨何事，抱甕區區老此身。莊子天地篇：「子貢過漢陰，見一丈人爲圃畦，鑿隧而入井，抱甕而出灌，用力甚多，而見功寡。子貢曰：『有機械於此，一日浸百畦，夫子不欲乎？』丈人曰：『奈何？』曰：『鑿木爲機，後重前輕，挈水若抽，數如泆湯，其名桔槔。』爲圃者忿然作色而笑曰：『有機械者必有機事，有機事者必有機心，道之所不載也。吾非不知，羞而不爲也。』子貢瞞然而慙曰：『始吾以夫子天下一人耳，不知復有斯人也。』」注謂：「此宋榮子之徒，未足以爲全德。子貢之迷没於此人，即若列子之心醉於季咸也。」公詩蓋取注意云。又，天運篇：「且子獨不見夫桔槔乎？引之則俯，舍之則仰。彼，人之所引，非引人也，故俯仰而不得罪於人。」公詩内使「俯仰」字，又取於此。○石林詩話云：「舊中書南廳壁間有晏元獻題詠上竿伎一詩云：『百尺竿頭裊裊身，足騰跟倒駭傍人。漢陰有叟君知否？抱甕區區亦未貧。』當時必有謂。文潞公在樞府，嘗一日過中書，與荆公行至題下，特留，誦詩久之，亦不能無意也。荆公它日因題此篇於後。」

【校記】

〔一〕此詩爲龍舒本卷七十五絶句九首之第八首。

重將[一]

重將白髮傍[二]墻陰，陳迹茫然不可尋。花鳥揔知春爛熳，人間獨自有傷心。劉長卿詩：「豈能將白髮，扶杖出人間。」

【校記】

〔一〕此詩爲龍舒本卷七十四有感五首之第二首。

〔二〕「傍」，宋本、叢刊本作「旁」。

載酒[一]

載酒欲尋江上舟，出門無路水交流。黃昏獨倚春風立，看却花飛[二]觸地愁。世說：「王文度與林法師講，韓、孫諸人在坐，林理每欲小屈。孫興公曰：『法師今日如著弊絮在荆棘中，觸地挂閡。』」○王建詩：「忽地金輿向月陂，内人接著便相隨。」觸地，恐亦「忽地」之類。○宋白尚書詩：「晚風頻動惜花愁。」

【校記】

〔一〕此詩爲龍舒本卷七十四有感五首之第三首。

〔二〕「飛」，宋本、叢刊本作「開」。

楚　天〔一〕

楚天如夢水悠悠，花底殘紅漫不收。獨遶去年垂〔二〕淚處，還將牢落對滄洲。言憂愁之日常多。韋應物詩：「野水煙鶴唳，楚天雲雨空。」

【校記】

〔一〕此詩爲龍舒本卷七十四有感五首之第五首。

〔二〕「垂」，宋本、叢刊本作「揮」。

江　上〔一〕

江北秋陰一半開，晚雲含雨却低徊〔二〕。浪蹙青山江北岸，雲含黑雨日西邊。○李義山詩：「户外重陰黯不開。」○韓詩：「轉覺霜毛一半加。」○杜審言詩：「日氣含殘雨，雲陰送晚雷。」○俞亮詩：「樹色含殘雨，河流帶夕陽。」〔三〕○劉長卿詩：「楚天含江氣，雲色常霮䨴。」青山繚遶疑無路，忽見千帆隱映來。王昌齡詩：「亂入池中看不見，聞歌始覺有人來。」○秦少游詩：「菰蒲深處疑無地，忽有人家笑語聲。」疑祖此。

【校記】

〔一〕此詩爲龍舒本卷七十一江上五首之第二首。

〔二〕「徊」，宋本、叢刊本作「回」。

〔三〕據全唐詩卷五百四十三，此句當爲喻鳧詩。

春　江

或言此方子通詩，荆公愛之，書於册，後人誤謂公作。方名淮，姑蘇人，行高潔，隱居不仕。

春江渺渺抱牆流，煙草茸茸一片愁。吹盡柳〔一〕花人不見，青旗催日下城頭。青旗，酒旗也。唐人詩：「柴扉日暮隨風掩，落盡閑花不見人。」公又有「細草孤雲一寸愁」之句。或言此是方子通詩。○公子元澤詩：「雙雙燕子語簾前，病客無聊盡日眠。開遍杏花人不見，滿庭細雨緑如煙。」元澤詩亦類公作，余於臨川得之，附此。李泰伯詩：「山店落英春寂寂，青旗吹盡柳花風。」

【校記】

〔一〕「柳」，龍舒本作「楊」。

春雨〔一〕

城雲如雪〔二〕柳傚傚，真迹「雪」作「夢」。詩：「屢舞傚傚。」毛氏曰：「傚傚，舞不能自止也。」唐崔魯詩：「紅葉下山寒寂寂，濕雲如夢雨如塵。」野水横來强滿池。高適詩：「門前種柳深成巷，野谷流泉添入池。」九十日春渾得雨，故應留潤〔三〕作花時。評曰：解不通。

【校記】

〔一〕龍舒本卷七十二春雨二首，其一同此，其二即本書卷四十春雨。

〔二〕「雪」，宋本、叢刊本作「夢」。

〔三〕「潤」，龍舒本作「閏」。

初到金陵〔一〕

江湖歸不及花時，空遶扶疎緑玉枝。夜直去年看蓓蕾，盧仝茶歌：「仁風暗結珠蓓蕾。」説文：「蓓蕾，花綻兒。」晝眠今日對紛披。

【校記】

〔一〕龍舒本卷七十題末有「二首」二字，其一同此，其二即本書卷四十一答韓持國芙蓉堂二首之二。

與北山道人〔一〕

蒔果疏泉帶淺山，柴門雖設要常關。別開小徑連松路，秖與鄰僧約往還。許景先詩：「蒔蔬利於鬻。」歸去來詞：「門雖設而常關。」沈傳師詩：「別引新徑縈雲根。」○趙嘏詩：「自曬詩書經雨後，別留門户爲僧開。」皇甫曾詩：「掃雪開松徑，疏泉過竹林。」

【校記】

〔一〕「道人」，龍舒本作「僧」。

過外弟飲

爾雅釋親釋曰：「外族，母黨之屬也。」吴氏，公母家也，居烏石崗，距臨川三十里。

一日〔一〕君家把酒杯，六年波浪與塵埃。不知烏石崗〔二〕邊路，至老相尋得幾回？秦韜玉詩：「青門春色一花開，長到花時把酒杯。」朱放詩：「殷勤竹林寺，能得幾回過。」

【校記】

〔一〕「日」，叢刊本作「自」。

〔二〕「崗」，宋本、叢刊本作「岡」。

若耶溪歸興

若耶溪上踏莓苔，興罷張帆載酒迴〔一〕。郡國志：「若耶溪在山陰縣東南，歐冶子鑄劍之所。下有孤潭，深而清。」汀草岸花渾不見，青山無數逐人來。李白詩：「天門中斷楚江開，碧水東流直百回。兩岸青山相對出，孤帆一片日邊來。」

【校記】

〔一〕「迴」，龍舒本、宋本、叢刊本作「回」。

烏　石〔一〕

一作游草堂。○觀此詩，則金陵亦有烏石崗也。

烏石崗〔二〕邊繚遶山，柴荆細徑〔三〕一作「路」。水雲間。拈〔四〕一作「吹」。花嚼蘂長來往，李義山序柳枝事云：「柳枝年十七，塗糚綰髻，未嘗竟，已復去吹華嚼蘂，調絲擪竹，作天風海濤之曲，多幽憶怨斷之音。」只有春風似我閑。

【校記】

〔一〕龍舒本卷六十三題作「游草堂寺」。

〔二〕「崗」，龍舒本、宋本、叢刊本作「岡」。

〔三〕「徑」，宋本、叢刊本作「路」，校曰：「一作『徑』。」

〔四〕「拈」，宋本、叢刊本作「吹」，校曰：「一作『拈』。」

定林〔一〕

定林脩〔二〕木老參天，横貫東南一道泉。此言定林有泉，豈即應潮井乎？六〔三〕月杖藜尋石路，午陰多處弄潺湲。許子禮吏部嘗云：親見定林題筆，不云「脩木」，云「喬木」；不云「石路」，云「去路」；不云「弄潺湲」，云「聽潺湲」。羅鄴詩：「一道潺湲濺短蓑。」

【校記】

〔一〕此詩爲龍舒本卷六十三定林院三首之第二首。

〔二〕「脩」，宋本、叢刊本作「青」，注云：「一作『修』，又作『喬』。」

〔三〕「六」，龍舒本作「五」。

定林所居

即公讀書之地，米元章所書昭文齋也。

屋繞灣溪竹遶山，溪山却在白雲間。臨溪放杖〔一〕依山坐，溪鳥山花共我閑。白公詩：「弄石臨溪坐，尋花遶寺行。」又：「盡日觀魚臨澗坐，有時隨鹿上山行。」

【校記】

〔一〕「杖」，龍舒本、宋本、叢刊本作「艇」。

臺城寺側獨行

續建康志志，此詩指景陽山，山即宋文帝元嘉二十三年於華林園所築。

春山撩亂水縱横，籬落荒畦草自生。獨往獨來花〔二〕下路，筍輿看得緑陰成。韓詩：「五月榴花照眼明，枝間時見子初成。」

【校記】

〔一〕「花」，龍舒本、宋本、叢刊本作「山」。

遊鍾山

〔一〕按建康志：「鍾山，一名蔣山，在城東北一十五里，周迴六十里，高一百五十八丈。東連青龍山，西接青溪，南有鍾浦，下入秦淮，北接雉亭山。漢蔣子文死事於此。吴大帝祖諱鍾，因改曰蔣山。」

終日看山不厭山，買山終待老山間。「買」字，別本作「愛」。○世説：「支道林因人就深公買印山，公曰：『未聞巢、由買山而隱。』」又，唐符載遺書，乞買山錢於于頔〔二〕。○小杜詩：「小樓纔受一床横，終日看山酒滿傾。」

山花落盡山長在，山水空流山自閑。志閑禪師詩：「閑花一任風吹落，留得青山在即休。」

【校記】

〔一〕龍舒本卷六十四遊鍾山四首，其一同此，其二即本書卷四十七遊鍾山，其三即本書卷四十四松間，其四即本書卷四十被召作。

〔二〕「頔」，原作「傾」，據宮内廳本改。

松　間　公自注云〔一〕：「被召將行作。」

偶向松間覓舊題，野人休誦北山移。丈夫出處非無意，猿鶴從來自不〔二〕知。北山移文有「鶴怨猿驚」之語。神宗初，詔公知江寧府，衆謂公必辭。及詔到，即赴府視事。其時韓公持國在侍從，嘗入奏，以爲：「人君始初踐祚，慨然想見賢哲，思與圖治，當徑召還，不必更除外郡。」兼謂公「知道守正，不爲利動，其於出處大節，必已素定。若久病不朝見，除郡即起，則是偃蹇君命，以求自便。臣知安石必不爲也」。韓公上此疏時，不知公已交郡事矣。〇石林詩話云：「王介，字中甫，衢州人，與荆公游，甚欵，然未嘗降意相下。熙寧初，荆公以翰林學士被召，前此屢召不起，至是始受命。介以詩寄公云：『草廬三顧動春蟄，蕙帳一空生曉寒。』蓋有所諷。公得之大笑。他日作詩，有『丈夫出處非無意』之句，蓋爲介發也。」

【校記】

〔一〕此詩爲龍舒本卷六十四遊鍾山四首之三。宋本、叢刊本無「公自注云」四字。

〔二〕「自不」，叢刊本作「不自」。

雨未止正臣欲行以詩留之

紛紛應接使人愁，與子從容喜問酬。他日故將泥自芘〔一〕，今朝欲以雨相留。

曹公自述：「於譙東築精舍，求底下之地，欲以泥水自蔽，絶賓客往來之望，然不能得如意。」「芘」字，恐當作「蔽」。此何正臣也。嘗以蔡確薦，爲御史。又嘗與李定、舒亶同劾東坡者。詳見送正臣主簿注。

【校記】

〔一〕「芘」，宋本、叢刊本作「庇」。

庚寅增注第四十四卷

烏塘　渌平堤　歐公樂府：「千秋未坼〔二〕水平堤。」　各有携　杜詩：「手中各有携，傾榼濁復清。」

栢岡　偶然　杜詩：「世亂遭飄蕩，生還偶然遂。」

金陵　南北游人自往來　杜牧詩：「南去北來人自老，苔磯空屬釣魚郎。」

九日賜宴　飽食太官　漢書貢禹傳：「臣豈不知美食太官，廣田宅，厚妻子，不與惡人結怨以安身？誠迫大義。」

南澗樓　撲撲　白樂天山石榴詩：「杜鵑啼時花撲撲。」

隴東西其二　嗚咽　廣記：「沈警遇鬼仙詩：『只今壠上分流水，更泛從來嗚咽聲。』」

暮春　隨水到江濱　唐人劉眘虚詩：「時有落花至，遠隨流水香。」傅堯俞題洛中薛氏園云：「竹下濺濺一水開，淺流縈帶傍樓臺。不知何處有風雨，無限落花隨水來。」詩亦佳。

祥雲　飛浮　顔延年詩：「千翼泛飛浮。」

禁中春寒　青煙漠漠雨紛紛　白樂天詩：「漠漠紛紛不柰何，狂風急雨兩相和。」

試院其二　白髮無聊病更侵　柳詩：「久知老會至，不謂便見侵。」

其三　清光得幾多　杜詩：「斫〔二〕却月中桂，清光應更多。」

見鸜鵒戲作　無人解鳥言　五代史馬胤孫傳：「孔昭序解語，是朝廷無解語人也。」

六年　五雲深　唐詩：「五雲深處帝王家。」

邵平　青門手種瓜　杜詩：「丈人文力猶強健，豈〔三〕傍青門學種瓜。」

中牟　潁城百雉　公羊傳定公十二年：「五板而堵，五堵而雉，百雉而城。」

王章　女子無高意　韓詩「丈夫意有在，女子乃多怨」耶，即公此篇之意。

神物　豈得知　公龍賦云：「龍終不可見乎？曰：『與爲類者常見之。』」與詩同意。

文成　漢武帝時，齊人少翁以方見上，上有所幸。李夫人卒，少翁以方夜致夫人及竈鬼之貌，天子自帷中望見焉。乃拜少翁爲文成將軍。歲餘，其方益衰，神不至，迺爲帛書以飯牛。天子識其手，問之，果爲書。於是誅文成將軍。欒大，膠東人，與文成仝師。天子既誅文成，悔其方不盡，見欒大，大悦，拜爲五利將軍。東入海，求其師。上使人隨驗實，無所見，五利妄言見其師，其方盡，多不讎。上乃誅五利。　寶馬　漢書冒頓傳：「此匈奴寶馬也，勿與。」　飄然空有意凌雲　前漢：「相如既奏大人賦，天子大悦，飄飄有凌雲氣。」

讀漢書

京房劉向各稱忠　蕭望之等薦更生宗室，忠直，明經有行。擢給事中，輔政。姚平謂：「房可謂小忠，未可謂大忠也。昔秦時趙高用事，有正先者，非刺高而死，高威自此成。故秦之亂，正先趣之。」

詔獄當時跡自窮　劉向先以鑄金不驗繫獄。今詩所指，非此也。恭、顯等懼，望之、堪、更生爲所譖下獄，皆免官。其春，地震；夏，客星見昴卷舌間。上感悟，復召用，恭、顯等皆側目。更生懼，乃使其外親上變事，以爲地動本爲恭等，恭、顯見更生所爲，遂逮更生繫獄，坐誣罔不道，免爲庶人。房亦以數議論，爲大臣所非。又著考功法。顯等疾房，欲逐之，以房守魏郡，坐與張博通謀，爲淮陽王作求朝奏草，棄市。詩意謂君子所以勝小人者，所恃守正耳。房、向非不忠於國家，顧令外親上變及交張博等，辭窮迹著，宜爲恭等所陷也。

不妨迷國略相同　洪範庶證固難一定，如多雨，便謂某時作某事不肅，所以致此。執其必然之説，豈能盡合？然古人之意，亦恐是於五事上參驗體察，不無此理耳。荆公既盡闢之，但以若字做如字義説，又未可知也。蓋人主每遇咎證，不問是某事致之與否，凡百皆當敬戒。如漢儒固泥，荆公以爲全不相關，亦慮啓後世人主怠忽之端。如槩以爲迷國，非余所知也。如房言「知臣下之邪正，在於十二情六律而已」，此則不經之説，聖人所不道，比洪範傳尤非。

賜也

桔槔俯仰何妨事　詩意以桔槔何妨於事，以抱甕爲空老此身，正與元獻晏公相反，殆有深意。

楚天

楚天如夢水悠悠　石曼卿夢中詩：「紛河不斷水南流，天色無情淡如水。」

初到金陵

紛披　杜詩：「是節東籬菊，紛披爲誰秀？」

過外弟飲

得幾回　戴叔倫詩：「自此留君醉，相歡得幾回？」

臺城寺側獨行

獨往獨來　莊子：「獨往獨來，是謂獨有。」

【校記】

〔一〕此詞作者一作秦觀。「千秋未拆」，秦觀阮郎歸作「秋千未拆」，見宋六十名家詞淮海詞。

〔二〕「斫」，原作「折」；下「光」，原作「輝」，均據杜工部草堂詩箋一百五日夜對月改。

〔三〕「豈」，原作「肯」，據杜工部草堂詩箋曲江陪鄭八丈南史飲改。

王荆文公詩卷第四十五

律詩

題張司業詩

蘇州司業詩名老，樂府皆言妙入神。看似尋常最奇崛，成如容易却艱辛。評曰：第張詩，乃不盡然。

○籍字文昌，和州人。樂天讀籍詩集云：「張公何爲者？業文三十春。尤工樂府詞，舉代少其倫。」姚合讀籍詩云：「妙絶江南曲，凄凉怨女詩。古風無敵手，新語是人知。」

同陳和叔游北山

春風蕩屋雨填溝，東閣翛然擁罽裘。罽賓國有毯，可以爲裘。鄰壁黄粱〔一〕炊未熟，喚回殘夢有鳴騶。韓文：「水之無聲，風蕩之鳴。」

【校記】

〔一〕「粱」宋本、臺北本、叢刊本作「糧」。

次吴氏女子韻二首〔一〕

公自注云〔二〕：「南朝九日臺，在孫陵曲街旁，去吾園只數百步。」吴氏女，即蓬萊君，詩云：「西風不入小窗紗，秋氣應憐我憶家。極目江南千里恨，依然〔三〕和淚看黄花。」

孫陵西曲岸烏紗，知汝淒涼正憶家。人世豈能無聚散，亦逢佳節且吹花。

【校記】

〔一〕題原無「二首」二字，據目録及龍舒本補。宋本、叢刊本此詩題作「次吴氏女子韻」。

〔二〕宋本、龍舒本、叢刊本無「公自注云」四字。

〔三〕「然」，臺北本作「前」。

其　二〔一〕

秋燈一點映籠紗，好讀楞嚴莫念家。能了諸緣如夢事，世間唯有妙蓮花！楞嚴第五卷：「不取無非幻，非幻尚不生。幻法云何立？是名妙蓮花。」俗言妙法蓮經，非也。

【校記】

〔一〕宋本、叢刊本此詩題作「再次前韻」。

即席〔一〕

曲沼溶溶〔二〕泮盡澌，杜牧之詩：「溶溶漾漾白鷗飛，緑浄春深好染衣。」○張文昌詩：「曲沼春流滿。」楚詞：「與汝游乎河之渚，流澌紛兮將來下。」注：「澌，解冰也。」暖煙籠瓦碧參差。人情共恨春猶淺，不問寒梅有幾枝。唐人牡丹詩：「章臺街裏芳菲伴，且問宫腰損幾枝？」○東坡玉盤盂詩：「吾家豈與花相厚？更問殘芳有幾枝？」或云此平甫詩。

【校記】

〔一〕此詩爲龍舒本卷六十二春日席上二首之二。

〔二〕「溶溶」，宋本、叢刊本作「融融」。

游城南即事二首

神姦變化久難知，禹鼎由來更不疑。禹鑄鼎，象物以示人，故人入川螭魅合謀非一日，太丘真復社亡遲。

澤山林，不逢不若，魑魅魍魎，莫能逢之。此言魑魅不便於鼎圖己之形狀，故合謀欲毀鼎。此鬼輩惡其害己，規去其籍也。○史記封禪書：「宋太丘社亡，而鼎没於泗水彭城下。」注云：「爾雅曰：『右〔一〕陵，泰丘。』又按：社主用石，即其石主亡也。」

【校記】

〔一〕「右」，原本、臺北本作「古」，據爾雅釋丘改。

其二

泰壇東路遶重營，獨背朝陽信馬行。漫道城南天尺五，荒林時見一柴荆。唐書：「城南韋、杜，去天尺五。」謂韋曲、杜鄠近長安也。

寄沈道原

城郭千家一彈丸，高適傳：「奈何以一彈丸地，而困全蜀之人哉？」蜀岡擁腫作虵蟠。眼前不道無蒼翠，偷得鍾山隔水看。按寰宇志：「蜀岡屬揚州江都縣，舊爲禪智寺，即隋之故宮。」今屬儀真，與金陵相對，故云「隔水看」。

生日次韻南郭子二首

救黥醫劓世無方，息黥補劓，見圖書注。斷簡陳編付藥房。祝我壽齡君好語，毗耶一夜滿城香。維摩經：「飯香普薰毗耶離城。」

其　二

寒逼清枝故有梅，草堂先對白頭開。殘骸已若雞年夢，猶見騷人幾度來。謝安夢白雞年。公酉生，屢用此事。

八公山

淮山但有八公名，事見太平廣記：「劉安初好道，有八公詣門，門吏嫌其老，皆變爲童子。安跣足迎拜，乃復爲老人。」後以八公名山。鴻寶燒金竟不成。劉向更生父德，武帝時治淮南獄，得鴻寶苑秘書。更生幼而讀誦，以爲奇，獻之，言黄金可成。上令典上方鑄作事，費甚多，方不驗。上乃下更生吏，吏劾更生鑄僞黄金，繫當死。更生兄陽城侯安民入國户半，贖更生罪。上亦奇其材，得踰冬減死論。身與仙人守都厠，可能雞犬得長生。安別傳云：「既上天，過諸仙伯。安少習尊貴，稀爲卑下之禮，坐起不恭，或誤稱寡人。仙伯主者奏安不敬，應斥。八公爲謝過，乃赦之，謫守都厠，三年後爲散仙人，不得處職，但不死而已。」傳又載安臨去時，餘藥器置在中庭，雞犬舐之，盡昇雲中。此言安尚守都厠，安得有雞犬皆仙人之説也？余常愛宋子京詆仙賦〔一〕，載淮南王之妄，今附於此：「予既守壽春，嘗與客游八公山。故老爭言山上有潛藏舊鼎，貯淮南王上賓之遺仙丹，往求得食者可以解化，可以療病。因取班固書、葛洪神仙〔二〕二傳，合而質之。嗟乎！世之好奇而不貴實也尚矣。而洪又非聖哲知者，皆承訛以僞，况鄙人委巷語耶？作抵仙賦，憫兹〔三〕俗之鮮知兮，徇悠悠之妄陳。常愛奇以合怪兮，欲矜己以自神。摻百世之實亡兮，唱千齡之僞言。彼淮南之有將兮，固殊刺而殞身。緣内篇之不誕兮，挾南公之多聞。謂八人者語王兮，歷倒景而上賓。餌玉匕之神藥，託此軀乎霄晨。竟負驕以弗虔兮，乃見謫於列真。雖長年之彌億兮，屏帑偃而念愆。葛傳：仙伯主者奏安不恭，乃謫守都厠，後爲散仙。蹇斯事之吾欺兮，聊反復乎遺言。號聖仙之靈稟兮，宜常監德而輔仁。不足察王倨貴兮，遽引内於天門。已乃悞其非是兮，胡爲賞罰之紛紜？寧仙者之回惑兮，無以異乎常人？國爲墟而嗣絶兮，載遺惡而不泯。故里盛傳其遺金兮，證砭石之餘痕。武安陰語而前死兮，更生僞鑄以贖論。彼逞詐以罔世兮，宜自警於斯文。」

【校記】

〔一〕「詆」，臺北本作「抵」。「賦」，原作「流」，據四庫全書宋祁景文集卷二詆仙賦、臺北本改。又，本書引文與四庫本、臺北本多有不同。

〔二〕「班固書葛洪神仙」，原作「漢紀自有壽春」，據臺北本改。

〔三〕「作抵仙賦憫兹」，原作「偶詆此始謂世」，據臺北本改。

過徐城

按九域志云：「徐城屬泗州，建隆三年省爲鎮，入臨淮縣。」元和郡圖志云：「本徐子國也。今有徐君墓，在縣北三十五里，季札所掛劍處。」

七年五過徐城縣，自笑皇皇此世間。安得身如倉庾氏，一官能到子孫閑。王嘉傳：「孝文時，吏居官者或長，子孫以官爲氏。」倉氏、庾氏，則倉庾吏之後。

送丁廓秀才歸汝陰二首〔一〕

好去翩然丁令威，昔人且在不應非。淮雲豈與遼天闊，想復留情故一歸。續搜神記云：「遼東城門華表柱，忽有白鶴來集。人或欲射之，鶴歌曰：『有鳥有鳥丁令威，去家千里今始歸。城郭猶故人民非，何不學仙冢纍纍！』」

【校記】

〔一〕龍舒本卷五十八送丁廓秀才三首，前二首同此，第三首即本書卷四十送丁廓秀才歸汝陰。

其二

西州行路日蕭條，執手傷懷不自聊。游子故鄉終念返，豈能無意冶城潮。西州路，丹陽記云：「揚州廨，乃王敦所創，有東、南、西三門，俗謂之西州。」又：「會稽王道子領揚州，第在州東，故時人號爲東府，而號府廨曰西州。」○冶城，見仲明父至宿〔一〕注。

【校記】

〔一〕「仲明父至宿」，即本書卷一張明甫至宿明日遂行。

和僧惠岑游醴泉觀〔一〕

邂逅相逢〔二〕一日閑，或緣香火住〔三〕一作「共」。靈山。言一見亦必有宿緣。夕陽興罷黄埃〔四〕陌，直似蓬萊墮世間。公詩又有「特起蓬萊陸海中」之句。

【校記】

〔一〕宋本、叢刊本此與下首合題爲「和惠思韻二首」，分題爲「醴泉觀」、「蟬」。「惠」，本書及臺北本目録作「慧」。

〔二〕「逢」，龍舒本、宋本、叢刊本作「隨」。

〔三〕「住」，宋本、叢刊本作「共」。

〔四〕「埃」，龍舒本、宋本、叢刊本作「塵」。

和惠思聞蟬〔一〕

此必在京師作，懷金陵也。

白下長干何可見？風塵愁殺庾蘭成。庾信在北方，常思江南，有哀江南賦：「蘭成射策之年。」公以信自此。去年今日青松路，憶似〔二〕一作「一似」。聞蟬第一聲。樂天詩：「微月初三夜，新蟬第一聲。」○禮記：「一似重有憂者。」○退之元和聖德詩：「一似堯禹。」小杜詩：「槿墮初開艷，蟬聞第一聲。」○別本「一似」又作「亦自」，竊意「亦自」爲是。

【校記】

〔一〕此首見龍舒本卷五十二；龍舒本卷七十七重出，題作「蟬」。「惠」，本書目録、臺北本目録作「慧」。

〔二〕「憶似」，宋本、叢刊本、龍舒本蟬作「亦自」。

送王介學士赴湖州[一] 字中甫。

東吴[二]太守美如何？柳惲詩才未[三]足多。遥想郡人迎下擔[四]，白蘋洲渚正滄波。寰宇志：「建業有迎擔湖。昔永嘉中，帝遷衣冠過江，客主相迎湖側，遂以迎擔爲名。」今此云「迎下擔」者，借用以説太守。○白蘋洲在霅溪之東南，去州一里。洲上有魯公顔真卿芳亭，内有梁太守柳惲詩，曰：「汀洲採白蘋，日晚江南春。」因以名洲。○東軒筆録：「王介性輕率，語言無倫。荆公作此詩送之，其意以水值風即起波也。介諭其意，遂和十篇，盛氣而誦於荆公。其一曰：『吴興太守美如何？太守從來惡祝鮀。生若不爲上柱國，死時猶合代閻羅。』荆公笑曰：『閻羅見闕，請速赴任。』」

【校記】

〔一〕宋本、叢刊本題作「送王石甫學士知湖州」，「石」當作「中」。

〔二〕「東吴」，宋本、叢刊本作「吴興」。

〔三〕「未」，龍舒本作「不」。

〔四〕「擔」，龍舒本、宋本、臺北本、叢刊本作「檐」。

懷鍾山

投老歸來供奉班，塵埃無復見鍾山。何須更待黄粱熟，始覺人間是夢間。韓詩：「莫憂世事兼身事，須著人間比夢間。」此詩當是再召入爲學士時。

江寧夾口三首〔一〕

茅屋滄洲一酒旗，午煙孤起隔林炊。江清日暖蘆花轉，恰〔二〕似春風柳絮時。晉人以雪花比柳絮，介父以蘆花比柳絮。「江清日暖」，尤其似者，「轉」字妙甚。或誤以「轉」爲「白」，非。○李白云：「楊花滿江來，疑是龍山雪。」○廣記：「元載爲相時，正晝，有書生詣焉。既見，拜語曰：『聞公高義好士。』輒獻詩一篇，曰：『城南路長無宿處，荻花紛紛如柳絮。海鷰啣泥欲作窠，空屋無人却飛去。』載亦不曉其意。既出門而没。後歲餘，載敗。」據此詩，則唐人亦嘗以蘆荻花比柳絮矣。○詩話：「王介素與荆公不相能。荆公題江寧道中驛舍一聯云：『茅屋滄洲一酒旗，午煙孤起隔林炊。』介鄙之，書其末曰：『金陵村裏王夫子，可是能吟富貴詩？』公見之，亦不屑意，乃續之云：『江晴日暖蘆花轉，恰似春風柳絮時。』」竊疑詩話所載多妄説，介雖褊衷，何至操鄙語如此！

【校記】

〔一〕「三首」，龍舒本卷七十一作「五首」，第一、二、五首同此，第三、四首即本書卷四十二江寧夾口二首。

〔二〕「恰」，宋本、叢刊本作「秖」，注云：「一作『恰』」。

其二

月墮浮雲水捲空，滄洲夜泝〔一〕五更風。北山草木何由見，夢盡青燈展轉中。李義山詩：「九秋霜月五更風。」○詩澤陂：「寤寐無爲，輾轉伏枕。」注本又作「展」。

【校記】

〔一〕「夜泝」，宋本、叢刊本作「店坼」。

其　三

落帆江口月黄昏，小店無燈欲閉門。半出岸沙楓欲死〔一〕，真跡作「側出岸沙楓半死」，尤佳。繫船猶〔二〕有去年痕。李羣玉詩：「不如半死樹，猶吐一枝花。」○唐陳羽詩：「都門雨歇愁分處，山店燈殘夢到時。」

【校記】

〔一〕宋本、叢刊本第三句，與下注真跡同。

〔二〕「猶」，宋本、叢刊本作「應」。

寄碧巖道光法師

去馬來車擾擾塵，自難長寄水雲身。言車馬塵中，非高人所可久寓。○杜詩：「野人曠蕩無靦顔，豈可久在王侯間？」碧巖後主今爲客，何況開山説法人。

省中二首〔一〕

萬事悠悠心自知，強顔於世轉參差。移床獨向〔二〕秋風裏，卧〔三〕看蜘蛛結網絲。

唐來鵠詩：「寂寞閑階草亂生，簟凉風動若爲情。不知獨坐閑多少，看得蜘蛛結網成。」〇韓子蒼廣壽寺詩：「移床獨向西南角，卧看琅璫動晚風。」

【校記】

〔一〕龍舒本卷六十八題作「金陵郡齊偶作」。

〔二〕「向」，宋本、叢刊本作「卧」。

〔三〕「卧」，宋本、叢刊本作「靜」。

其　二〔一〕

大梁春雪滿城泥，一馬常瞻落日歸。身世自知還自笑，悠悠三十九年非。公登第慶曆初；皇祐試館職；嘉祐四年六月除直集賢院；五年四月修注，累辭；六年知制誥。〇三十九歲爲度支判官、祠部員外郎。

【校記】

〔一〕龍舒本卷七十六題作「省中」。

崇政殿後春晴即事

悠悠獨夢水西軒，僧皎然詩：「相思路渺渺，獨夢水悠悠。」百舌枝頭語更繁。朝野僉載：「百舌春囀，夏止，唯食蚯蚓。正月後，凍開，蚓出而來。十月後，蚓藏而往。」蓋物之相感也。」山鳥不應知地禁，亦逢春暖即啾喧。

省中沈文通廳事

竹上秋風吹網絲，角門常閉吏人稀。蕭蕭一榻卷書坐，直到日斜騎馬歸。韓詩：「平明出門暮歸舍，酩酊上馬知爲誰？」

吳任道說應舉時事

懸瓠城南陂水深，春泥滿眼路嶇嶔。獨騎瘦馬衝殘雨，前伴茫茫不可尋。地志：「汝南郡，謂之懸瓠城。」水經曰：「汝水周城，形如懸瓠，故取名焉。」今詩言懸瓠城，不知是此否。○趙嘏詩：「獨自下樓騎瘦馬，搖鞭重入亂蟬聲。」

送河中通判朱郎中迎母東歸

壽昌父巽守雍，出其母劉氏嫁民間，母子不相知者五十年。熙寧初，棄官入秦，與家人訣，誓不見母不復還。行次同州，得之，劉時年七十餘矣。雍守錢明逸以事聞，由是天下皆知其孝。壽昌再爲郡守，至是，以母故通判河中府，迎其母同弟妹以歸。又一說載，朱壽昌者，少不知母所在，棄官走天下求之。刺血書佛經，志甚苦。熙寧初，見於同州，迎以歸，朝士多以詩美之。蘇內翰子瞻詩云：「感君離合我酸辛，此事今無古或聞。」王荊公薦李定爲臺官，定嘗〔一〕不持母服，臺諫給舍皆論其不孝，不可用。內翰因壽昌作詩貶定曰：「此事今無古或聞。」

綵衣東笑上歸船，萊氏歡娛在晚年。嗟我白頭生意盡，看君今日更悽然。目見壽昌得母，而自歎有弗洎之悲。

【校記】

〔一〕「嘗」，原作「常」，據宮內廳本、臺北本改。

寄題脩廣明碧軒〔一〕

杭州明慶院。

明碧軒南竹數叢，别來江外幾秋風。別來江外，或是舒州作。道人無復人間世，莊子人間世篇：「悼幽明之永隔也。」嗟我今爲白髮翁。坡詩：「故人已爲土，衰鬢亦驚秋。」皆妙。

【校記】

〔一〕宋本、叢刊本題作「寄題杭州明慶院修廣師明碧軒」。

夜直

金爐香盡漏聲殘，翦翦輕風陣陣寒。春色惱人眠不得，月移花影上欄干。温庭筠詩：「風颺檀煙消篆印，月移花影過禪床。」○唐姚合詩：「月移花影〔二〕横幽砌，風揭松聲上半天。」○韓偓詩：「惻惻輕寒翦翦風，杏花飄雪小桃紅。」○杜荀鶴詩：「泉領藕花來洞口，月將松影過溪東。」〔三〕

【校記】

〔一〕「月移花影」，全唐詩温庭筠訪知玄上人遇暴經因有贈、宫内廳本、臺北本作「日移松影」。

〔二〕「洞口」，原作「洞三」；「溪東」，原作「淡東」，據全唐詩卷六九二題廬嶽劉處草堂、臺北本改。

人間

人間投老事紛紛，唐人詩：「只言漸老應無事，及至中年事轉多。」才薄何能强致君？一馬黄塵南陌路，眼中唯見北山雲。皇甫冉詩：「歸來〔一〕明日毗陵道，回首姑蘇是白雲。」○樂天詩：「一爲趨走吏，塵土不開顔。辜負平生眼，今朝始見山。」

【校記】

〔一〕「來」，宫内廳本、臺北本作「舟」。

後殿牡丹未開

紅襆未開知〔一〕婉娩，紫囊猶結想芳菲。樂天詩：「山榴花似結紅巾，容艷新妍占斷春。」此詩則言牡丹猶包而未展也。此花似欲留人住，權德輿詩：「晝漏沉沉倦瑣闈，西垣東觀閲芳菲。繁花滿樹似留客，應爲主人休浣歸。」山鳥無端勸我歸。

【校記】

〔一〕「知」，宋本、叢刊本作「如」。

春日

柴門照水見青苔，言苔影見於水下。春遶花枝漫漫開。路遠游人行不到，日長啼鳥去還來。杜詩：「日長惟鳥雀。」○又：「自去自來堂上燕。」○五雜組〔一〕：「去復來，梁上燕。」

【校記】

〔一〕「組」，原作「還」，據臺北本改。

寄韓持國

渌水環宫〔一〕一作「渌遶宫城」。漫漫流，鵝黄小蝶弄春柔。問知公子朝陵去，歸得花時却自愁。朝陵，當是持國爲禮官時。○漢制，時節朝陵。見後漢禮儀志。

【校記】

〔一〕「渌水環宫」，宋本、叢刊本作「渌遶宫城」。龍舒本校曰：「一本作『浸遶宫城漫漫流』。」

答韓持國

持國治平三年自司注〔一〕知制誥，故用紅藥事，贈詩必在此時。

知公尚憶洛城中，醉裏穿花滿袖風。花亦有知還有恨，今爲紅藥主人翁。謝玄暉直中書省詩云：「紅藥當堦翻，蒼苔依砌上。兹言翔鳳池，鳴佩多清響。」

【校記】

〔一〕「注」，宫内廳本作「諫」。

出城

慣作野人多野興，欲爲時用少時材。歐公嘗薦介父「德行文學，爲衆所推」，末又云：「安石久更吏事，兼有時材。」疑此語非公所樂，故於詩屢見此意。出城偶與沙塵背，轉覺溪山入眼來。許棠詩：「分與仙山背，多年負〔一〕翠微。」

【校記】

〔一〕「負」，原作「真」，據全唐詩許棠旅中送人歸九華、臺北本改。

涿州[一]

涿州沙上望桑乾，桑乾，縣名，屬代郡，北虜居之，號爲索干之都。曹彰北征，入涿郡界，乘勝逐北，至於桑乾。○賈島詩：「客舍并州三十霜，歸心日夜憶咸陽。無端更渡桑乾水，却望并州是故鄉。」[二]鞍馬春風特地寒。萬里如今持漢節，漢蘇武留匈奴中十九年，卧起持漢節，節旄盡落。却尋北[三]路使呼韓。呼韓，匈奴單于稽侯狦之號也。五單于分立，宣帝常輔立呼韓邪爲北單于。

【校記】

[一]此詩爲龍舒本卷七十入塞二首之二，題注：「此一首誤在題試院壁。觀其文，乃是出塞辭，奉使詩録不載，恐脱，不敢補次之，輒收附於入塞之後。」

[二]此詩，全唐詩一作劉皂旅次朔方，「三十」作「數十」，「是」作「似」；宫内廳本「三十」作「已十」。

[三]「北」，臺北本同，他本作「此」。

出塞

古樂府有出塞、入塞曲，杜子美亦有前、後出塞。唐王昌齡詩云：「出塞入塞雲，處處黃蘆草。」

涿州沙上飲盤桓，看舞春風小契丹。塞雨巧催燕淚落，濛濛吹濕漢衣冠。楊巨源詩：「細雨濛濛濕芰荷。」○杜詩：「不愁巴道路，恐〔一〕濕漢旌旗。」

【校記】

〔一〕「道路恐」，宮内廳本作「蜀道吹」。

入塞〔一〕

荒雲涼雨水悠悠，鞍馬東西鼓吹休。尚有燕人數行淚，唐陳黯代河湟父老奏，已見前注。燕人豈亦類此耶？回身〔二〕却望塞南流。詩言燕人思中國也。○王昌齡詩云：「更遣黃頭戍，唯當哭塞雲。」又云：「白花垣上望京師，黃河水流無盡時。窮秋曠野行人絶，馬首東來知是誰？」又，雍陶詩：「大渡河邊蠻亦愁，漢人將渡盡回頭。此中遙寄思鄉淚，南去應無水北流。」

【校記】

〔一〕龍舒本卷七十入塞二首，其一同此；其二即本書本卷涿州。

〔二〕「身」，龍舒本作「頭」。

書汜水關寺壁

汜水鴻溝楚漢間，汜水，按漢書，在成皋者，音凡，又音似，即汜水縣之汜水也。在濟陰者，敷劍反，「高帝即位於汜水陽」者是也。「高祖四年，漢數挑成皋〔一〕戰，大司馬咎渡兵汜水。」張晏注云：「在濟陰界。」如淳又引左傳曰：「鄢在鄭地汜。」臣瓚云：「高祖攻曹咎於成皋，咎渡汜水而戰，今成皋城東汜水是也。」師古曰：「此水不在濟陰。瓚説得之。」括地志云：「汜水源出洛州汜水縣東南三十二里方山。」山海經云：「浮戲之山，汜水出焉。」跳兵走馬百重山。高祖紀：「漢王跳。」注：「超過爲跳。」如何咫尺商於地，便有園公綺季閑？評曰：似有似無，説盡裏許，詩之所以能言。○秦使張儀説楚王，獻商於之地六百里。四皓隱於商山，在商州上洛縣之南。皇甫謐高士傳：「四皓皆河内軹人。秦政方虐，四士避世於商山，以待天下定。今墓存焉。」

【校記】

〔一〕「挑成皋」，宮内廳本作「與楚挑」。

題北山隱居王閑叟壁

荒村日午未開門，邵康節詩：「盡日客不來，至夜門猶閉。」雨後餘花滿地存。唐人詩：「細雨濕衣看不見，閑花滿地落無聲。」舉世但能旌隱逸〔一〕，誰人知道是王孫？言貴胄而有隱節，尤足高也。

【校記】

〔一〕「但能」，宮内廳本作「但知」，宋本、叢刊本作「位能」；「隱逸」，宮内廳本作「隱節」。

和惠〔一〕思歲二日二絶

懶讀書來已數年，從人嘲我腹便便。腹便便，見身閑注。爲嫌歸舍兒童聒，故就僧房借榻眠。

【校記】

〔一〕「惠」，本書目録，臺北本目録作「慧」。

其二

沙礫藏春未放來，荒庭終日守陳荄。文選懷舊賦：「陳荄被于堂除，舊圃化而爲薪。」○柳詩：「回風旦夕至，零落委陳荄。」遥怜草色裙腰緑，湖寺西南一徑開。劉長卿春草詩：「猶帶羅裙色，青青向楚人。」

赴召道中

海氣冥冥漲楚氛，汀洲回薄水横分。盧綸詩：「映竹水横分，當山起鴈羣。」青松十里鍾山路，秖隔西南一片雲。皇甫冉詩：「歸舟明日毗陵道，回首姑蘇是〔一〕白雲。」

【校記】

〔一〕「是」，臺北本作「見」。

江東召歸

自江東提刑召入，時嘉祐三年十月也。

昨日君恩誤賜環，歸腸一夜繞鍾山。韓集聯句：「腸胃繞萬象，精神驅五兵。」雖然眷戀明時禄，羞見琅琊有邴丹。琅琊有邴漢，漢兄子曼容。○儒林傳：「施讎以田王孫易授琅琊魯伯，魯伯授太山毛莫如少路、琅琊邴丹曼容，著清名。莫如至常山守，此其知名者也。」○杜牧詩：「九原可作吾誰與？師友琅琊邴曼容。」公詩屢及之。○蘇魏公頌家訓嘗云：「漢邴曼容戒子孫仕不過六百石：『六百石郎官、謁者不爲顯，吾尚以爲過。汝等但能守家法，傳家學，貧不免仕宦，則循資格，於吏部注擬差遣可也。雖筦庫，亦可以無愧矣。』」

平父如通州寄之

北山摇落水峥嶸，想見揚帆出廣陵。曹松詩：「汲水疑山動，揚帆覺岸行。」○王維詩：「揚帆截海行。」○水言峥嶸，豈謂風鼓浪波洶湧如山乎？平世自無憂國事，求田應不忤陳登。上句用劉玄德本語。

寄顯道

舟〔一〕約刀頭止歲前，故人專使手書傳。出門江上〔二〕問消息，極目寒沙空渺〔三〕然。刀頭，見前注。

【校記】

〔一〕「舟」，龍舒本作「前」。

〔二〕「上」，宋本、叢刊本作「口」。

〔三〕「空渺」，龍舒本作「已泖」。

三品石〔一〕

建康志：「臺城千福院前醜石四，各高丈餘，云陳朝三品石。政和中，取歸京師，置於延福宮。」

草没苔侵棄道周，唐人連昌宮詞：「草没苔封疊翠斜，墜紅千葉擁殘霞。」誤恩三品竟何酬？牛奇章公太湖石詩：「媿人嘗綺皓〔二〕，視秩即公卿。」自注云：「南朝有司空石，蓋以定石之品流。」司空疑即此，或别一石也。國亡今日頑無恥，似爲當年不豫〔三〕謀。公詩意固佳。陳克子高亦有一篇，其意與公相反，皆佳作。子高詩云：「臨春結綺今何在？屹立巉巉終不改。可怜江令負君恩，白頭仍作北朝臣。」子高又云：「庚辰三月十日，與關聖淵、陳明信集太平寺。明信誦介甫三品石句，以爲介甫善論古今。『國亡今日頑無恥，似謂當年不預謀』，從之詩人不復措詞矣。聖淵云：『介甫但是融化石笋行舊詩，且陳亡，江揔輩皆北面仇讎，豈如此石之耐久邪？』聖淵及余詩以反介甫，明信終守己説，爭論紛然，日暮罷去，詩竟不就。後十四年，當癸巳寒食，重尋昔游，羣石巋然固在，聖淵、明信死已久矣。」○上注引牛詩「司空石」，然司空不止三品，更當攷。

【校記】

〔一〕此詩爲龍舒本卷六十三與伯懿至臺城三首之二。

〔二〕「皓」，原作「結」，據全唐詩載牛僧孺李蘇州遺太湖石奇狀絶倫因題二十韻奉呈夢得樂天及宮内廳本、臺北本改。下自注「品流」，全唐詩作「流品」。

〔三〕「豫」，宋本、叢刊本作「與」。

和崔公度家風琴八首

屋山終日信飄飄，似與幽人破寂寥。爲有機心須強聒，直教懸解始聲消。屋山，見上注。信，猶任也。○莊子大宗師篇：「得者，時也；失者，順也。安時〔一〕而處順，哀樂不能入也。此古之所謂懸解也。而不能自解者，物有結之。」注：「懸解，無所係也。」此言懸解者不假於聲，猶淵明無絃素琴之類是也。又列子天瑞篇：「聲之所聲者聞矣，而聲聲者未嘗發。」○章八元聲詩：「萬籟自生聽，太虚常寂寥。還從静中起，却向静中消。」

【校記】

〔一〕「時」，原作「静」，據宮内廳本、臺北本、浙江書局本莊子改。

其二

簾幕無風起泬寥，誰悲精鐵任飄飄。隨商應角知無意，不待歌成韻已消。高駢題風箏詩曰：「夜靜絃聲響碧空，宮商信任往來風。依希似曲才堪聽，又被移將別調中。」此詩近似駢作，言風琴非〔一〕有意於宮商，或不待曲終而止。

【校記】

〔一〕「風琴非」，宮内廳本作「別調中」。

其三

萬物能鳴爲不平，世間歌哭兩營營。君知此物心何欲，自信天機自有聲。退之送東野序：「大凡物不得其平則鳴。草木之無聲，風撓之鳴；水之無聲，風蕩之鳴云云。人之於言亦然。其歌也有思，其哭也有懷。」詩意風琴無不平之心，其鳴也，天機自動耳。○莊子秋水篇：「今予動吾天機，而不知其所以然。」

其四

風鐵相敲固可驚〔一〕，朔兵行夜響行營。如何清世容高卧，翻作幽窗枕上聲。歐公秋聲賦：「其觸於物也，鏦鏦錚錚，金鐵皆鳴。又如赴敵之兵，銜枚疾走，不聞號令，但聞人馬之行聲。」

【校記】

〔一〕「驚」，宋本、叢刊本作「鳴」。

其五

南風屋角響蕭蕭，白日簾垂坐寂寥。愛此宫商有真意，與君傾耳盡今朝。東坡九成臺記云：「使耳聞天籟，則凡有聲有形者，皆吾羽旄管磬匏絃。」又云：「非有度數而均節自成，非韶之大全乎？」此即「宫商有真意」之義。

其六

風來風去豈嘗要，隨分鏗鏘與寂寥。不似人間古鍾磬，從來文飾到今朝。言風來則鏗鏘，風去則寂寥，初無心也。又世之鍾磬多以黄金及彩色塗澤，不若此之自然。

其七

繫身高處本無心，萬竅鳴時有玉音。欲作鏌耶〔一〕爲物使，知君能笑不祥金。萬竅鳴，謂風作時，則琴音如玉也。琴亦鐵爲之，故云笑鏌耶。〇不祥金，見樵斧注。

【校記】

〔一〕「耶」，宫内廳本作「鎁」，下注同。

其八

疏鐵簷間挂作琴，清風纔到遽成音。伊人欲問無真意，向道從來不博金。

評曰：此風琴似風馬耳。若掛琴風中，其妙非此可比。詩固未知。○「無真」，恐是「無聲」。琴譜有不博金、不換玉二操。○太宗酷愛其聲韻優古，以名頗俗，改換金爲楚澤清秋〔一〕、博玉爲塞門積雪。

【校記】

〔一〕「清秋」，宮内廳本、臺北本作「涵秋」。

送陳靖中舍歸武陵

知君欲上武陵溪，水自東流人自西。到日桃花應已謝，想君應不爲花迷。

淵明桃源詩記云：「武陵人捕魚爲業。緣溪行，忘路之遠近。忽逢桃花林，夾岸……繽紛。……太守即遣人隨漁人往，尋向所誌，遂迷，不復得路。」○王維詩：「聞説桃源好迷客，不如高卧盼庭柯。」〔二〕

【校記】

〔一〕全唐詩作裴迪詩，題爲春日與王右丞過新昌里訪吕逸人不遇；「眄」，作「眄」。

北山

刳木爲舟數丈餘，易繫辭下：「刳木爲舟。」卧看風月映芙蕖。任濤詩：「露團沙鶴起，人卧釣船流。」東坡詩：「春江緑未波，人卧船自流。」清香一陣渾無暑，時有驚根躍出魚。

適意

一燈相伴十餘年，舊事陳言知幾編。到了不如無累後，困來顛倒枕書眠。左氏：「至於煩，乃捨也已。」不但施於音樂，讀書亦然。公此詩頗有捐書絶學之意。〇班固賓戲：「徒樂枕經籍書。」

辱井[一]

詳見次韻登微之高齋注。

結綺臨春草一丘，尚殘宫井戒千秋。奢淫自是前王恥，不到龍沉亦可羞。李白詩：「撫劒高吟空咄嗟，梁陳之國亂如麻。天子龍沉景陽井，誰歌玉樹後庭花。」「龍沉」字[二]，實取此。歐公集古録云：「煬帝躬自滅陳，目見叔寶事，又嘗自銘以爲戒如此。及身爲淫亂，則又過之，豈所謂『下愚不移』者哉？」

【校記】

[一] 此詩爲龍舒本卷六十三與伯懿至臺城三首之三。

[二]「字」，原作「序」，據宫内廳本、臺北本改。

題金沙

海棠開後數金沙，杜詩：「有徑金沙軟。」高架層層吐絳葩。杜詩：「直須添竹引龍鬚。」咫尺西城無力到，不知誰賞魏家花？魏家花，謂魏紫，本出魏仁浦丞相家，故得名。

夜聞流水

千丈崩犇落石碕，秋聲散入夜雲悲。州橋月下聞流水，不忘鍾山獨宿時。

詠月三首

寒光乍洗山川瑩，月賦：「柔祇雪凝，圓靈水鏡。」清影遥分草樹纖。杜詩：「罔兩移深樹。」言光所照徹，細大不逃也。萬里更無雲物動，中天秪有兔隨蟾。五經通議曰：「月中有兔與蟾蜍，何？月，陰也；蟾蜍，陽也，而與兔並明，陰係於陽也。」○李賀詩：「老兔寒蟾泣秋色。」

其　二

江海清明上下兼，謝莊賦：「氣霽地表，雲斂天末。洞庭始波，木葉微脱。」即「上下兼」也。碧天遥見一毫纖。杜詩：「上方重閣晚，百里見秋毫。」此時只欲浮雲盡，窟穴何妨有兔蟾。此見公包容小人之意，不知卒爲己害。謂吕、蔡之徒。

其　三

一片清光萬里兼，幾回圓極又纖纖。韓退之望秋詩：「樓頭皎月不共宿，其奈就缺行纖纖。」鮑明遠翫月詩：「始出西南樓，纖纖如玉鉤。未映東北墀，娟娟似娥眉。……三五二八時，千里與君同。」注：「謂從微至明也。三五十五，二八十六也。」〔一〕公詩意乃言從明至微。君看出沒非無意，豈爲辛勤養玉蟾。羅隱詩：「陰雲薄暮上空虛，此夕〔二〕清光已破除。只恐異時開霽後，玉輪依舊養蟾蜍。」公末句與隱雖異，而皆有深意。

【校記】

〔一〕此詩題，「翫」字原脱，據臺北本補，藝文類聚作翫月詩，文選李善注本作翫月城西門解中詩。文選五臣注及鮑參軍集「解」作「廨」。「東北墀」，「東」原作「古」；「與君同」，「君」原作「石」，均據文選本、臺北本改。「娥眉」，宮內廳本作「蛾眉」。

〔二〕「夕」，原作「名」，據全唐詩羅隱中秋夜不見月、宮內廳本、臺北本改。

庚寅增注第四十五卷

題張司業　詩名老　杜詩：「坐中薛華善醉歌，歌詞自作風格老。」韓集：「校書郎侯喜，新有能詩聲。」

同陳和叔游北山　殘夢有鳴騶　東坡亦云：「車轂鳴枕中，客夢安得長？」

次吴氏女子韻　亦逢佳節且吹花　唐中宗九日登高詩：「泛桂迎尊滿，吹花向酒浮。」閻朝隱詩：「願依吹菊酒，相守百千年。」蘇頲九日詩：「降鶴承仙路，吹花入睿詞。」

其二　世間唯有妙蓮花　樂天詩：「人間此病治無藥，唯有楞嚴四卷經。」

即席　泮盡澌　退之詩：「霸滻揚春澌。」

寄沈道原　城郭千家一彈丸　史記虞卿傳：「趙郝云：『此彈丸地弗予，令秦來年復攻。』」　蜀崗擁腫作蛇蟠　蜀崗其勢自西北來，至揚州北竹亭西乃絶。

生日次韻　毗耶一夜滿城香　又能開悟香普熏一切，令其聞者諸根寂静。柳詩云：「猶同甘露飰，佛事熏毗耶。」

和僧惠岑　或緣香火住靈山　秦王語頡利：「爾往與我盟，有急相救。今乃引兵相攻，何無香火之情也？」

和惠思聞蟬　風塵愁殺庾蘭成　張説過庾信宅詩：「蘭成追宋玉，舊宅偶辭人。筆誦江山氣，文驕雲雨神。」　聞蟬第一聲　蔡持正退朝聞蟬詩云：

「萬年枝在九天上，何處飛來第一聲？」

崇政殿後春晴即事　山鳥不應知地禁亦逢春暖即啾喧　方勺云：「元祐中，東坡帥杭，予獲游公門。公嘗言王介甫初行新法，異論者嘵嘵不已，嘗有詩云：『山鳥不應知地禁，亦逢春暖即啾喧。』」

吴任道説應舉時事　懸瓠城南陂水深　通鑑：「汝南、新蔡二郡太守周矜起兵於懸瓠，以應建康。袁顗誘矜，司馬汝南常珍奇執矜斬之，以珍奇代爲太守。」按：懸瓠，即今蔡州所理汝陽縣。

送河中通判朱郎中迎母東歸　又一説，壽昌，刑部朱侍郎巽之子，早失母所在，哀慕不已。及長，乃解官訪母，徧走四方，備歷艱難，見者莫不憐之。聞佛書有水懺者，其説謂欲見父母者，誦之，當獲所願。壽昌乃晝夜誦持，仍刺血書懺，摹板印，施於人，唯願見母。歷年甚多。忽一日至河中府，遂得其母，相持慟絶，感動行路，乃迎以歸，事母至孝。復出從仕，今爲司農少卿。士人爲之傳者數人。丞相荆公而下，皆有朱孝子詩數百篇。　綵衣東笑　桓譚新論：「人聞長安樂，出門向西笑。」此稱「東笑」，未詳。豈壽昌自河中得母而歸朝，故云「東笑」乎？

寄題脩廣明碧軒　幾秋風　唐人劉山甫詩：「壞墻風雨幾經春。」　白髮翁　歐公詩：「喜君新賜黄金帶，顧我今爲白髮翁。」

人間　唯見北山雲　山谷云：「佩玉而心若槁木，立朝而意在東山。」即詩意也。

春日　柴門照水見青苔　杜牧之詩：「緑樹陰青苔，柴門臨水開。」　春遶花枝　廣記：「鬼謡：『落花徒遶枝。』」　啼鳥去還來　林和靖詩：「芳草得時依舊長，文禽無事等閑來。」

涿州 元豐九域志，涿州係化外州，與檀、平、營、薊皆係河北路。余使燕，經其化城外，平沙細草，垂楊雜植，殊不類慘澹，豪俠窟也。

書汜水關寺壁 汜水鴻溝楚漢間 朱元晦云：「鄭之虎牢，即漢之成皋也。虎牢之下，即溱洧之水，後又名爲汜水關，子産以乘輿濟人之所也。」當考。漢紀：「割洪溝以西爲漢。」應劭曰：「在滎陽東南三十里。」文穎曰：「於滎陽下引河東南爲洪溝，以通宋、鄭、陳、蔡、曹、衛，與濟、汝、淮、泗會於楚，即今官度水也。」 跳兵走馬 蕭何傳：「失軍亡衆，跳身遯者數矣。」劉澤傳：「還兵備西界，遂跳驅至長安。」

和惠思歲二日 懶讀書來已數年 陳去非參政亦有句云：「舊喜讀書今懶讀，焚香閱世了閑身。」余甚愛此句。然二公實未嘗廢書也。

赴召道中 回薄水横分 横分，又見韓侯詩注。賈山傳：「萬物回薄兮，振蕩用轉。」 一片雲 少陵秋野詩：「血留一片雲。」

江東召歸 琅琊有邴丹 邴明贊孟容：「岧岧丙公，學涯輒歸。匪矯匪忝，前路威夷。」

寄顯道 舟約刀頭止歲前 謂先有約，舟楫之歸，在康前也。刀頭謂環，事見古樂府。

和崔公度家風琴其六 隨分鏗鏘與寂寥 淮南子曰：「無音者，聲之大宗也。」又曰：「無聲而五音鳴焉，無味而五味和焉。」即此意也。 古鍾磬 禮記月令：「仲夏之月，飭鍾磬祝歌。」

其七

萬竅鳴　曹子建七啓：「譬若畫形於無象，造響於無聲。」

送陳靖中舍歸武陵

續桃花源記云：「陳靖字唐臣，鉅野人，少倜儻有氣節。通詩、易。嘗從范諷、石延年、劉潛游。景祐五年，以進士特奏名，得三禮出身。薦爲邑佐，皆有能聲，稍遷孝感令。以公事悞太守，遂致所事而去，戲舟東下，隱於華山。未幾，詔下，以太子中舍致仕。值歲荒，徙家京師，賣藥自給。朝之公卿與故人踵門者輒避去。或遺金帛，即散道上丐者，未嘗有所蓄。與其妻孔氏皆學辟穀，往往經歲而不食。嘉祐西年，思武陵山水之佳，盡室往游。王介甫高其行，以詩送之，有『知君欲上武陵溪，水自東流人自西』之句。既至武陵，結庵於桃源高梧市。居數月，妻喪，自是不接人事，杜門稱疾，惟焚香誦易而已。六年七月，日亭午，命其子庠具紙作書，遺張郎中顒。顒字仲孚，頡字仲舉，兄弟武陵名士。顒終鴻臚卿，頡終户部侍郎、龍圖閣待制。曰：『近上帝以靖平生無謟，俾主判地下平直司，候天符下，即之任矣。』顒時職江東漕運，以靖爲病心者，不復報。是日，又躬以書，緘封甚密，戒其子曰：『張公歸，卿以此書授之，不可他示及私發。違吾言，爾爲不孝。』其子謹藏之。是後爲歌詩，皆有脱去後患之意。七年十二月十二日平旦，謂其子曰：『吾數盡矣，後事一托張祕丞主之。』言訖而殁。時張祕丞頡將赴官益陽。前一日，與靖别。翊日，得其訃，亟爲辨喪事，葬於耆闍山之側。治平元年七月，張仲孚自江東還，其子庠捧父書號泣以獻，緘封如初。發之，其始末皆叙訣之詞，中乃云：『平直司必然矣，爲議皇嗣事，勿怪。草草。』明年秋，英宗由大宗正爲皇子，而靖於六年七月爲此書，已有選定之語。是知帝王之興，皆受命於天，嘿有符契，非偶然矣。」此皆略取張仲舉所撰陳靖傳云。

辱井

不到龍沉亦可羞　「龍沉」字，實取此句，謂一涉奢侈，便自可羞，不必至於龍沉如後主，然後可羞也。

題金沙

魏家花　因觀金沙而憶牡丹，蓋金沙花頭亦有大者，正如山丹之類耳。據歐公牡丹譜：「魏家花者，千葉肉紅花，出於魏相仁溥[一]家。始樵者於壽安山中見之，斸以賣魏氏。魏氏池館甚大。傳者云：此花初出時，人有欲閲者，人税十數錢，乃得登舟渡池至花所，魏氏日收十數緡。其後破亡，鬻其園。今普明寺後林池乃其地，寺僧耕之，以植桑麥。花傳民家甚多，人有數其葉者，云至七百葉。錢思公嘗曰：『人謂牡丹花王，今姚黄真可爲王，而魏花乃后也。』」

詠月　兔隨蟾　杜詩：「兔應疑鶴髮，蟾亦戀貂裘」云。

其三　圓極　稽於天道則寒暑均，取於月數則蟾兔圓。

【校記】

〔一〕「仁溥」，宋史本傳作「仁浦」。

王荊文公詩卷第四十六

律詩

次韻杏花三首

只愁風雨刼春回，怕見枝頭爛熳[一]開。野鳥不知人意緒，啄教零亂點蒼苔。東坡梅詩：「君知早落坐先開，忍著新詩句句催。」皆深致惜花之意。○杜詩：「野鴉無意緒。」

【校記】

〔一〕「熳」，宋本作「漫」。

其二

心憐紅蘂與移栽，不惜年年糞壤培。風雨無時誰會得？欲教零亂強催開。末句意，即前篇首句意。○歐公詞云：「東風本是開花信，及至花時風更緊。吹開吹謝苦忽忽，春意到頭無處問。」

其三

看時高豔先驚眼，折處幽香易滿懷。野女強簪看亦醜，唐房千里文：「西子不花，嫫姆錦縠，是不能易其美惡。」言野女雖簪花，不能掩其醜也。少教憔悴逐荆釵。列女傳：「梁鴻妻孟光，荆釵布帬。」

杏園即事

蟠桃移種杏園初，紅抹燕脂嫩臉蘇。聞道飄零落人世，清香得似舊時無？

宋城道中

宋城，屬南京應天府。此詩所指，恐非此宋城也。蓋詩云「都城花木」，次以「北路餘寒」，則是已過汴京，踰河而北矣。

都城花木久知春，北路餘寒尚中人。楚詞：「薄寒中人。」言塞上寒苦，得春晚也。宿草連雲青未得，東風無賴只驚塵。言春風不能青連雲之草，但驚塵耳。○王維詩：「黄雲斷春色。」

對客

窗壁風回午枕凉，清談相對一胡床。心知帝力同天地，能使人間白日長。此亦王符「化國之日舒以長」之意。

愍儒坑

智力區區不爲身，欲將何物〔二〕助强秦。只應埋没千秋後，更足詩書發冢人。言詩書發冢，亦無異於坑儒。○莊子外物篇：「儒以詩禮發冢。」○衛宏詔定古文官書序曰：「秦既焚書，患苦天下不從所改更。而諸生到者，拜爲郎，前後七百人。乃密令種瓜於驪山阬谷中，温處瓜實，詔博士説之，人人不同，乃令就視，爲伏機，諸生賢儒皆至焉。方相難不決，因發機，從上填之以土，皆壓之，終乃無聲。」今新豐縣温湯處，號愍儒鄉。湯西有馬谷，西岸有阬。古老相傳，以爲秦阬儒處。

【校記】

〔一〕「物」，宋本、叢刊本作「力」。

遇雪

定知花發是歸期，不柰歸心日日歸。風雪豈知行客恨，向人更作落花飛。退之詩：「白雪却嫌春色晚，故穿庭樹作飛花。」

懷舊

吹破春冰水放光，山花澗草百般香。身閑處處堪行樂，何事低回兩鬢霜。公又有春入一詩，略同此。

訪隱者

鄭毅夫集亦有此詩，未知果誰作。

童子穿雲晚未歸，誰收松下著殘碁。劉言史詩：「採芝却到蓬萊上，花裏猶殘碧玉鍾。」韋應物詩：「林下器未收，何人適煑茗？」先生醉卧落花裏，春去人間揔不知。評曰：不類公詩，以其韻短。○杜牧詩：「誰家無事少年子，滿面落花猶醉眠。」

海棠花

緑嬌[一]隱約眉輕掃，南部煙花記云：「殿脚女吴絳仙善畫長蛾，帝憐之，由是争爲長蛾。司宫吏日供螺子黛五斛，號『蛾緑螺』。」紅嫩妖饒[二]臉薄粧。杜詩：「紅入桃花嫩。」宋玉賦：「施朱則太赤。」巧筆寫傳功未盡，清才吟詠興何長。

【校記】

〔一〕「嬌」，宋本、叢刊本作「驕」。

〔二〕「饒」，宫内廳本作「嬈」。

證聖寺杏接梅花未開〔一〕

建康志云：「寺在今行宫北，即舊木平寺。」

紅蘂曾游此地來，青青今見數枝梅。只應尚有嬌春意，不肯淩寒取次開。嬌春，見獨卧注。○接花，已見四十二卷注〔二〕。

【校記】

〔一〕龍舒本卷六十三與伯懿至臺城三首，下分證聖寺杏接梅花未開，即本詩；三品石、辱井，俱見本書卷四十五。

〔二〕注見卷四十二耿天騭惠梨次韻奉酬三首其三。

雜詠六首〔一〕

勳業無成照水羞，黃塵入眼見山愁。煙中漠漠江南岸，更與家人〔二〕一少留。劉先主云：「日月若馳，老將至矣，而功業不建，是以悲耳。」○又以世故塵土，見山不得歸而愁耳。○白詩：「日入意未盡，將歸復少留。」○唐馬戴〔三〕詩：「坐看涼月上，爲子一淹留。」

【校記】

〔一〕「六首」，宋本、叢刊本作「五首」，無「其六」一首。此詩又爲龍舒本卷七十五雜詠絶句十五首之第二首。

〔二〕「家人」，宮内廳本作「人家」。

〔三〕「馬戴」，原作「馬載」。句見全唐詩馬戴過故人所遷新居。

其　二〔一〕

白頭重到太寧宫，玉佩瓊琚在眼中。大中祥符四年春，詔以奉祇宫爲太寧宫，增葺殿室，設立后土聖母像。據金坡遺事，翰林每歲作望祭文。宫在慶成軍。○令狐楚詩：「不歷晉祠三十年，白頭重到一凄然。」○毛詩渭陽：「何以贈之？瓊瑰玉佩。」韓公祭柳子文：「玉珮瓊琚，大放厥辭。」恐謂宫中碑記。歌舞可怜人暗换，花開花落幾春風。謂升歌舞綴，祠祭所用，非世間所謂歌舞也。○少陵謁先主廟詩：「閭閻兒女换，歌舞歲時新。」○李紳詩：「不知開落有春風。」○退之詩：「歌舞知誰在？賓僚逐使非。」○歐公詩：「風日無情人暗换，舊游如夢空腸斷。」

【校記】

〔一〕此詩又爲龍舒本卷七十五雜詠絶句十五首之第三首。

其　三〔一〕

朝陽映屋擁書眠，夢想鍾山一慨然。投老安能長忍垢，會當歸此濯寒泉。莊子讓王篇：「湯問務光曰：『伊尹何如？』曰：『强力忍垢，吾不知其他也。』」○太史公叙傳言：「范雎能忍詢於魏齊，而信威於强秦。」詢，音逅。

【校記】

〔一〕此詩又爲龍舒本卷七十五雜詠絶句十五首之第六首。

其　四〔一〕

烏石岡頭躑躅紅，東江柳色漲春風。「漲」字，屢見上注。○東坡詩亦云：「柔桑漲眼麥齊腰。」物華人意曾相值，永日留連草莽中。李郢鵝兒詩：「有時散亂隨青草，永日淹留在野田。」

【校記】

〔一〕此詩又爲龍舒本卷七十五雜詠絶句十五首之第七首。

其　五

小雨蕭蕭潤水亭，退之詩：「天階小雨潤如酥。」花風颭颭破浮萍。退之詩：「風約半池萍。」○林處士詩：「浮萍破處見山影。」看花聽竹心無事，風竹聲中作醉醒。

其　六〔一〕

百年禮樂逢休運，叔孫通傳：「魯兩生曰：『禮樂所由起，百年積德而後可興也。』」千里江山極勝游。那似鮑昭空寫恨，不爲王粲秪消憂。評曰：非閑居詩也。○鮑明遠有恨賦。王粲登樓賦：「聊暇日以消憂。」○公閑居詩大率類此。怨懟譏刺者，視之有愧矣。

【校記】

〔一〕此詩又爲龍舒本卷七十五雜詠絶句十五首之第九首。

書陳祈兄弟屋壁

千里歸來倦宦身，欲尋田宅豫求隣。能將孝友傳家世，鄉邑如君更幾人？予於撫州，得此詩石本，乃新授將仕郎、守惠州河源縣主簿陳祈立石。公又有與陳君一柬，併附於此。按：公皇祐二年自舒州通判得告歸臨川，訪鄉人，作此詩。○「安石頓首：還弊廬，幸數對，接發日更承出餞，寵以佳句，尤愧怍不敢當厚意之辱。宿宇下，嘗成一絶，今書奉寄，想一笑而已。秋凉，加愛。安石頓首陳君舅弟足下。九月十二日。」

郊　行

柔桑採盡緑陰稀，蘆箔蠶成密繭肥。太白詩：「荆湖麥熟繭成蛾，繰絲憶君頭緒多。」○樂天詩云：「由來蠶老後，方是繭成時。」聊向村家問風俗，如何勤苦尚凶飢？唐明宗嘗問馮道：「今歲雖豐，百姓贍足否？」道曰：「農家歲凶則死於流殍，歲豐則傷於穀賤。豐凶皆病者，惟農家爲然。臣記進士聶夷中詩云：『二月賣新絲，五月糶新穀。醫得眼前瘡，剜却心頭肉。』語雖鄙俚，曲盡田家之情狀。農於四民之中最爲勤苦，人主不可不知也。」上悦，命左右録其詩，常諷誦之。

破冢二首

埋没殘草碑〔一〕自春，旋風時出地中塵。俗言：旋風，鬼所爲也。後漢王忳傳：「主人云：『被隨旋風，與馬俱亡。卿何陰德，而致此二物？』忳自念有葬書生事，因説之。」墦間夜半分珠玉，猶是當時乞祭人。孟子離婁下：「蚤起，施從良人之所之，卒之東郭墦間，之祭者，乞其餘；不足，又顧而之他。此其爲饜足之道也。」分珠玉，用發冢事，詳見驪山詩注。

【校記】

〔一〕「草碑」，諸本作「碑草」。

其二

殘椁穿來欲幾春？蕭蕭長草没麒麟。杜詩：「草邊高塚卧麒麟。」墦間或有樵蘇客，未必他年醉飽人。「醉飽」字，取孟子饜酒肉之意。

題景德寺試院壁 公自注云〔一〕：「至和三年八月十日。」

屋東瓜蔓已扶踈，小石藍花破萼初。從此到寒能幾日，風沙還見一年除。小杜詩：「春半年已除，其餘强爲有。即此醉〔二〕殘花，便同嘗臘酒。」公詩略似此意。○沈文通景德寺考試院壁和介甫韻：「石藍開盡紅著地，瓜蔓半枯黄倒垂。坐看一夜〔三〕芳意歇，風霜即是早寒時。」蕭后語太宗：「隋主〔四〕淫侈，每二除夜，殿前諸院設火山數十，盡沉香也。」注：「至，及歲夜，爲二除。見廣記。」

【校記】

〔一〕龍舒本、宋本、叢刊本無「公自注云」四字。

〔二〕「醉」，原作「詩」，據宫内廳本、臺北本改。

〔三〕「夜」，宫内廳本作「年」。

〔四〕「主」，原作「王」，據宫内廳本、臺北本改。

金陵報恩大師西堂方丈二首

簷花映日午風薰，杜詩：「燈前細雨簷花落。」時有黄鸝隔竹聞。香炧一爐春睡足，上方車馬正紛紛。説文：「炧，燭燼也。囚夜切。」○廣記道術門：「燭炧更深，疲於毫硯。」今以言香，香亦有燼也。

其二

蕭蕭出屋千竿玉，靄靄當窗一炷雲。謂對竹燒香也。○劉長卿僧院詩：「晨香永日在，夜磬滿山聞。」亦佳句。心力長年人事外，種花移石尚殷勤。

題正覺院籜龍軒二首 撫州有正覺寺，在水東。下又有律詩可考。

北〔二〕軒名字經平子，晉王澄傳：「有經澄所題目者，衍不復有言，輒云：『已經平子矣。』」愛此吾能爲賦詩。山雨江風一披拂，籜龍還自有吟時。杜詩：「風雨時時龍一吟。」此借用。○莊子言：「風起北方，一西一東。孰居無事，而披拂是。」

【校記】

〔一〕「北」，宮内廳本作「此」。

其　二

仙事茫茫不可知，籜龍空此見孫枝。王元之筍詩：「昨夜春雷迸蘚根，亂披煙籜出柴門。稺川龍過應迴首，認得青青幾代孫。」○韓偓詩：「知余絕粒窺仙事，許到名山看藥爐。」孫〔一〕枝，見烏塘詩注。壺中若有閑天地，李義山詩：「壺中若是有天地，又向壺中傷別離。」何苦歸來問葛陂。後漢費長房，汝南人，從壺公學道，不成，思家，辭歸。壺公與一竹杖曰：「騎此，任所之，則至矣。既至，可以杖投葛陂中。」顧視，乃龍也。今在蔡州。

【校記】

〔一〕「孫」上衍「一」字，據宮内廳本、臺北本刪。

相州古瓦硯[一]

鄴中故事：「銅雀臺，三臺相去各六十步，上以複道相通，中央懸絶。鑄三大銅雀，高一丈五尺，置之樓頂。臺上又起樓五重，去地三百七十尺。今里人因掘土，往往得屋瓦，多斷折。瓦色頗青，其内平瑩，不類今瓦。有布紋，甚厚，有及寸者，多印工人姓名，皆八分隸書也。」

吹盡西陵歌舞塵，當時屋瓦始稱珎。甄陶往往成今手，尚託聲名動世人。劉商銅雀妓詩：「高臺無晝夜，歌舞竟未久。」西陵，謂曹公葬處也。曹云：「吾婕妤、伎人，皆著銅雀臺，月朔、十五日，輙向帳作伎。」此故云「歌舞塵」。瓦特以古貴，硯譜乃居下，言今人僞爲，託名古瓦以求售也。如子厚鐵爐步記之意。

【校記】

〔一〕龍舒本無「硯」字。

望夫石

雲鬟煙鬢與誰期，一去天邊更不歸。武昌山北有望夫石，云昔有婦人，與夫從役，遠赴國難。婦携弱子餞送此山，立，望夫而死，化爲立石，因名之。○李白詩：「一上玉關道，天涯去不歸。」又古詩：「少年莫遠行，遠行多不歸。」還似九疑山上[一]女，千秋長望舜裳衣。九疑山在蒼梧馮乘縣，其山九峯，形勢相似，故曰九疑山。父老相傳，舜嘗登此山。或云，舜崩，葬於此山下。有舜祠。〇檀弓曰：「舜葬於蒼梧之野。」蓋二妃未之從也。此言「九疑山上女」，未詳。然秦博士對始皇云：「湘君者，堯之二女，舜妃者也。」又劉向列女傳：「帝堯二女，長曰娥皇，次曰女英。堯以妻舜。舜爲天子，娥皇爲后，女英爲妃。舜死於蒼梧，二妃死於江湘之間，俗謂之湘君。」據秦博士及劉向列女傳，則二妃乃爲湘水之神，及死於江湘間。則公稱「九疑山女」，或以此。蓋湘距九疑不遠云。舜垂衣裳而天下治。余嘗愛張文潛斑竹詩云：「重瞳陟方時，二妃蓋老人。安肯泣路傍，洒淚流叢筠。」意殊雅正。今公賦望夫石詩，而引舜妃，其亦幾於褻矣。〇餘見燕侍郎山水圖注。

【校記】

〔一〕「九疑山」，龍舒本作「九嶷山」。「上」，宋本、叢刊本作「下」。

山前

山前溪水漲潺潺，山後雲埋不見山。李羣玉詩：「頽雲晦廬嶽，微鼓辨湓城。」不趁雨來耕水際，即穿雲去臥山間。

評曰：隱者詞。〇劉長卿詩：「夕陽臨水釣，春雨向田耕。」〇許渾詩：「雨中耕白水，雲外斸青山。」〇孟郊詩：「種稻耕白水，負薪斫青山。」

江雨

冥冥江雨濕黄昏，天入滄洲漫不分。杜詩：「冥冥江雨熟楊梅。」又：「去馬來牛漫不分。」○李白詩：「彭蠡將天合。」北澗欲通南澗水，南山正遶北山雲。樂天詩：「東澗水流西澗水，南山雲起北山雲。」

獨卧二〔一〕首

誰有耡耰不自操，可怜園地滿蓬蒿。欲尋春物無蹊徑，獨卧南床白日高〔二〕。莊子：「將妄鑿垣墻而殖蓬蒿也。」○吴融詩：「春物競相妬，杏花應最嬌。」

【校記】

〔一〕「二」，原作「三」，本書目録、臺北本同，據宋本、叢刊本改。龍舒本卷七十六獨卧三首，前二首同此，第三首即本書卷四十四午枕。

〔二〕宋本、叢刊本「白日高」下注：「一作『日自高』。」

其　二

茅簷午影轉悠悠，門閉青苔水亂流。百囀黃鸝看不見，海棠無數出墻頭。李道昌奉敕祭獨孤君文：「黃鸝百囀，猿聲斷腸。」○張籍詩：「桃生蘂婆娑，枝葉四向多。高未出墻頭，蒿莧相凌摩。」○張繼詩：「竹色侵官道，花枝出苑墻。」○賈至詩：「千條弱柳垂青瑣，百囀流鶯滿建章。」○聶夷中公子行：「花樹出墻頭，花裏誰家樓？一行書不讀，身封萬户侯。美人樓上歌，不是古涼州。」○王夢周題故白巖禪師院：「花樹不隨人寂寞，數枝猶自出墻頭。」

孟　子

沉魄浮魂不可招，李商隱祭令狐相公文：「聖有夫子，廉有伯夷，浮魂沉魄，公其尚之。」遺編一讀想風標。何妨舉世嫌迂闊，神宗嘗謂呂晦叔曰：「司馬光方直，其如迂闊何？」呂曰：「孔子上聖，子路猶謂之迂；孟軻大賢，時人亦謂之迂。況光豈免此名？大抵慮事深遠，則近於迂矣。願陛下更察之。」故有斯人慰寂寥。孟子序：「時人皆謂之迂闊。」

商鞅

自古驅民在信誠，一言爲重百金輕。前漢："得黄金百鎰，不如季布一諾。"今人未可非商鞅，商鞅能令政必行。商鞅傳："令既具，未布，恐民之不信己，乃立三丈之木於國都市南門，募民有能徙置北門者，予十金。民怪之，莫敢徙。復曰：『能徙者，予五十金。』有一人徙之，輒予五十金，以明不欺。卒下令。"○范彝叟讀此詩，云："古人政事本教化，而躬率使人從之。政事要必行，豈是好事？"

蘇秦

已分將身死勢權，韓詩："已分將身著地飛。"○劉向傳："夫乘權藉勢之人，子弟鱗集於朝，羽翼陰附者衆。"○又，賈誼鵩賦："夸者死權。"惡名磨滅幾何年。孟子離婁上："名之曰幽、厲，雖孝子慈孫，百世不能改也。"又，桓温曰："既不能流芳後〔二〕世，不足遺臭萬載耶？"想君魂魄千秋後，却悔初無二頃田。秦爲從約長，並相六國。過雒陽，周王使人郊勞，昆弟妻嫂側目，不敢仰視。秦喟然歎曰："此一人之身，富貴則親戚畏懼之，貧賤則輕易之，况衆人乎？且使我有雒陽負郭二頃田，吾豈能佩六國相印乎？"方秦盛時已悔，不待千秋後也。

【校記】

〔一〕宫内廳本「後」作「百」，下句「載」作「年」。

范雎

范雎相秦傾九州，一言立斷魏齊頭。世間禍故〔一〕不可忽，簀中死屍能報讎。范雎傳：「守者乃請出棄簀中死人，魏齊醉，曰：『可矣』。」餘已見別注。○杜牧之詩：「秦因逐客令，柄歸丞相斯。安知魏齊首，見斷簀中屍。」

【校記】

〔一〕「故」，宫内廳本作「福」。

張良

漢業存亡俯仰中，評曰：此所謂不〔一〕倡之妙也。留侯當〔二〕此每從容。「當」，一作「於」。固陵始議韓彭地，複道方圖雍齒封。良本傳：「五年冬，漢王追楚，至陽夏南，戰不利，壁固陵，諸侯不至。良說漢王，漢王用其計，諸侯皆至。」固陵後改爲固始，屬淮陽國，本名寢丘，楚將孫叔敖所封地。又：「上已封大功臣二十餘人，其餘日夜争功，不決。上居雒陽南宮，從複道望見諸將往往數人偶語，欲謀反。良曰：『上平生所憎，羣臣所共知。誰最甚者？』上曰：『雍齒與我有故怨，數窘辱我。我欲殺之，爲功多，不忍。』良曰：『今〔三〕急先封雍齒，以示羣臣。羣臣見齒先封，則人人自堅矣。』」○唐詩〔四〕：「張良未遇韓信貧，劉項存亡在兩臣。」

【校記】

〔一〕「不」，原缺，據宮内廳本補。

〔二〕「當」，宮内廳本作「於」，校曰：「一作『當』。」

〔三〕「今」，原作「令」，據漢書張良傳及宮内廳本、臺北本改。

〔四〕「詩」，原本、臺北本作「傳」，據宮内廳本改。

曹參

束髮〔一〕山河百戰功，李廣傳：「且臣結髮而與匈奴戰。」師古注曰：「言始勝冠，即在戰陣。」又司馬遷傳：「耕牧於河山之陽。」白頭富貴亦成空。華堂不著新歌舞，却要區區一老翁。評曰：妙。○老翁，謂蓋公。本傳：「參戰鬭，功最多。又，爲齊相，盡召長老諸先生，問所以安集百姓，而齊故諸儒以百數，言人人殊。參未知所定，聞膠西有蓋公，善治黄、老言。使人厚幣請之。蓋公爲言治道貴清浄而民自定，推此類具言之。參於是避正堂，舍蓋公焉。」○楊公時中立言：「後世如曹參，可謂能克己者。觀参本武人，攻堅陷陣，是其所長。至其治國爲天下，乃以清浄無爲爲事，氣質都變了。」

【校記】

〔一〕「髮」，宫内廳本作「帶」。

韓信

貧賤侵淩富貴驕，功名無復在芻蕘。將軍北面師降虜，此事人間久寂寥。評曰：也説得別。○韓信既斬成安君，禽趙王歇，乃令軍中毋斬廣武君。有生得之，縛而至戲下者。信解其縛，東鄉坐，而西鄉對而師事之。廣武君辭曰：「亡國之大夫，不可以圖存；敗軍之將，不可以語勇。」按周勃傳：「勃不好文學，每召諸生説士，東鄉坐責之：『趣爲我語。』」注：「勃自東向，不以賓主之禮禮士也。」觀此，信賢於勃遠矣。○史記魏世家：「子擊問子方曰：『富貴者驕人乎？貧賤者驕人乎？』子方曰：『亦貧賤者驕人耳。諸侯驕人，則失其國；大夫驕人，則失其家；貧賤者行不合，言不用，則去之楚、越，若脱躧然，柰何其同之哉？』」○山谷詩：「功成千金募降虜，東面置坐師廣武。雖云晚計太踈略，此事亦足垂千古。」語意大相類。

伯牙

千載朱絃無此悲，欲彈孤絶鬼神疑。故人捨我歸〔一〕黄壤，流水高山心〔二〕自知。「歸」，一作「閉」。高山流水，見次韻張德甫注。

【校記】

〔一〕「歸」，宋本、叢刊本作「閉」。

〔二〕「心」，龍舒本作「深」。

范增二首

中原秦鹿待新羈，漢蒯通傳：「秦失其鹿，天下共逐之。」力戰紛紛此一時。有道吊民天即助，不知何用牧羊兒。評曰：特見。○牧羊兒，謂義帝也。陳王死，鄛人范增年七十，素居家，好奇計，往説項梁曰：「陳勝敗，固當。夫秦滅六國，楚最無罪。自懷王入秦不反，楚人怜之至今。今君起江東，楚蠭起之將皆争附君者，以君世世楚將，爲能復立楚之後也。」於是項梁然其言，乃求楚懷王孫心，民間爲人牧羊，立以爲楚懷王。公詩意不與懷王之立也。

其二

鄴人七十謾〔一〕多奇，爲漢敺〔二〕民了不知。孟子離婁下：「爲湯武敺民者，桀與紂也。」誰合軍中稱亞父，直須推讓外黃兒。項羽傳：「羽擊陳留外黃，不下，數日降，欲阬之。外黃令舍人兒，年十三，往説羽，羽然其言，乃赦外黃當阬者，而更至睢陽。諸城聞之，皆爭下。」臣瓚云：「稱兒者，以其幼弱，故係之父。」○周太祖幸河北，至內黃，顧李珽曰：「何謂內黃？」珽曰：「河南有外黃、下黃，故此名內黃。」太祖曰：「外黃、下黃何在？」珽曰：「秦有外黃都尉，在今雍丘。下黃爲北齊所廢，在今陳留。」太祖平生不愛儒者，聞珽語，大喜。李琪乃其弟。

【校記】

〔一〕「謾」，宋本、叢刊本作「漫」。

〔二〕「敺」，龍舒本作「歐」。

賈生[一]

一時謀議略施行，誰道君王薄賈生？爵位自高言盡廢，古來何啻萬公卿！本傳贊：「誼之所陳，略施行矣。」又曰：「誼亦天年早終，雖不公卿，未爲不遇也。」自古爵位高而其言不見於用者，豈直一賈生哉？

【校記】

〔一〕此詩爲龍舒本卷七十三賈生二首之二。

兩生

兩生才器亦超羣，黑白何勞強自分。好與騎奴同一處，此時俱事衛將軍。任安免三百石長，爲衛將軍舍人，與田仁會，俱爲舍人，居門下，同心相愛。此二人貧，無錢以事將軍家監，家監使養惡齧馬。兩人同牀卧，仁竊言曰：「不知人哉，家監也。」任安曰：「將軍尚不知人，何乃家監也？」衛將軍從此兩人過平陽主，主家令兩人與騎奴同席而食。此二子拔刀裂斷席，别坐，主家皆怪而惡之，莫敢呵。其後有詔募擇將軍舍人以爲郎。會趙禹來過，悉召舍人百餘人，以次問之，得田仁、任安，曰：「獨此兩人可耳，餘無可用者。」據史記，無兩生字，特兩人耳。

謝安

謝公才業自超羣，誤長清談助世紛。秦晉區區等亡國，可能王衍勝商君？安嘗與王羲之登冶城，悠然遐想，有高世之志。羲之謂安曰：「夏禹勤王，手足胼胝；文王旰食，日不暇給。今四郊多壘，宜思自効。而虚談費務，浮文妨要，恐非當今所宜。」安曰：「秦任商鞅，二世而亡，豈清談致患耶？」

世上

范蠡五湖收遠迹，管寧滄海寄餘生。可憐世上風波惡，最有仁賢不敢行。史記貨殖傳：「范蠡既雪會稽之恥，乃乘扁舟浮於江湖，變名易姓。適齊，爲鴟夷子皮；之陶，爲朱公。」管幼安，漢末大亂，至遼東，公孫度虚館以待之。寧既見度，乃廬於山谷。時避難者多居郡南，而寧居北，示無遷志。中國少安，客人皆還，惟寧晏然若將終焉。居遼東積三十有七年。察淵將亂，乃就徵，時黄初四年也。

讀後漢書

黨錮〔一〕紛紛果是非，當時高士見精微。後漢申屠蟠傳：「先是，京師游士汝南范滂等非訐朝政，自公卿以下，皆折節下之。太學生爭慕其風，以爲文學將興，處士復用。蟠獨歎曰：『昔戰國之世，處士横議，列國之王至爲擁篲前驅，卒有坑儒焚書之禍。今之謂矣。』乃絶迹於梁、碭之間。居二年，滂等果罹黨錮，或死或刑者數百人。蟠確然免於疑論。」可憐竇武陳蕃輩，欲與天争漢鼎歸。評曰：傷之甚。○太史公云：「天方令秦兼天下，魏雖得阿衡之佐，曷益乎？」亦此意。○漢自桓、靈以來，閹人用事，天下嫉之。陳蕃與竇大后父竇武同心輔政。蕃自以既從人〔二〕望，而有德於太后，必謂其志可申，乃露章乞誅中官。太后不納。事泄，曹節等矯詔誅蕃、武等。范曄謂其智不足而權有餘；功雖不就，然其信義足以携持民心。漢世亂而不亡，百餘年間，數公之力也。斯言信哉。○杜牧詩：「黨錮豈能留漢鼎，清談空解識胡兒。」此詩實採此意。

【校記】

〔一〕「黨錮」，龍舒本、宋本、叢刊本作「錮黨」。

〔二〕「人」，原作「之」，據宫内廳本、臺北本改。

讀蜀志

千載紛争共一毛，亦蠻觸之義。可憐身世兩徒勞。無人語與劉玄德，問舍求田意最高。

評曰：愈讀愈恨。○魏志張邈傳：「劉備謂許汜曰：『今天下大亂，望君憂國忘家，有救世之意。而君求田問舍，言無可采。』」公此詩，於理似未安。興復之義，大意人心之所同，不可以紛争言也。

讀唐書

志士無時亦少成，中才隨世就功名。晁錯傳：「故各當其世而立功德焉。」○司馬遷序傳：「扶義俶儻，不令己失時，立功名於天下，作七十列傳。」并汾諸子何爲者？坐與文皇立太平。諸子，謂房、魏輩，皆王通門人。通講道於河汾之上，房、魏嘗北面，後佐太宗定天下。

讀開成事

姦罔紛紛不爲明，有心天下共無成。空令執筆螭頭者，日記君臣口舌争。評曰：後來類此，可歎。○言文宗優柔不斷，知姦而不能去，知善而不能任。雖有求治之意，均於無成而已。「日記君臣口舌争」者，與鄭覃、陳夷行輩論説皆是。○杜詩：「金爐香動螭頭暗。」○唐百官志：「門下省起居郎二人，從六品上，掌録天子起居法度。天子御正殿，則郎居左，舍人居右。有命，俯陛以聽，退而書之。季終，以授史官。貞觀初，以給諫兼知起居注，或知起居事。每仗下議事，郎一人，執筆記録於前，史官隨之。其後復置舍人，分侍左右，秉筆隨宰相入殿。若仗在紫宸内閤，則夾香案分立殿下，直第二螭首，和墨濡筆，皆即坳處，時號『螭頭』。及許敬宗、李義府爲相，奏請多畏人知，命郎、舍人對仗承旨，仗下，與百官偕出。開元初，復詔修史官非供奉者，皆隨仗入，位於郎、舍人之次。李林甫專權，又廢。太和九年，詔入閤日，郎、舍人具紙筆立螭頭下，復貞觀故事。」太和，文宗初元之號。次年，即改爲開成云。

寄和甫〔一〕

和甫調池掾，未赴。唐公介爲并州，辟爲總管司管勾機宜文字。此言「并州九月寒」，當是在幕府時。

水村悲喜坼〔二〕書看，聞道并州九月寒。杜牧詩：「此信的應中路見，亂山何處坼書看。」韓偓詩：「戍旗青草接榆關，雨裹并州四月寒。」憶得此時花更好，舉家怜汝不同盤。王摩詰九日憶山東兄弟詩：「遥知兄弟登高處，遍插茱萸少一人。」公詩即此意也。

【校記】

〔一〕宋本、叢刊本無此首。

〔二〕「坼」，龍舒本作「拆」。

别和父[一]赴南徐

都城落日馬蕭蕭，雨壓春風暗柳條。盧綸詩：「垂楊不動雨紛紛，錦帳胡缾争送軍。」垂楊不動，即雨壓春風之意。天際歸艎那可望，只將心寄海門潮。謝朓牋：「雅待清江，可望候歸艎於春渚。」

【校記】

〔一〕龍舒本卷五十八題作「别和甫」。

寄茶與和甫

和甫紹聖二年以資殿自雍移并，介父亡久矣。此詩所寄，亦其在幕府時。

綵絳縫囊海上舟，貢茶自閩來京師，故云「海上舟」。○歐公云：「景祐以後，雙井漸盛，囊以紅紗，然不過一二兩，以常茶十數斤養之，用辟暑濕之氣。遠出日注上。」此言草茶，非今賜茶也。月團蒼潤紫煙浮。盧仝謝孟諫議寄新茶詩：「手閲月團三百片。」○東坡詩：「獨携天上小團月。」集英殿裏春風晚，分到并門想麥秋。月令：「孟夏麥秋至。」

寄茶與平父

碧月團團墮九天，碧，或作「璧」，義尤長。封題寄與洛中仙。石城〔一〕試水宜頻啜，金谷看花莫漫煎。楊嗣復謝人寄新茶詩：「石上生芽二月中，蒙山顧渚莫争雄。封題寄與楊司馬，應爲前銜是相公。」石城，言石頭城下水，在建康。事見上注。○李義山雜纂：「對花啜茶，爲『殺風景』。」

【校記】

〔一〕「石城」，宋本、叢刊本作「石樓」。

戲長安嶺石

附巘憑崖豈易躋，無心應合與雲齊。横身勢欲填滄海，隋人虞茂石詩：「徒然抱貞介，填海意誰知？」○精衛以石填海，言精誠之至。肯爲行人惜馬蹄？張謂詩：「共許尋雞足，誰能惜馬蹄？」○杜詩：「平生爲幽興，未惜馬蹄遥。」

代答

破車傷馬亦天成，小説：「矮人饒舌，破車饒軏。」○李白詩：「馬足蹶側石，車輪摧高岡。」○公詩旨，亦如張忠定自贊「乖則違衆，崖不利物」云。所託雖高豈自營。四海不無容足地，行人何事此中行。此詩殆亦自況，可見公之自與素高，不卹浮言之意。

促織

金屏翠幔與秋宜，韓詩：「雲窗霧閣事恍惚，重重翠幔深金屏。」李白詩：「新粧坐落日，悵望金屏空。」○宋之問明河篇：「複道連甍共蔽虧，畫堂瓊户特相宜。」得此年年醉不知。古詩：「長安醉眠客，豈知秋鴈來。」即此意。秖向貧家促機杼，幾家能有一絢絲？唐張喬詩：「念尔無機自有情，迎寒辛苦弄梭聲。椒房金屋何曾識？偏向貧家壁下鳴。」○王建詩：「草蟲促促機下啼，兩日催成一匹半。」

臘　享

明星慘澹月參差，萬竅含風各自悲。李義山詩：「芭蕉不展丁香結，同向春風各自愁。」人散廟門燈火盡，却尋殘夢獨多時。曹松詩：「望山吟過日，伴鶴立多時。」○崔櫓梅詩：「向人如訴雨多時。」

補注　雜詠六首其二〔一〕　大寧宮　程氏云：「成都稱近時鎮蜀之善者，莫如田元鈞、文潞公。語不善者，必曰蔣堂、陳戡。問其所以不善者，衆口所同，三事而已：減損遨樂，毀后土〔二〕廟及諸淫祠，伐江瀆廟木修府舍也。」又云：「所謂善者，得民心之悅，固有可善者焉。所謂最不善者，乃可謂最善者也。」觀此，則大寧宮之建，程氏不以爲然矣〔三〕。程正叔又有上人三〔四〕書云：「王者，父天母地，昭事之道，當極嚴恭。漢武遠祀〔五〕地祇於汾脽，既爲非禮，後世復建祠宇，其失已甚。只因唐妖人作韋安道傳，遂爲塑像以配食，誣〔六〕瀆天地。天下之妄，天下之惡，有大於此者乎！」

題正覺院籜龍軒二首〔七〕　籜龍軒　余嘗聞洛中一僧寺竹極佳，從潞公求軒名。潞公思索旬日，不得。僧復請，乃以「竹軒」二字畀之。觀此，則前之「明〔八〕碧」，今之「籜龍」，特爲竹體字耳，不若單用一「竹」字。雖〔九〕若質，而無以易也。前輩題扁，大抵多如此。

【校記】

〔一〕題原缺，據注文補。

〔二〕「土」，原作「七」，據臺北本改。

〔三〕「矣」，原作「失」，據臺北本改。
〔四〕「三」，臺北本作「二」。
〔五〕「祀」，原作「祁」，據臺北本改。
〔六〕「誣」，原作「誣」，據臺北本改。
〔七〕題原缺，據注文補。
〔八〕「明」，原作「胡」，據臺北本改。
〔九〕「雖」，原作「擇」，據臺北本改。

庚寅增注第四十六卷

愍儒坑　欲將何物助強秦　此言似斥李斯，言斯徒恃區區之智力，自不能保其身，如何能助秦也？蓋斯實首請諸有文學詩書百家語者盡除去之，此愍坑儒之所由始也。陳後山理究云：「李斯焚書殺士，非爲秦計，自爲計爾。其意自智而愚人，使無范睢之間穰侯，蔡澤之困應侯者。不知趙高代之，不必學也。故其計非特亡身，而亡秦也。」　更足詩書發冢人　班固稱：「秦燔詩書，以立私議。莽誦六藝，以文奸言。」曹操諷復九州，合禹貢矣。其志乃欲廣冀州而益其地。如莽如操，皆「詩書發冢」之類也。

懷舊　吹破春冰水放光　水放光，初疑不類公作，蓋公本樂天詩也。樂天詩：「山吐晴嵐水放光，辛夷花白柳花黃。」又：「雲破山呈色，冰融水放光。」　何事低回兩鬢霜　此必居官時作，故云「低回」。

雜詠　黃塵入眼見山愁　劉禹錫詩：「門外黃塵人自去，甕頭清酒我初開。」山谷云：「門外黃塵不見山。」

其三　朝陽映屋擁書眠　公最嗜書，殆廢寢食。豈有朝日初昇而遽擁書以眠乎？殆似寓言耳。

其五　花風颭颭破浮萍　李光弼傳：「吾急颭旗三至地，萬衆齊入。」　風竹聲中作醉醒　柳詩：「高樹臨春池，風驚夜來雨。余心適無事，偶此成賓主。」

破冢　猶是當時乞祭人　言小人惟利之徇，前後所爲皆仝。

獨卧誰有耡耰不自操　人有耡耰者，必自操之。言己不能也。　無蹊徑　言爲蓬蒿所蔽也。

蘇秦已分將身死勢權　蔡澤傳：「蘇秦、張儀之智，非不足以避辱遠死也，而所以死者，惑於貪利不止也。」　惡名磨滅幾何年　説苑尊賢篇：「紂用惡來，齊用蘇秦，而天下知其將亡也。至以秦對惡來而言，則名之惡可知已。」

范雎　雎從須賈使齊，王聞雎辯口，使人賜雎金及牛酒。雎辭謝不敢受。賈心怒雎，歸以告魏相。魏相齊大怒，使舍人笞擊雎，折脅摺齒。雎佯死，即卷以簀，置厠中。賓客飲者醉，更溺雎，故僇辱以懲後，令無妄言者。雎從簀中謂守者曰：「公能出我，我必厚謝公。」守者乃請出棄簀中死人。魏齊醉，曰：「可矣。」范雎得出。後魏齊悔，復召求之，雎已亡矣。雎既相秦，秦昭王聞魏齊在平原君所，欲爲范雎必報其仇，迺佯爲好書遺平原君，願與君爲十日之飲。平原君入秦，昭王謂曰：「昔周文王得吕尚，以爲太公；齊桓公得管夷吾，以爲仲父。今范君亦寡人之叔父也。范君之仇在君之家，願使人歸取其頭來。不然，吾不出君於關。」平原君曰：「貴而爲友者，爲賤也；富而爲交者，爲貧也。夫魏齊者，勝之友也，在，固不出也，今又不在臣所。」昭王迺遺趙王書曰：「魏齊在平原君之家，王使人疾持其頭來。不然，吾舉兵而伐趙，又不出王之弟於關。」趙孝成王迺發卒圍平原君家，急，魏齊夜亡出，見趙相虞卿。虞卿度趙王終不可説，迺解相印，與魏齊亡，間行走大梁，欲因信陵君以走楚。信陵君聞之，畏秦，猶豫未肯見，曰：「虞卿何如人也？」時侯嬴在傍，曰：「人固未易知，知人亦未易也。夫虞卿躡屩擔簦，一見趙王，賜白璧一雙、黄金百鎰；再見，拜爲上卿；三見，卒受相印，封萬户侯。當此之時，天下爭知之。夫魏齊窮困過虞卿，虞卿不敢重爵禄之尊，解相印，捐萬户侯而間行，急士之窮而歸公子，公子曰『何如人』。人固不易知，知人亦未易也。」信陵君大慙，駕如野，迎之。魏齊聞信陵君之初難見之，怒而自剄。趙王聞之，卒取其頭予秦。秦昭王迺出平原君歸趙。

張良　余嘗謂留侯勸封雍齒，甚類晉鳧須事，抑暗合耶？意留侯所讀，不過圯上編也。晉故守臧里鳧須謂文公曰：「君反國，國之人半不自安也。君寧棄國之半乎？其寧有全晉乎？」文公曰：「何謂也？」鳧須曰：「得罪於君者，莫大於鳧須矣。君赦鳧須，顯出以爲右。如鳧須之罪，重也，君猶赦之，况有輕於鳧須者乎？」文公曰：「聞命矣。」明日，出行國，使爲右，晉國翕然皆安。胡公寅嘗論留侯曰：「善乎子房之能納説也。不先事而强聒，不後事而失幾，不問則不言，有言則必當其可，故聽之易而用之不難也。評者曰：『漢業存亡在俯仰間，而留侯於此每從容焉。』諸侯失固陵之期，始分信、越之地，複道見沙中之聚，始言雍齒之侯。善言子房矣。」史謂良與上言前後甚多，非天下所以治亂安危者，故不載。嗚乎，豈有費言哉？故所稱評者，即公詩也。

曹參

據班固贊稱，申屠嘉可謂剛毅守節，然無學術，殆與蕭、曹、陳平異矣。然則參在漢，史臣固以學術許之，豈可專謂之武人及束髮百戰而已哉？

伯牙

説苑尊賢篇：「伯牙鼓琴，鍾子期聽之。方鼓而志在太山，鍾子期曰：『善哉乎鼓琴，巍巍乎若太山云。』鍾子期死，伯牙破琴絶絃，終身不復鼓琴，以爲世無足爲鼓琴者。」非獨鼓琴若此也。

范增其二

據胡公寅嘗論增云：「史稱增素好奇計，以事攷之，增計不能奇也。凡羽之恃強大道，如漢王臨廣武而數之者，未聞增有所諫止。而兩雄角逐義理之端，事幾之會，楚每失之。顧欲使壯士舞快劍，殺沛公於歡笑之間，是一愚老人而已。以已見天子氣、龍虎五采之文，又可殺乎？獨其所謂『吾屬今爲沛公虜』者，此一言不謬耳。後之論者曰：『有道弔民，天且助之。』安用立懷王孫心爲？且羽所過殘滅，爲漢敺民，而亞父不知也。其智尚不及內黃舍人十三歲兒，敢與良、平敵乎？高帝曰：『羽不能用增，所以成禽。』非也，正使羽能用之，禽終不免耳。」胡所稱後之論者，即指公詩耳。

兩生

據漢史載任安、田仁事甚略，獨褚先生頗著其事。仁爲丞相長史，言：「天下郡太守多爲奸利，三河尤甚。臣請先刺舉三河。太守皆內倚中貴人，與三公有親屬，無所畏憚。先正三河，以警天下奸吏。」是時，三河守皆御史大夫杜周、石丞相子弟，下吏誅死，仁威振天下。任安亦歷益州長史、北軍護軍。觀此，可見人主惟才是求，不拘微賤。漢之得人，獨武帝惟盛，然班史言霍去病既貴，衛青故人門下多去事之，唯任安不肯去。又言衛將軍進言仁爲郎中，與褚生所書爲不同，當考。

戲長安嶺石

長安嶺，舒州懷寧縣，去縣八十里。嶺下有木瘤寺，上有大石。

促織　幾家能有一絇絲

張昌儀恃易之兄弟，所居奢溢，有題其門云：「一絇絲能得幾時絡？」昌儀書其下云：「一日也足。」未幾，敗。

王荆文公詩卷第四十七

律詩

杏花

垂楊一徑紫苔封，唐任珪戲郡守詩：「入門堪笑復堪怜，三徑苔封一釣船。」○包佶[一]詩：「積雪封苔徑，多年亞石松。」人語蕭蕭院落中。獨有杏花如喚客，倚墻斜日數枝紅。歐公詞：「鶯啼宴席似留人，花出墻頭如有意。」

【校記】

〔一〕「佶」，原本、臺北本作「結」，據全唐詩改。引詩爲包佶雙山過信公所居，「積雪」，一作「積雨」。

城東寺菊

黄花漠漠弄秋暉，無數蜜蜂花上飛。不忍獨醒辜〔一〕爾去，慇懃爲折一枝歸。鄭谷菊詩：「節去風〔二〕愁蝶不知，晚庭還繞折殘枝。」〇唐人玉蘂花詩：「應共羣仙鬬百草，獨來偷折一枝歸。」〇薛能柳詩：「立馬煩君折一枝。」

【校記】

〔一〕「辜」，宋本、叢刊本作「孤」。

〔二〕宫内廳本「風」作「蜂」，下「晚」作「曉」。

拒霜花　今號芙蓉爲拒霜花。

落盡羣花獨自芳，紅英渾欲拒嚴霜。宋景文詩：「繁霜不可拒，謹勿愛虚名。」宋自注云：「俗雖名拒霜，其實逢霜即悴矣。」〇東坡詩：「喚作拒霜渾未稱，細思却是最宜霜。」

開元天子千秋節，戚里人家承〔一〕露囊。唐以前，帝王生日不置節名。隋文六月十三日生，詔天下爲武文皇帝斷屠宰。至明皇，始以八月五日誕辰爲千秋節，開燕上壽，王家戚里貢獻金鏡，士庶結承露絲囊等物相遺。○小杜過勤政樓詩：「千秋佳節空名在，承露絲囊世已無。」

【校記】

〔一〕「承」，宮内廳本作「綴」。

燕

處處定知秋後別，年年常〔一〕一作「長」。向社前逢。章孝標詩：「舊壘危巢泥已落，今年故向社前歸。」○歐陽瀨詩：「長向春秋社前後，爲誰歸去爲誰來？」○皇甫冉詩：「鷰知社日辭巢去，菊爲重陽冒雨開。」行藏似〔二〕一作「自」。欲追時節，豈是人間不見容？少皞時，玄鳥氏，司分者也。○傅咸燕賦曰：「秋背陰以龍潛，春晞陽而鳳舉。隨時宜以行藏，似君子之出處。惡焚巢之凶醜，患林野之多阻。諒鳥獸之難羣，非斯人而誰與？」韓詩：「雙雙歸蟄燕。」則鷰之歸，特蟄於土中耳。沈存中論此甚詳。

【校記】

〔一〕「常」，龍舒本、宋本、叢刊本作「長」。

〔二〕「似」，宋本、叢刊本作「自」。

吐綬雞

樊籠寄食老低摧，韓信寄食漂母。○歐公鶴詩：「樊籠毛羽日低摧。」組麗深藏肯自媒。天日清明聊一吐，兒童初見互驚猜。劉禹錫有吐綬鳥詩：「湖煙始開山日高，迎風吐綬盤花絛〔一〕。」○柳子厚答韋中立書：「僕往聞庸蜀之南恒雨少日，日出則犬吠。」此詩意亦類柳，疑公自況，終以議變法者爲非。○崔豹古今注云：「吐綬鳥，一名功曹。」○酉陽雜俎：「魚復縣南山有鳥，大如鴝鵒，羽色多黑，雜以黄白，頭頰似雉。有時吐物長數寸，丹采彪炳，形色類綬，因名爲吐綬鳥。又食必蓄嗉，臆前大如斗，慮觸其嗉，行每遠草木，故一名避株鳥。」○倦游雜録云：「真珠雞生夔峽山中，畜之甚馴。以其羽毛有白圓點，故號真珠雞，又名吐綬雞。生而反哺，亦名孝雉。每至春、夏之交，景氣和暖，領下出綬帶，至尺餘，紅碧鮮然，頭有翠角雙立。良久，悉斂於嗉下，披其毛不復見。或有死者，割其頸臆間，亦無所睹。」○苕溪漁隱曰：「廣右、閩中，亦有吐綬雞。余在二處見人家多養之，不獨巴峽中有之。」

【校記】

〔一〕「絛」，原作「條」，據宮内廳本、臺北本、全唐詩劉禹錫吐綬鳥詞改。

黄鸝

野花吹〔一〕盡竹娟娟，尚有黄鸝最可憐。少陵竹詩：「雨洗娟娟静。」又：「美花常映竹，好鳥不歸山。」○說文曰：「離黄，倉庚也。鳴即蠶生。」詩義疏：「或謂之黄栗留，齊人謂之搏黍，關西謂之黄鳥。」婭姹不知緣底事，背人飛過北山前。少陵鴈詩：「一一背人飛。」○蘇子美聞鶯詩：「婭姹人家小女兒，半啼半語隔花枝。」○項斯詩：「動水花連影，逢人鳥背飛。」

【校記】

〔一〕「吹」，宫内廳本作「吐」。

蝶

翅輕於粉薄於繒，長被花牽不自勝。張子野詩：「懶同胡蝶爲春忙。」若信莊周尚非我〔二〕，事已見古詩。豈能投死爲韓憑？嶺表録異云：「韓朋鳥者，乃凫鷖之類。雌雄爲雙，飛泛溪浦，水禽中鸂鶒、鴛鴦、䲹鶄，嶺北皆有之，唯韓朋鳥未之見也。」按干寶搜神記云：「大夫韓朋，一云憑。其妻美好，康王奪之。朋怨，王囚之，朋遂自殺。妻乃陰腐其衣。王與之登臺，自投臺下。左右捉衣，衣不勝。手遺書於帶曰：『願以屍還韓氏而合葬。』王怒，令埋之，兩家相望。經宿，忽見有梓木生二塚之上，根交於下，枝連其上。又有鳥如鴛鴦，常栖其樹，朝暮悲鳴。南人謂此禽即韓朋夫婦之精魄，故以韓氏名之。」○李義山絶句：「青陵臺畔日光斜，萬古貞魂倚暮霞。莫許韓憑爲蛺蝶，等閑飛上别枝花。」

【校記】

〔一〕「我」，龍舒本作「夢」。

暮　春〔一〕

無限殘紅著地飛，谿頭煙樹翠相圍。楊花獨得東〔二〕風意，相逐晴空去不歸。退之落花詩：「已分將身著地飛。」又楊柳詩：「擺撼春風秖欲飛。」温庭筠詩：「芍藥薔薇語早梅，不知誰是艷陽才。今朝領得東風意，不復饒君雪裏開。」隋煬帝侯夫人詩：「糀成多自恨，夢好却成悲。不及楊花意，春來到處飛。」

【校記】

〔一〕此詩爲龍舒本卷七十二暮春三首之第二首。

〔二〕「東」，龍舒本作「春」。

真州東園作

歐陽公嘗爲許元作記，即此處。

十年歷遍〔一〕人間事，却遶新花認故叢。杜詩：「藥殘他日裹，花發去年叢。」○園記云：「芙蕖芰荷之的歷，幽蘭白芷之芬芳，與夫佳花美木，列植而交陰，此前日之蒼煙白露也。」○張良傳：「願棄人間事。」南北此身知幾日，山川長在淚痕中。

【校記】

〔一〕「歷遍」，龍舒本作「遍歷」。

過皖口

皖口，在舒州。

皖城西去百重山，陳迹今埋杳靄間。白髮行藏空自感，春風江水照衰顔。

補注 公嘗倅舒州，故言「陳迹」。〔一〕

【校記】

〔一〕本注原闌入題注下，無「補注」二字。

發粟至石陂寺

鷰水穿山近更賒，三更燃火飯僧家。唐李陟詩：「望水尋山二里餘，竹林斜到地仙居。」乘田有秩難逃責，從事雖勤敢嘆嗟。孟子：「孔子嘗爲乘田矣，曰：『牛羊茁壯，長而已矣。』」又：「今有受人之牛羊而爲之牧之者，則必爲之求牧與芻矣。」○介甫時爲鄞縣，發粟救民，故借用乘田事。

别皖口

浮煙漠漠細沙平，飛雨濺濺嫩水生。嫩水，見至開元僧舍注。異日不知來照影，白詩：「重重照影看容髮，不見朱顏見白絲。失却少年無覓處，泥他湖水欲何爲？」更添華髮幾千莖。牧之詩：「弄溪終日到黃昏，照數秋來白髮根。」

别灊皖二山

在舒州。灊山即天柱山，皖山即皖公山。

鄉壘新恩借舊朱，杜牧之赴吴興詩：「喜拋〔一〕新錦帳，榮借舊朱衣。」○按：公舒倅滿即入館，後四年，方爲常州。此云「别灊皖」，當考。欲辭灊皖更躊躇。攢峯列岫應〔二〕譏我，北山移文：「列壑争譏，攢峯竦誚。」飽食頻〔三〕一作「窮」。年報禮虚。「報禮」字，見别注。

【校記】

〔一〕「拋」，原作「拖」，據宫内廳本、臺北本、全唐詩杜牧新轉南曹未叙朝散初秋暑退出守吴興書此篇以自見志改。

〔二〕「岫」，龍舒本作「秀」。「應」，宫内廳本作「争」。

〔三〕「頻」，龍舒本作「虚」，宋本、叢刊本作「窮」。下「報」，龍舒本作「執」。

舒州被召試不赴偶書

戴盆難與望天兼，自笑〔一〕虚名亦自嫌。司馬遷書：「戴盆何以望天？」○第五倫傳：「明帝戒外戚：『苦身待士，不如爲國。戴盆望天，事不兩施。』」○小杜詩：「如今歸不得，自戴望天盆。」槁壤太牢俱有味，可能蚯蚓獨清廉。孟子：「蚓而後充其操，夫蚓上食槁壤，下飲黄泉。」

補注 曹子建七啓：「名穢我身，位累我躬。」〔二〕

【校記】

〔一〕「笑」，宋本、叢刊本作「怪」。

〔二〕本注原闌入詩注末，無「補注」二字。

舟過長蘆

長蘆，屬儀真。

木落草摇洲渚昏，泊船深閉雨中門。韋莊詩：「雨打梨花深閉門。」此謂船門也。回燈秖欲尋歸夢，兒女紛紛强笑言。岑參詩：「孤燈然客夢，寒杵擣鄉愁。」

金山寺三首〔一〕

北檝南檣泊四〔二〕垂，共憐金碧爛參差。孤根萬丈滄波底，除却蛟龍世不知。東坡松詩：「根到九泉無曲處，世間惟有蟄龍知。」余少年過山間，一老僧爲余言：韓蘄王嘗選軍中善没者，於三門下淵潭最深處遣入水，視有何物。没者駭叫騰出，云有一大龍，抱山足而戲。

【校記】

〔一〕「三首」，原缺，據目録補。宋本、叢刊本題作「金山三首」。龍舒本卷六十四金山寺五首之二、四、五同此三首。

〔二〕「四」，原作「叩」，據諸本改。

其二

波瀾蕩沃乾坤大，少陵洞庭湖詩：「納納乾坤大。」氣象包藏水石閑〔一〕。秖有此中宜曠望，誰令天作海門山。詩周頌：「天作高山，太王荒之。」注：「作，生也。」○樂天詩：「况有虚白亭，坐見海門山。」○李白詩：「剗却君山好，平鋪湘水流。」亦此意。

【校記】

〔一〕「閑」，叢刊本作「間」。

其　三

天日蒼茫海氣深，每來高處一登臨〔一〕。丹樓碧閣皆時事，只有江山古到今。言樓閣興壞，繫於一時，不同江山久存也。

【校記】

〔一〕「每來」句，宋本、叢刊本作「一船西去此登臨」。「每」，龍舒本作「空」。

泊姚江〔一〕

寰宇志：「餘姚江在縣五十步，闊四十丈，入明州。」

山如碧浪翻江去，太白詩：「下視千萬峯，峯頭如浪起。」水似青天照眼明。柳詩：「洞庭春去水如天。」杜詩〔二〕：「春水船如天上坐。」喚取仙人來住此，莫教辛苦上層城。評曰：好。○淮南子：「崐崙山上有層城，高萬一千里。」

【校記】

〔一〕龍舒本卷七十泊姚江二首，其一同此，其二即本書卷四十泊姚江。

〔二〕「杜詩」，原本、臺北本作「柳詩」，據宫内廳本改。下「春水」句，出杜甫小寒食舟中作。

游鍾山〔一〕

兩山松櫟暗朱藤，雲南記曰：「雲南山出藤，其色如朱，小者以爲馬策，大者以爲柱杖。」恐所在山谷皆有，不必出雲南。○白樂天有朱藤杖詩。一水中間勝武陵。言景過於武陵之桃源。午梵隔雲知有寺，古詩：「但聞煙外鍾，不見煙中寺。」○參寥子詩：「隔林彷彿聞機杼，知有人家在翠微。」○崔峒詩：「客尋朝磬食，僧背夕陽歸。」夕陽歸去不逢僧。○杜牧老僧詩：「日暮千峯裏，不知何處歸。」

【校記】

〔一〕此詩爲龍舒本卷六十四遊鍾山四首之第二首。

龍泉寺石井二首

（在餘姚縣。○建康志無龍泉寺。而臨汝志：「長安鄉有龍泉院。」豈即此寺邪？或在南康也。○信州亦有龍泉院，在玉山縣。）

山腰石有千年潤，海眼（一作「石眼」。）泉無一日乾。天下蒼生待霖雨，不知龍向此中蟠。（唐劉崇遠金華子云：「北海縣因發得五銖錢，取之不盡，得一石記云：『此是海眼，以錢鎮之。』衆懼，遽掩之。」○杜詩：「古來相傳是海眼。」○李白詩：「深沉百丈通海底，那知不有蛟龍蟠。」○石林詩話云：「荆公少以意氣自許，故詩語惟其所向，不復更爲涵蓄。如『天下蒼生待霖雨，不知龍向此中蟠』，又『濃緑萬枝紅一點，動人春色不須多』，又『平治險穢非無力，潤澤焦枯是有才』之類，皆直道其胸中事。後爲羣牧判官，從宋以道盡假唐人詩集，博觀而約取。晚年始盡深婉不迫之趣。乃知文字雖工拙有定限，然必視其幼壯。雖公，方其未至，亦不能力強而遽至也。」○吴曾漫録云：「張文潛有二石龜，晁无咎名其大者爲『九江』，小者爲『千歲』。文潛因作九江千歲龜歌贈无咎，云：『老龍洞庭怒，蕩覆堯九州。』謂半山老人也。又云：『禹咄嗟，水平流。』謂司馬君實也。」不知曾何所據而云。若果爾，是公本以龍自命，後人又以龍目之。然則公之所以爲龍者亦異矣。）

其　二

人傳此井[一]未嘗枯，（宣公十二年：「目於眢井而極之。」眢，枯也。）滿底蒼苔亂髮麤。（杜牧之詩：「水流苔髮直。」）四海旱多霖雨少，此中端有卧龍無？（退之詩：「居然鱗介不能容，石眼環環水一鍾。聞說旱時求雨澤，只疑科斗是蛟龍。」）

【校記】

〔一〕「此井」，宋本、叢刊本作「湫水」。

興國〔一〕樓上作

松篁不動翠相重，杜荀鶴詩：「日高花影重。」日射流塵四散紅。公有句云：「日射地穿千里赤。」亦類此也。地上行人愁暍死，說文：「暍，乙曷反。著暑熱死也。」淮南子曰：「武王蔭暍人於柳下，而天下懷。」抱朴子曰：「指冰室不能起暍子之熱。」○漢武帝紀：「元封四年夏，大旱，民多暍死。」如淳曰：「暍，音謁。」○韓詩：「寒泉百尺空看影，正是行人暍死時。」那知高處有清風。

【校記】

〔一〕龍舒本卷六十六目録「國」下有「寺」字。

別灊閣

一溪清瀉百山重，風物能留邴曼容。邴曼容，見江東召歸注。後夜肯思幽興極，月明孤影伴寒松。

杭州望湖樓回馬上作呈玉汝樂道〔一〕

水光山氣碧浮浮，落日將歸又少留。從此秪應長入夢，夢中還與故人游。孟郊詩：「月迥無隱物，况復大江秋。峴亭當此時，故人不同游。故人在長安，亦可從夢求。」○魯直詩：「松風夢與故人遇，同駕飛鴻跨九州。」

【校記】

〔一〕龍舒本卷六十六題首無「杭州」二字。

和〔一〕景純十四丈三絶 景純本末，詳見藏春塢〔二〕注。

身先諸老斡樞機，再見王門闔左扉。禮記玉藻：「閏月，則闔門左扉，立于其中。」謂再逢閏也。但恨東歸相值晚，豈知臨別更心違。

【校記】

〔一〕「和」，宋本、叢刊本作「奉和」。

〔二〕「藏春塢」，即本書卷三十八藏春塢詩獻刁十四丈學士。

其二

幾年相約在林丘，眼見京江更阻游。遺我珠璣何以報，恨無瑶玉與公舟。詩：「篤公劉，何以舟之，惟玉及瑶。」注：「舟，帶也。瑶，言有美德也。」公酬龔深甫詩用瑶玉事，却通前後文使。此言舟，豈謂酒邪？唐人有觥船，疑此借用。或「舟」字止是「報之以瓊瑶」之意。

其　三

景純之孫庠嘗云：祖居藏春塢南崗，陳秀公昇之所居即北崗也。

藏春花木望中迷，水複山長道阻躋。惆悵老年塵世累，無因重到武陵溪。蒹葭詩：「遡迴從之，道阻且躋。」注：「躋，升也。」○東坡亦有藏春詩云：「年抛造化甄陶外，春在先生杖屨中。」

臨　津〔一〕

臨津艷艷花千樹，夾徑斜斜柳數行。却憶金明池上路，紅裙争看緑衣郎。此平父詩，誤刊於公集。

【校記】

〔一〕此詩爲龍舒本卷六十六次韻和甫春日金陵登臺二首之第二首。

汀　沙〔一〕

汀沙雪漫水溶溶，睡鴨殘蘆晻靄中。歸去北人多憶此，家家〔二〕圖畫有屏風。漢許后傳：『設妾欲作某屏風，張於某所。』曰：『故事無有。』」〇李白詩：「湖南七〔三〕郡凡幾家，家家屏障書題徧。」〇王逢原山茶花詩：「江南池館厭深紅，零落山煙山雨中。却是北人偏愛惜，數枝和雪上屏風。」

【校記】

〔一〕此詩爲龍舒本卷五十二和張仲通憶鍾陵絶句四首之第三首。

〔二〕「家家」，宋本、叢刊本作「每家」。

〔三〕「七」，原作「大」，據宫内廳本、臺北本、宋蜀刻本李太白文集草書歌行改。

西　山〔一〕

西山映水碧潭潭，楚老長謡淚滿衫。謝靈運廬陵王墓下詩：「延州協心許，楚老惜蘭芳。」李善注云：「徐州先賢傳曰：『楚老者，彭城之隱人。』」但道使君留不得，那知肯更憶江南。庾信既留長安，雖位望通顯，嘗有鄉關之思，乃作哀江南賦，以致其意。

【校記】

〔一〕此詩爲龍舒本卷五十二和張仲通憶鍾陵絶句四首之第四首。

和文淑 張氏女弟。

天梯雲棧蜀山岑，下視嘉陵水萬尋。我得一舟江上去，恐君東望亦傷心。田叔傳：「蜀口棧道近山。」

○少陵遇棧閣詩：「目眩隕雜花，頭風吹過雨。百年不可料，一墜那得取。」

春入〔一〕

春入園林百草香，池塘冰散水生光。身閑是處堪携手，何事低回兩鬢霜？衛詩：「迨冰未泮。」注：「冰未散，正月中以前也。」此詩與懷舊後一聯全同，而上二句比前作尤勝，疑此是後來改本。

【校記】

〔一〕此詩爲龍舒本卷七十四有感五首之第四首。

暮　春〔一〕

芙蕖的歷抽新葉，苜蓿闌干放晚花。的歷，謂荷葉相抽時。見薛令之詩：「苜蓿長闌干。」白下門東春已老，莫嗔楊柳可藏鴉。古樂府：「楊柳可藏烏。」

補注　于闐地温和，有苜蓿。〔二〕

【校記】

〔一〕此詩爲龍舒本卷七十二暮春三首之第三首。

〔二〕本注原闌入詩注末，無「補注」二字。

烏江亭 在和州。

百戰疲勞壯士哀，中原一敗勢難迴。江東子弟今雖在，肯爲[一]君王卷土來？項籍傳：「羽遂引而東，欲渡烏江。烏江亭長謂羽曰：『江東雖小，地方千里，衆數十萬，亦足王也。願大王急渡。』羽笑曰：『乃天亡我，何渡爲？且籍與江東子弟八千人渡而西，今亡一人還，縱江東父兄怜而王我，我何面目見之哉？』」公詩蓋取籍意。然杜牧之詩乃謂：「勝敗兵家事不期，包羞忍恥是男兒。江東子弟多才俊，卷土重來未可知。」

【校記】

〔一〕「爲」，龍舒本、宋本、叢刊本作「與」。

漢武

壯士悲歌出塞頻，中原蕭瑟半無人。君王不負長陵約，直欲功成賞漢臣。評曰：形容武帝不須多。〇長陵，高帝陵名。漢誓曰：「非劉氏不王，若有亡功非上所置而侯者，天下共誅之。」武帝欲侯貳師，以其亡功，非高帝之約，乃令伐大宛，斬其王，封海西侯。故班固云：「武興胡越之伐，將帥受爵，應本約矣。」

諸葛武侯

慟哭楊顒爲一言，餘風今日更誰傳？區區庸蜀支吳[一]魏，不是虚心豈得賢？

蜀楊顒字子昭，襄陽人，爲丞相亮主簿。亮自校簿書，顒直入諫曰：「爲治有區分，則上下不可相侵。請爲明公以家主喻之：於此使奴執耕種，婢主炊爨，雞主司晨，犬主吠盗，牛負重載，馬涉遠路。私業無曠，所求皆足，雍容高拱，飲食而已。忽一旦盡欲身親其役，不更付任，勞其體力，爲此碎務，形疲神困，終無一成。豈其智不如奴婢雞犬哉？失爲家主之法也。故古人稱坐而論道謂之王公，作而行之謂之士大夫。邴吉不問横屍而憂[二]牛喘。陳平不肯知錢穀，云：自有主者。彼誠達於位分之體也。今明公爲理，親自校簿書，流汗竟日，不亦勞乎？」亮謝之。後嘗爲東曹屬，典選舉。及顒死，亮泣三日。

【校記】

〔一〕「吴」，龍舒本作「全」。

〔二〕「憂」，原作「愛」，據宫内廳本、臺北本改。

望越亭

亂山千頃翠相圍，退之詩：「天水漭相圍。」衮衮滄江去復歸。杜詩：「不盡長江衮衮來。」水隨天而轉，往來不窮，故云「去復歸」。安得病身生羽翼，長隨沙鳥自由飛。退之詩：「安得長翮大翼如雲生我身？」

春日席上〔一〕

十年流落負歸期，臨水登山各有思。楚詞：「登山臨水送將歸。」今日樽前千萬恨，樂天詩：「從此結成千萬恨，今朝果中白家詩。」不堪頻唱鷓鴣詞〔二〕。李羣玉詩：「酒飛鸚鵡盞，歌送鷓鴣愁。」○李白詩：「客有桂陽至，能吟山鷓鴣。」

【校記】

〔一〕龍舒本卷六十二春日席上二首，其一同此；其二即本書卷四十五即席。

〔二〕「詞」，龍舒本、宋本、叢刊本作「辭」。

句容道中 句容，江寧屬縣。

荒煙寒雨暮山重，草木冥冥但有風。杜詩：「冥冥孤高多烈風。」二十四年三往返，一身長在百憂中。

晏望驛釋舟走信州

病起行山山更險，下窮溪谷上通天。鮑昭敬亭山詩：「上干蔽白日，下屬連回谿。」〔一〕○白樂天長恨歌：「上窮碧落下黄泉。」乘高欲作東南望，青壁松杉滿眼〔二〕前。

【校記】

〔一〕此詩作者，文選卷二十七作謝朓，「連」作「帶」。

〔二〕「眼」，宋本、叢刊本作「我」。

祈澤寺見許堅題詩

寺在建康城東，去城四十五里，宋景明中建。梁朝置龍堂。有初法師結菴，日誦法華經。有一女來聽，曰：「兒，東海龍女。」師曰：「此山乏水，可爲我開一泉。」後風雷良久，有泉湧出。國朝治平中，賜名爲祈澤治平寺云。

藹藹春風入水村，陶詩：「藹藹遠人村。」森森喬木映朱門。杜詩：「朱門酒肉臭。」○世説：「君自謂游朱門，貧道如游蓬户。」高人遺蹟空佳句，誰識旌陽後世孫？旌陽，謂許遜也。廬山記載：「許堅，江南得道之士。今簡寂觀前，有堅曬衣石。堅，江左人，多居三茅，不知其年，容貌不變，多談神仙事跡。詩如題茅山觀云：『嘗恨清風千載鬱，洞天今得恣游遨。松楸古色玉壇静，鸞鶴下〔一〕來青帝高。茅氏井寒丹已化，明皇碑斷夢仍勞。分明有箇長生路，休向紅塵歎二毛。』又一絶寄徐舍人鉉云：『幾宵煙月鎖樓臺，欲寄侯門薦禰〔二〕才。滿面塵埃人不識，謾隨流水下山來。』」

【校記】

〔一〕「下」，宫内廳本、臺北本作「不」。

〔二〕「禰」，宫内廳本作「祢」。

送陳景初〔一〕

陳善暨，公嘗〔二〕有五言詩贈之。

慘淡淮山水墨秋，行人不飲柰離愁。藥囊直入長安市〔三〕，誰識柴車載伯休？後漢：「韓康賣藥長安市，售不二價，三十餘年。時有女子從康買藥，康守價不移，女子怒曰：『公是韓伯休耶？乃不二價乎？』桓帝備玄纁禮聘，康不得已，辭安車，自乘柴車，臨辰先發。亭長以韓徵君過，方發人牛修道，及見康爲田叟也，奪其牛，康即與之。有頃，使者至，奪牛翁乃徵君也。」詩云「誰識」，蓋用奪牛事也。○選詩：「韓公淪賣藥，梅生隱市門。」○曾極載其叔祖裘父所記云：「陳太初始以遠方黄冠至京師，人物秀偉，見者莫能測也。嘗跨驢貨藥於市，携二童自隨，一[四]號黄精，一號枸杞，作字賦詩皆不凡。俄有中貴人持入禁中，裕陵見之，異焉，旋被收遇，補左街副道録，命主景靈宮事。」據詩所稱「藥囊」，與曾說合矣。

【校記】

〔一〕此詩爲龍舒本卷五十八送陳景初金陵持服舉族貧病煩君藥石之功小詩二首之二。

〔二〕「嘗」下原有「二」字，衍，據臺北本删。又，宋本、叢刊本題下注僅「陳善醫」三字。

〔三〕「市」，宫内廳本作「去」。

〔四〕「一」字原脱，據宫内廳本、臺北本補。

巫峽

神女音容詎可求？青山回抱楚宫樓。朝朝暮暮空雲雨，不盡襄王萬古愁。沈存中筆談云：「自古言楚襄王夢與神女遇，以楚詞考之，似未然。高唐賦序云：『昔者先王嘗游高唐，怠而晝寢，夢見一婦人曰：「妾，巫山之女也，爲高唐之客……朝爲行雲，暮爲行雨。」故爲立廟，號曰朝雲。』其曰『先王嘗游高唐』，則夢神女者，懷王也，非襄王也。又神女賦序曰：「楚襄王與宋玉游於雲夢之浦，使玉賦高唐之事。其夜王寢，夢與神女遇。王異之。明日，以白玉。玉曰：「其夢若何？」王對曰：「晡夕之後，精神恍惚，若有所喜。……見一婦人，狀甚奇異。」玉曰：「狀如何也？」王曰：「茂矣美矣，諸好備矣。盛矣麗矣，難測究〔一〕矣。……瓌姿瑋態，不可勝讚。」王曰：「若此盛矣，試爲寡人賦之。」」以文考之，所謂『茂矣美矣』至『不可勝讚』云云，皆王之言也。宋玉稱歎之可也，不當却云『王曰若此盛矣，試爲寡人賦之』。又曰：『明日以白玉。』人君與其臣語，不當稱白。又其賦曰：『他人莫睹，王覽其狀』，『望余惟而延視兮，若流波之將瀾』。若宋玉代王賦之，若王之自言者，則不當自云『他人莫睹，王覽其狀』，既稱『王覽其狀』，即是宋玉之言也，又不知稱余者誰也。以此考之，則『其夜王寢，夢與神女遇』者，『玉』字乃『王』字耳，『明日以白玉』者，以白王也，『王』與『玉』字互書之耳。前日夢神女者，懷王也；其夜夢神女者，宋玉也。襄王無預焉，從來枉受其名耳。」

【校記】

〔一〕「究」，原作「宏」，據臺北本改。

徐秀才園亭

按建康續志，徐氏即徐鉉之後。鉉宅舊在攝山棲霞寺西，今日陶莊即其地，園池甚盛。

茂松脩竹翠紛紛，正得山阿與水濆。笑傲一生雖自樂，有司還欲選方聞。方聞，見次韻酬宋玘注。蘭亭序：「此地有茂林脩竹。」

中茅峯石上徐鍇篆字題名

百年風雨草苔昏，尚有當年墨法存。江南徐鉉善小篆，映日眎之，畫之中心有一縷濃墨正當其中，至於屈折處，亦當中無有偏側處，乃筆鋒直下不倒側，故鋒常在畫中。此用筆之法。○渡江詞臣程俱言：「小篆之作自嶧山，真刻不傳。至唐，字法雖盛，而篆法蓋一時者，惟李陽冰爲首。徐鉉後出，筆力勁古，遂出陽冰上。」秪恐終隨嶧碑盡，西風吹燒滿秋原。爾雅：「魯國鄒縣有嶧山，純石相積，連屬而成山。嶧山立石，刻秦功德。」〔一〕○杜詩：「嶧山之碑野火焚。」○韓詩：「雨淋日炙野火燎。」

【校記】

〔一〕此條不見於爾雅及注文。

欲雪

天上雲驕未肯同，信南山詩：「上天同雲，雨雪雰雰。」晚來雪意已填空。欲開旨〔二〕酒邀嘉客，更待天花落坐中。天花，借以喻雪。

【校記】

〔一〕「旨」，龍舒本、宋本、叢刊本作「新」。

上元夜戲作 疑此平甫作。

馬頭乘興尚誰先？孟子告子上：「酌則誰先？」曲巷横街一一穿。盡道滿城無國艷，不知朱户鎖嬋娟。漢賦：「增嬋娟以跐豸。」注云：「姿態妖蠱也。」

石竹花〔一〕 芝蘭生於深村，不以無人而不芳。

春歸幽谷始成叢，地面芬敷淺淺紅。潘安仁西征賦：「華實紛敷，桑麻條暢。」車馬不臨誰見賞？可憐亦解度春風。韓詩：「可憐此地無車馬，顛倒青苔落絳英。」

【校記】

〔一〕此詩爲龍舒本卷七十七石竹花二首之第二首。

黄花

菊也，因見菊而思維揚芍藥。

四月揚州芍藥多，劉貢父芍藥花譜序云：「天下名花，洛陽牡丹、廣陵芍藥，爲相侔埒。禹貢記揚州草夭木喬。聖人之言，然未有效其夭喬也。廣陵芍藥，有自它方移來種之者，經歲則盛，至有十倍其初，而勝廣陵所出遠甚。地氣之宜，信其惟夭乎！然則醫書、本草所載藥物，方土所出，山川原野，氣力不同，或相倍蓰十百如此花矣，不可不察也。然芍藥之盛，環廣陵四五十里之間爲然，外是則薄劣，不及洛陽牡丹由人力接種，故歲歲變更日新。而芍藥自以種傳，獨得於天然，非剪劚培壅平灌溉以時，亦不能全盛。又有風雨暄寒，氣節不齊，故其名花絶品，有至十四五年得一見者。其間開不能成，或變爲它品。此天地尤物，不與凡品同，待其地利、人力、天時參并具美，然後一出，意其造物者亦自珍惜之耳。芍藥始開時，可留七八日。自廣陵至姑蘇，北入射陽，東至通州海上，西止滁、和州數百里間，人人厭觀矣。廣陵到京師千五百里，駿馬疾足，可六七日至也。上不以耳目之玩勤遠人，而富商大賈逐利，纖嗇不顧，又無好事有力者招致之，故芍藥不得至京師，而洛陽牡丹獨擅其名。其移根北方者，二年以往，則不及初年，自是歲加劣矣。故北人之見芍藥者，皆其下者也。然種芍藥爲生者，猶得厚價重利云。熙寧六年，某罷海陵，至廣陵，時正四月花時，會友人傅欽之、孫莘老偕行，相與歷覽人家園圃及佛舍所種，凡三萬餘株芍藥，孅好及雖好而不至者盡是矣。扶風馬玿，府大尹給事公子也，博物好奇，爲予道芍藥本末，及取廣陵人第名品示予。予案：唐氏藩鎮之盛，揚府號爲第一，萬商千賈，珎貨之所叢集，百氏小說尚多記之，而莫有言芍藥之美者，非天地生物無祖於古而時隆於今也，殆時所好尚不齊，而古人未必能知正色耳。白樂天詩言，牡丹取叢大花朵繁者爲佳，此最今洛人所卑下者。古人之不知芍藥何疑？然當時無記録，故後世莫知其詳。今此復無傳説，使後日勝今，猶不足恨，或人情好尚更前，浸浸日遠，則名品奇花，遂將泯默無傳，來者莫知有此，不亦惜哉？故爲次序，爲譜記凡三十三種，皆使畫工圖寫之，以示未嘗見者使知之，其嘗見者固以吾言爲信矣。」〇又孔常甫嘗叙維揚芍藥，其略云：「揚州芍藥名於天下，與洛陽牡丹俱貴於時。四方之人，盡皆齎携金帛，市種以歸者多矣。吾見其一歲而小變，三歲而大變，卒與常花無異。由此芍藥之美，益專於揚州焉。大抵粗者先開，佳者後發。高至尺餘，廣至盈手。其色以黄爲最貴，所謂緋紅千葉，乃其中下者。鄭詩引芍藥以明土風，説者曰：『香草也。』司馬長卿子虚賦曰：『芍藥之和，具而後御之。』説者曰：『芍藥根主和五臓，又辟毒氣也。』謝宣城直省中詩曰：『紅藥當階飜。』説者曰：『草色紅者也。』其義皆與今所謂芍藥者合，但未有專言揚州者。唐之詩人最以模寫風物自喜，如盧仝、杜牧、張祐之徒，皆居揚之久，亦未有一語及之，是花品未有若今日之盛也。余官於揚學，講習之暇，嘗裁而定之，蓋可紀者三十有三種，乃具列其名，從而釋之。」先時爲别苦風波。還家忽忽驚秋色，獨見黄花出短莎。晏元獻公有庭莎記，且云：「唐人賦詠，多有種莎之説。布武之外，悉爲莎場。」〇雍陶詩：「庭風吹故葉，堦露淨寒莎。」

木芙蓉

木芙蓉，今芙蓉也。

水邊無數木芙蓉，露染臙[一]脂色未濃。政[二]似美人初醉着，強擡青鏡欲粧慵。薛能詩：「記得玉人初病起，道家粧束厭禳時。」〇杜荀鶴詩：「早被嬋娟誤，欲粧臨鏡慵。承恩不在貌，教妾若爲容？風暖鳥聲碎，日高花影重。年年越溪女，相憶采芙蓉。」

【校記】

〔一〕「臙」，諸本作「燕」。

〔二〕「政」，龍舒本、宋本、叢刊本作「正」。

精衛

帝子銜冤久未平，區區微意欲何成？情知木石無云補，待見桑田幾〔一〕變更。山海經：「炎帝之少女游於東海，溺而不返，化爲精衛，常取西山之木石以填東海云。」○又任昉述異記：「炎帝女溺死東海，化爲精衛，自呼其名。一名誓鳥，一名冤鳥〔二〕，一名志鳥，一名帝女雀。」○退之詩：「口銜山石細，心望海波平。渺渺功難見，區區命已輕。」○言木石之微，何能填海？會見其復爲平陸也。其怨深矣。麻姑語王方平云：「接待以來，已見東海三爲桑田。」○李白詩：「思填東海，强銜一木。」

補注

陳了齋表云：「愚公老矣，益堅平險之心；精衛眇然，未捨填波之願。」〔三〕

【校記】

〔一〕「幾」，龍舒本作「我」。

〔二〕「鳥」，宫内廳本、臺北本作「禽」。

〔三〕本注原在臺北本題下，無「補注」之名。

戲贈育王虛白長老

白雲山頂病禪師，昔日公卿各贈詩。行盡四方年八十，却歸荒寺有誰知？遍參諸方，老而歸也。司空圖詩：「後生乞汝殘風月，自作深林不語僧。」此豈更欲世人知乎？

黃河

派出崐崘五色流，一支黃濁貫中州。山海經：「有青河、白河、赤河、黑河環其墟。其水出東北陬，屈曲東南流，爲中國河。」○博雅曰：「崐崘虛，赤水出其東南陬，河水出其東北陬，洋水出其西北陬，弱水出其西南陬。河水入東海，三水入南海。」後漢書注云：「崐崘山，今在肅州酒泉縣西南。山有崐崘之體，故名之。」二書之語，似得其實。水經又言：「崐崘去嵩高五萬里。」則恐不能若是之遠，當更考之。○羅隱詩：「崐崘水色九般流。」吹沙走浪幾千里，轉側尾〔一〕亦作「屋」。閭無處求。莊子秋水篇：「北海若曰：『天下之水，莫大於海，萬川歸之，不知何時止而不盈〔二〕；尾閭泄之，不知何時已而不虛。』」司馬彪釋云：「泄海水出外者也。」崔云：「海東川名。」

【校記】

〔一〕「尾」，龍舒本、宋本、叢刊本作「屋」。

〔二〕「盈」，原作「盛」，據莊子秋水篇及宮内廳本改。

東江

東江木落水分洪，伐盡黃蘆洲渚空。南澗夕陽煙自起，西山漠漠有無中。洪，水脉復䨱也。分洪，則水淺矣。海道深處謂之洋。

北望

欲望淮南更白頭，杖藜蕭颯倚滄洲。可憐新月爲誰好，無數晚山相對愁。杜詩：「不知明月爲誰好？早晚孤帆他夜歸。」

驪　山

元和郡國志：「驪山在昭應縣東南二里，即藍田山也。秦始皇陵在焉。」

六籍燃除士不磨，過秦論曰：「廢先王之道，焚百家之言，以愚黔首。」○「士不磨」者，言秦雖焚書，而義理出於人心者猶在，不可得而磨也。驪山如此盜兵何？劉向諫起昌陵曰：「始皇帝葬於驪山之阿，棺槨之麗，宮館之盛，不可勝原。天下苦其役而反之，驪山之作未成，而周章百萬之師至其下矣。」五陵珠玉歸人世，却爲詩書發冢多。五陵，謂漢高帝長陵、惠帝安陵、景帝陽陵、武帝茂陵、昭帝平陵。自高、惠、景、昭四陵在咸陽縣，獨茂陵在興平縣。○莊子外物篇：「儒以詩、禮發冢。大儒臚傳曰：『東方作矣，事之何若？』小儒曰：『未解裙襦，口中有珠。』詩固有之曰：『青青之麥，生於陵陂。生不布施，死何含珠爲？』接其鬢，壓其顪，儒以金椎控其頤，徐別其頰，無傷口中珠！」注：「詩、禮者，先王之陳迹也。苟非其人，乃有用之爲奸，則迹不足恃。」

縣舍西亭二首〔一〕

鄞縣時作。

山根移竹水邊栽，已覺〔二〕新篁破嫩苔。可惜主人官便滿，無因長向此徘徊。小杜詩：「竹岡蟠小逕，屈折鬬蛇來。三年得歸去，知遶幾千回？」

【校記】

〔一〕龍舒本卷六十七起縣舍西亭三首，前二首同此二首，第三首即本書卷四十八鄞縣西亭。

〔二〕「覺」，龍舒本、宋本、叢刊本作「見」。

其二

主人將去菊初栽，落盡黄花去却迴。到得明年官又滿〔一〕，不知誰見此花開？

唐劉希夷詩：「今年花落顔色改，明年花開復誰在？」張籍詩：「遠客悠悠任病身，誰〔二〕家池上又逢春？明年各自東西去，此地看花是别人。」〇東坡詩：「太守問花花有語，爲君零落爲君開？」

【校記】

〔一〕「滿」，宋本作「立」。

〔二〕「誰」，全唐詩張籍感春作「謝」。

鐵幢浦

未詳何地。

憶昨初爲海上行，日斜來往看潮生。蘇子美詩：「滿川風雨看潮生。」如今舟是西歸客〔一〕，迴首山川覺有情。張籍詩：「如今身是他州客，每見青山憶舊居。」

【校記】

〔一〕「舟」，諸本作「身」。「客」，龍舒本、宋本、叢刊本作「去」。

臨吴亭〔一〕

臨，恐是「勾」字。

補穿葺漏僅區區，漢氏以來，羣儒區區修補，百孔千瘡。志義殊嗟士大夫。欲致太平非一日，謾勞使者報新書。詩意似言不能曠然丕變，但補葺支柱而已。皆不滿於時之意。

【校記】

〔一〕宋本、叢刊本「亭」下有「作」字。

蘇州道中順風

北風一夕阻東舟，清曉〔一〕飛帆落虎丘。虎丘，地名，在姑蘇。運數本來無得喪，人生萬事不須謀。南史：「宋顧凱之常說：『命有定分，非智力所移，唯應恭己守道，信天任運。而闇者不達，妄意僥倖，徒虧雅道，無關得喪。』」「不須謀」者，不容計較也。

【校記】

〔一〕「曉」，叢刊本作「早」。

庚寅增注第四十七卷

拒霜花　承露囊　前定録：「有巫者告李揆曰：『公當爲拾遺。』遺一書，緘之，云：『得此官即開。』後明皇召試紫絲承露囊賦，果得拾遺。啓緘，即此賦。」

燕　莊子：「鳥莫知於鷾鴯」云云，「其畏人也，而襲諸人間。」

暮春　獨得東風意　公毋乃有所指耶？

舒州被召試不赴偶書　公不以召試爲清選，其高懷達識如此，然亦傷太矯耳。

泊姚江　上官昭容詩：「暫游仁智所，蕭然松桂情。寄言棲遁客，勿復訪蓬瀛。」

龍泉寺石井二　蓋井在越州，見會稽掇英揔集。熙寧孔延之所編，題云「史館王相」，即此詩也。○玉堂閑話：「江陵南門之外、雍門之内東垣下，有小瓦堂室一所，高二尺許，具體而微。詢其州人，曰：『此息壤也。』詢其由，曰：『數百年前，忽此州爲洪濤所浸，未没者三二板。』州帥惶懼，不知所爲。忽有人白之曰：『州之郊墅間有一書生，傳讀甚廣，才智出人，請召詢之。』及召，問之，此是息壤之地，在於南門。僕嘗讀息壤記云：『禹湮洪水，兹有海眼，泛上無恒，禹乃鐫石，造龍之宫室寘於穴中，以塞其水脉。後聞板築此城，毁其舊制，是以有此懷襄之患，請掘求之。果於東垣之下掘數尺，得石宫室，皆已毁損。州帥於是重葺，以厚壤培之，其洪水乃絶。今於其上又起屋宇，誌其處所。』旋以息壤記驗之，不謬。」

杭州望湖樓　夢中還與故人游　韓非子：「六國時，張敏、高惠二人爲友，每相思，不能得見。敏於夢中往尋，但行至半道，即迷不知路而回。如此者三。」

漢武　蕭瑟半無人　户口減半。王昌齡詩云：「去時三十萬，獨自還長安。」不負長陵約　言孝武殺人計功，以求合先帝之誓約。雖曰不負，其事更甚於負也。

巫峽　字書上二畫相切近，下一畫稍遠，爲「王」字。「玉」字元無傍一點，止是三畫皆均耳。

中茅峯石上徐鍇篆字題名　秖恐終隨嶧碑盡　秦始皇二十八年，東行郡縣，上鄒嶧山，刻石頌秦德，其辭曰：「皇帝臨位，作制明法，臣下脩飭。二十有六年，初并天下，罔不賓服。親巡遠方黎民，登兹泰山，周覽東極。從臣思迹，本原事業，祗誦功德。治道運行，諸産得宜，皆有法式。大義休明，垂於後世，順承勿革。皇帝躬聖，既平天下，不懈於治。夙興夜寐，建設長利，專隆教誨。訓經宣達，遠近畢理，咸承聖志。貴賤分明，男女禮順，慎遵職事。昭隔内外，靡不清浄，施於後嗣。化及無窮，遵奉遺詔。」

黄花　出短莎　柳詩：「徹我庭中莎。」陸龜蒙杞菊賦云：「尔杞未棘，尔菊未莎。」

黄河　無處求　杜詩：「多壘滿山谷，桃源無處求。」

縣舍西亭其二　不知誰見此花開　樂天詩亦云：「亦知官舍非吾宅，且斸山櫻滿院栽。上佐近來多五考，少曾四度見花開。」

臨吴亭　謾勞使者報新書　先儒謂革之時，必是徹底重新別立規摹做起，所謂上下與天地同流，豈曰小補之哉？公之意蓋如此。若小補云者，即詩稱「補穿葺漏」之類也。魏武帝紀：「諸將征伐，皆以新書從事。」

王荆文公詩卷第四十八

律詩

送僧惠〔一〕思歸錢塘

渌淨堂前湖水渌，歸時正復有荷花。花前亦見〔二〕餘杭姥，爲道仙人憶酒家。公有東門古詩：「翰林謫仙人，往歲酒姥家。」○方干送僧歸桐廬詩：「聞師却到鄉中去，爲我慇懃謝酒家。」○列仙傳：「王方平以千錢與餘杭姥相聞沽酒，姥送酒，答云：『恐地上酒不中尊飲耳。』」

補注 緑淨 韓詩：「緑淨不可唾。」〔三〕

【校記】

〔一〕「惠」，本書目録、臺北本目録作「慧」。

〔二〕「見」，宮内廳本作「有」。

〔三〕本注原闌入詩注末，無「補注」二字。

松　江〔一〕

即吳江也。

來時還似去時天，欲道來時已惘然。秖有松江橋下水，無情長送去時〔二〕當作「來」。舡。

唐韋冰詩：「來時歡笑去時哀，家國迢迢逈越臺。」松江橋，即長橋也。

【校記】

〔一〕此詩爲龍舒本卷七十一松江二首之第二首。

〔二〕「時」，諸本作「來」。宮内廳本校曰：「一作『時』。」

秋　日

莫言秋早〔一〕一本作「草木」。未知秋，今日風雲已自愁。獨傍黃塵騎一馬，行看蕭索聽颼飀。

【校記】

〔一〕「秋早」，龍舒本作「秋草」，宋本、叢刊本作「草木」。

中秋夕寄平甫諸弟

浮雲吹盡數秋毫，梁惠王上：「明足以察秋毫之末。」○杜詩：「上方重閣晚，百里見秋毫。」爚爚金波滿滿醪。漢郊祀志：「月穆穆以金波。」師古曰：「月光穆穆，若金之波流也。」說文曰：「爚，音弋灼反，火飛也。一曰：爇聲。」○白詩：「酒醆酌來須滿滿，花枝看即落紛紛。」○裴翛然〔二〕詩：「這莫鼕鼕鼓，須傾滿滿杯。」○李羣玉詩：「浮雲卷盡爲朣朧，直出滄溟上碧空。」千里得君詩挑戰，漢高帝紀：「即漢王挑戰。」李奇：「音徒了反。」臣瓚曰：「挑戰，擿嬈敵求戰也，古謂之致師。」夜壇誰敢將風騷？杜牧詩：「今代風騷將，誰登李杜壇？」

【校記】

〔一〕「裴脩然」，「脩」字原脱，據全唐詩補，詩題爲夜醉卧街。

靈　山

按圖經：「在信州上饒縣西北九十五里，亦名靈鷲山，周迴百餘里。舊經云：上有龍池，多珍木奇卉，兼出水晶。」

靈山寧與世爲仇？斤斧侵凌自不休。斤斧侵凌，言伐山取水玉也。○孟子梁惠王上：「斧斤以時入山林，材木不可勝用也。」水玉比來聞長價，市人無數起相讎。司馬相如傳：「水玉磊砢。」注：「水精也。」○靈運：「凌波采水玉。」〔一〕

【校記】

〔一〕此詩，文選卷三十一作江淹雜體詩三十首之郭弘農遊仙，「玉」作「碧」。

荷　花

亭亭風露擁川坻，任彦升詩：「涿令行春返，冠蓋溢川坻。」注：「坻，岸也。」○詩：「宛在水中坻。」天放嬌饒〔一〕豈自知？唐人詩：「名一高自不知。」

舸超然他日事，故應將爾當西施。小杜詩：「西子下姑蘇，一舸逐鴟夷。」○樂天詩：「萍汎同游子，蓮開當麗人。」又：「緑桂爲佳客，紅蕉當美人。」

【校記】

〔一〕「饒」，龍舒本、宋本、叢刊本作「嬈」。

殘菊

黄昏風雨打園林，殘菊飄零滿地金。折得一枝還〔一〕一作「猶」。好在，可憐公子惜花心。歐陽文忠公嘉祐中，見荆公此詩，笑曰：「百花盡落，獨菊枝上枯耳。」因戲曰：「秋英不比春花落，爲報詩人仔細看。」世傳誤謂王君玉有此句，蓋詩意有相類耳。文公聞之，曰：「是定不知楚辭云：『飡秋菊之落英。』歐陽公不學之過也。」據「落英」，乃是桑之末落、華落色衰之落，非必言花委於地也。歐、王二巨公豈不曉此？切疑小説皆繆，不可信。○蔡絛西清詩話又云：「落，始也。」

【校記】

〔一〕「折」，宋本、叢刊本作「攏」。「還」，宋本、叢刊本作「猶」。

竹窻〔一〕

竹窗紅莧兩三根，易夬卦：「莧陸夬夬。」宋衷注云：「莧，莧菜。」山色遥供水際門。只我近知墻下路，能將屐齒記苔痕。白詩：「徑滑苔粘屐，潭深水没篙。」

【校記】

〔一〕此詩爲龍舒本卷六十四鍾山絶句二首之第二首。

出定力院作

建康志無定力院，豈定林乎？

江上悠悠不見人，十年塵垢夢中身。殷勤未〔一〕一作「爲」。解丁香結，放出枝間自在春。李郢詩：「丁香正堪結，留步小庭隈。」

【校記】

〔一〕「末」，龍舒本、宋本、叢刊本作「爲」。

寄育王大覺禪師〔一〕

山木悲鳴水怒流，百蟲專夜思高秋。退之詩：「夜深靜卧百蟲絶。」此言「百蟲專夜」，皆佳。○又樂天長恨歌：「春從春游夜專夜。」又明妃曲：「只得當年備宮掖，何曾專夜奉幃幄？」道人方丈應無夢，想復長吟擬慧休。江淹擬休上人詩：「日暮碧雲合，佳人殊未來。」

【校記】

〔一〕龍舒本卷六十寄育王大覺禪師二首，第一首同此，第二首即本書卷三十二寄育王大覺禪師。

送僧游天台

真誥：「桐柏高山萬八千丈。」今天台亦然。太白云「四萬」，字誤。

天台一萬八千丈，歲晏老僧携錫歸。李白詩：「天姥連天向天横，勢拔五岳掩赤城。天台四萬八千丈，對此欲倒西南傾。」前程好景解吟否？密雪亂雲緘翠微。鄭谷詩：「天澹滄浪晚，風悲蘭社秋。前程吟此景，爲子上高樓。」

次韻張仲通水軒

池雨含煙暝不收，草根長見水交流。愛君古錦囊中句，解道「今秋似去秋」。評曰：如此引賀詩似戲，非前人比。〇李白詩：「解道澄江净如練，令人長憶謝玄暉。」〇李賀詩：「獨睡南窗月，今秋似去秋。」錦囊，亦是賀事。

送陳令

長谿流水碧潺潺，古木蒼藤暗兩山。把臂道人今在否？長官白首尚人間。杜詩：「壯心久零落，白首寄人間。」

無錫寄孫[一]正之

健席高檣送病身，亂山荒隴障歸津。應須一曲千回首，西去論心更幾人？杜詩：「我行入東川，十步一回首。」○李義山哭劉蕡詩：「一叫千回首，天高不爲聞。」○王摩詰詩：「勸君更盡一杯酒，西出陽關無故人。」觀末句，公厚倖如此。

【校記】

〔一〕龍舒本、宋本、叢刊本無「孫」字。

漫成〔一〕

清時無路取封侯，病卧牛衣已數秋。日月不膠時易失，感今懷昔使人愁。不膠，言常去而不留也。但「封侯」一句，疑公不作此語。○或疑晚年鍾山作，恐不然也。

【校記】

〔一〕「漫成」，龍舒本、宋本、叢刊本作「謾成」。

初　晴

樂天詩：「黯淡緋衫稱我身。」

一抹明霞黯淡紅，紅而稱黯淡，言色之淺。〇少游詩：「斷霞一抹海天低。」瓦溝已見雪花融。前山未放曉寒散，猶鎖白雲三兩峯。唐詩：「沉雲隱喬樹，細雨滅層巒。」

釣　者

釣國平生豈有心？解甘身與世浮沉。應知渭水車中老，自是君王着意深。文王載吕尚與俱歸。雖無車字，然載即車也。事見嚴陵祠堂注。〇張樂全亦有太公詩，今附於此：「默坐磻溪素髮垂，商周於此繫興衰。機深正似忘機者，應被沙鷗静處窺。」樂全之語與公意别，恐非所以議聖賢也。又嘗記唐人一詩，不知誰作許，云：「青山長在境長新，寂莫持竿一水濱。及得王師身已老，不知辛苦爲何人？」〇莊子亦有釣臧事。

將次鎮南

豫章江面朔風驚，浩蕩帆舡破浪行。宋宗慤年尚少，叔父少文問其所志，慤答曰：「願乘長風，破萬里浪。」目送家山無幾許，千年空想蟪蛄聲。莊子逍遥游：「朝菌不知晦朔，蟪蛄不知春秋，此小年也。」○孔子曰：「違山十里，蟪蛄之聲但尚存耳。」見新序。

出金陵

白石岡頭草木深，建康志：「白土岡在城東。」見宋耿天騭注。又，江寧縣城南一十〔一〕里有石子岡，一名石子墩。吴孫峻害諸葛恪，投之於此岡，即韓擒虎受陳將任忠出降之所。又，溧水縣北二十里有白石山。三處名皆不同，不知此所指何地。又，世説：「孫興公爲庾公參軍，共游白石山。」疑即白石崗也。春風相與散衣襟。浮雲映郭留佳氣，光武紀：「望氣者蘇伯阿見春陵郭唶曰：『氣佳哉，鬱鬱葱葱然。』」此謂金陵嘗爲帝王都。飛鳥隨人作好音。易小過：「飛鳥遺之音。」凱風：「睍睆黄鳥，載好其音。」

【校記】

〔一〕「一十」，宮内廳本作「一十五」。

酬王微之

一雨迴飈助蓐收，炎曦不復畏金流。月令：「孟秋之月，其帝少皥，其神蓐收。」言金火方戰，風雨助秋意也。○莊子逍遥游：「大旱金石流，土山焦而不熱。」君家咫尺堪乘興，想岸烏巾〔一〕對弈秋。孟子告子下：「弈秋，通國之善弈者也。」注：「有人名秋，通國皆謂之善弈，故曰弈秋。」

【校記】

〔一〕「巾」，叢刊本作「紗」。

題玉光亭

禮記：「精神見於山川，謂之玉也。」按信州圖經：「玉光亭在玉山縣廳之東，不知所自。章郇公及荆公詩碑在焉。郇公詩曰：『千層懷玉對軒牕，池上新亭號玉光。祇此便堪爲吏隱，神仙官職水雲鄉。』」○蜀人青陽楷詩云：「鳴琴賢宰有三長，吟得新詞敵夜光。好是斷章無以和，神仙官職水雲鄉。」和郇公韻也。或言玉光恐在楚州寶應縣，今附唐尼真如事於此。

傳聞天玉〔二〕此埋堙，開元中，有李氏者，嫁於賀若氏。賀若氏卒，乃捨俗爲尼，號曰真如，家於鞏縣孝義橋。天寶元年七夕，真如於盥濯之間，忽見五色雲氣中引手，不見其形，徐以囊授真如，曰：「寶之，謹勿言也。」真如謹守，不敢失墜。天寶末，中原鼎沸，真如展轉流寓於楚州安宜縣。肅宗元年建子月，真如忽見二人，著皂衣，引真如東南而行，值樓觀嚴飾，兵衛鮮肅，皂衣者指之曰：「化城也。」城有複殿，一人衣碧，戴寶冠，號爲天帝。

復有二十餘人，衣冠亦如之，呼爲諸天。諸天命真如進。既而諸天相謂曰：「下界喪亂時久，殺戮過多，腥穢之氣，達於諸天。不知何以教之？」一天曰：「莫若以神寶壓之。」又一天曰：「當用第三寶。今沴氣方盛，第三寶不足以勝之，須以第二寶授之，則兵可息，亂世可清也。」天帝曰：「然。」因出寶授真如曰：「汝往，令刺史崔侁進達於天子。」復謂真如曰：「前所授汝小囊有寶五段，人臣可得見之。今者八寶，唯王者始宜見。汝謹勿易也。」乃具以寶名及所用之法授真如。已而復令皂衣者送之。翌日，真如詣縣，攝令王滔之以狀聞州。州得滔之關會，刺史將行，以縣狀示從事盧恒曰：「縣有妖尼，事怪甚，亟往記之。」恒至縣，召真如，欲加以王法。真如曰：「上帝有命，誰敢廢墮！且寶非人力所致，又何疑焉？」乃以囊中五寶示恒。其一曰玄黄天符，形如笏，長可八寸餘，闊三寸，上圓下方，近圓有孔，黄玉也，色比蒸粟，澤如凝脂，辟人間兵疫病氣；其二曰玉雞，毛文悉備，白玉也，王者以孝理天下則見；其三曰穀璧，白玉也，徑五六寸，其文粟粒自生，無異雕鎸之狀，王者得之，則五穀豐稔；其四曰玉母玉環二枚，亦白玉也，徑六寸，王考得之，能令外國歸服，其玉色光花益發，特異於常。盧恒曰：「玉信玉展，宴光寶平。」真如乃悉出寶盤曰：「日照之，其光皆射日，仰望，不知光之而極也。」恒與縣吏同視，咸異之。翌日，侁至，恒謂侁曰：「寶蓋天授，非人力也。」侁覆驗，無異，歎該足之，即真如事由報節度使禪圓。圓異之，徵真如造府，欲歷視之。真如曰：「不可。」圓固控之，真如不得已，又出八寶。一曰如意寶珠，其形正圓，大如雞卵，光色瑩徹，置之堂中，明始滿月；其二曰紅靺鞨，大如子粟，亦爛芳朱櫻，視之，可應手而碎，觸之，則堅重不可破也；其三曰硍環珠，其衆如環四分銀，一徑可五六寸；其四曰玉印，大如半手，其文始鹿浮之郊中，著物則形晃；其五曰皇后採原釣三枚，長五六寸，其綱如筯屈其末，似金，又似銀，又類熟銅；其六曰雷公石二，農斧形，長可四寸，闊二寸，無孔，賦如青玉。八寶置之日中，則日氣連天；錯諸陰室，則燭濯如月。其所壓勝之法，真如皆祕，不可得而知也。〔二〕圓爲録表奏之。真如曰：「天命崔侁進焉，若何？」圓懼而止，侁乃遣盧恒隨真如上獻。時史朝義方圍宋州，又南陷甲州，淮河道絶，遂取江南西上，抵商山入關，以建巳月十三日達京。時肅宗寢疾方甚，視寶，促召代宗，謂曰：「汝自楚王爲皇太子，今上賜寶，獲於楚州，天作〔三〕汝也，宜保愛之。」代宗再拜受賜，得寶之故，即日改爲寶應元年。上既監國，乃昇楚州爲上州，縣爲望縣，改縣名安宜，寶應焉。刺史上進寶官皆有超昇。號真如爲寶和，寵賜有加。自後兵革漸偃，年穀豐登，封域之內，幾至小康，寶應之符驗。真如〔四〕所居之地得寶，河壖高廠，境物濯茂。遺址後六合縣尉崔理所居兩崖之間。相傳云：西域胡人過其傍者，至今莫不望其處而瞻禮焉。○楚州刺史鄭略作記。

千古誰分僞與真？韓詩：「世俗誰知僞與真，至今傳者武陵人。」每向小庭風月夜，却疑山水有精神。荀子：「玉在山而木潤，淵生珠而崖不枯。」○陸士衡文賦：「石藴玉而山暉，水懷珠而川媚。」○牛奇章詩：「珠玉會應成咳唾，山川尤覺露精神。」

【校記】

〔一〕「玉」，宋本、叢刊本作「下」。

〔二〕「真如」二句，原作「真紅皆所不可得如也」，下「表」字原脱：均據太平廣記肅宗朝八寶條修改補正。

〔三〕「作」，太平廣記肅宗朝八寶條作「許」。

〔四〕「真如」上原衍一「崔」字，據太平廣記肅宗朝八寶條删。

贈僧

岑參太白山胡僧歌：「如將流水自清淨，身與浮雲無是非。」

紛紛擾擾十年間，世事何嘗不强顔。亦欲心如秋水静，應須身似〔一〕嶺雲閑。杜牧之詩：「閑愛孤雲静愛僧。」○漢鄭崇傳：「臣門如市，臣心如水。」○張樂全寄郭思誠詩：「心同秋水静，身似野雲閑。」思誠，太華隱者。○李白詩：「身將客星隱，心與浮雲閑。」

【校記】

〔一〕「似」，宫内廳本作「共」。

嘲叔孫通

馬上功成不喜文，叔孫緜蕞[一]共經綸。諸君可笑貪君賜，便計[二]當時「先生」。別本作作聖人。本傳：「上患朝儀不肅，通采古禮，與秦儀雜就之，與諸生爲綿蕝野外。習之月餘，通曰：『上可試觀。』拜通爲奉常[三]，賜金五百斤。通因進曰：『諸弟子儒生隨臣久矣，與共爲儀，願陛下官之。』高帝悉以爲郎。通出，皆以五百金賜諸生，生乃喜曰：『叔孫生聖人，知當世務。』」綿蕞，如淳曰：「謂以茅剪樹地，爲纂位尊卑[四]之次。如春秋傳曰：『置茅蕝。』」師古曰：「蕞與蕝同。」或云此詩宋景文作，「共經綸」作「講經綸」。王逢原集亦有詠叔孫詩，大祇同此意，云：「弟子由來亦未純，異時得大亦頻頻。一官所買知多少？便議先生作聖人。」

【校記】

〔一〕「蕞」，諸本作「蕝」。

〔二〕「計」，諸本作「許」。

〔三〕「奉常」，原作「奏當」，據漢書叔孫通傳及宮内廳本改。又，史記叔孫通傳作「太常」。

〔四〕「纂位尊卑」，原作「集位尊界」，據漢書叔孫通傳如淳注、宮内廳本改。

和浄因有作

朝紅一片墮窗塵，禪客翛〔一〕然感此辰。參同契論外丹形體爲灰土，狀若明牕塵。後山詩：「僧奩手注〔二〕空留迹，佛几堆紅拂委花。」蓮華經：「香風時來，吹去萎花，更雨新者。」更覺城中芳意少，不如山野早知春。東坡詩：「曲欄幽榭終寒窘，一看郊原浩蕩春。」

【校記】

〔一〕「翛」，宫内廳本作「蕭」。

〔二〕「注」，宫内廳本作「汗」。

張工部廟 未詳何人。

使節紛紛下禁中，幾人曾〔一〕到此城東？獨君遺像今如在，廟食真須德與功。禮記祭法篇：「聖王之祭相也，法施於民則祀之，以死勤事則祀之，以勞定國則祀之，能禦大災則祀之，能捍大患則祀之。文王以文治，武王以武功，去民之災，此有功烈於民者也。」

【校記】

〔一〕「曾」，原作「會」，據諸本改。

寄伯兄　楚公七子，安仁爲長，此詩所指伯兄是也。

身留海上去何時？只看春鴻北向飛。安得先生同一飯，〔一〕一作「飽」。蕨芽香嫩鰶魚肥？鰶，音「制」。

【校記】

〔一〕「飯」，龍舒本、宋本、叢刊本作「飲」。

和〔一〕張仲通見寄三絶句

高山流水意無窮，三尺空弦膝上桐。默默此時誰會得？坐凭江閣看飛鴻。劉長卿詩：「古調雖自愛，今人多不彈。」詩「誰會得」，亦此意也。○杜詩：「注目寒江倚高閣。」○晉顧愷之恒云：「手揮五弦易，目送孤鴻難。」

【校記】

〔一〕宋本、叢刊本題首「和」字上有「次韻」二字。

其　二

收拾乾坤付一壺，世間無物直錙銖。醉鄉舊業抛來久，更欲因君稍問塗。神仙傳：「壺公，不知其姓名。嘗懸一空壺於屋上，日入後跳入壺中，人莫能見。費長房於樓上見之，知其非常人，乃日掃公坐前地，積久不懈。公謂長房：『日暮時更來。』長房如其言，即往。公語長房曰：『見我跳入壺中時，便可效我跳，自當得入。』長房依言，果不覺已入，入後不復是壺，唯見仙宮世界，樓觀重門閣道而已。」○呂翁詩：「一粟粒中藏世界。」○杜牧華清宫詩：「雨露偏金穴，乾坤入醉鄉。」○唐王績有醉鄉記。○白樂天詩：「無過學者績，惟以醉爲鄉。」

其　三

欹枕狂歌擊唾壺，直將軒冕等錙銖。醉鄉歧路君知否，不似人間足畏塗。令狐楚詩：「閑齋夜擊唾壺歌，試望夷門柰遠何。」晉王處仲每醉後輒詠魏武樂府歌曰：「老驥伏櫪，志在千里。」以如意打唾壺爲節，壺邊盡缺。莊子：「畏塗者，十殺一人，父子兄弟相戒也。」〇宋景文詩：「醉若有鄉須塗地，吏如退隱即後簪。」

宣州府君喪過金陵 兄安仁爲宣州司户。

百年難盡此身悲，杜牧詩：「輕羸已近百年身，古寺風悲又一春。」眼入春風祇涕洟。花發鳥啼皆有思，忍尋棠棣脊令[一]詩。詩棠棣，燕兄弟也。「脊令在原，兄弟急難。」箋云：「脊令，雝渠。水鳥而在原，失其常處，則飛則鳴求其類，天性也，猶兄弟之於急難也。」

【校記】

〔一〕「棠棣」，宫内廳本作「常棣」。「脊令」，龍舒本作「鶺鴒」。

觀王氏雪圖

崔嵬相映雪重重，茅屋柴門在半峯。想有幽人遺世事，獨臨青峭倚長松。李涉詩：「長廊無事人歸院，盡日門前獨看松。」〇吴融詩：「曉窺渭鏡千峯入，莫倚長松獨鶴歸。」

韓子

紛紛易盡百年身，舉世何人識道真〔一〕？選詩：「争先萬里塗，各事百年身。」○莊子：「道之真以治身，土苴以治天下。」○劉歆傳〔二〕：「黨同門，妒道真。」○鄭谷詩：「舉世何人肯自知，須憑精鑒定妍媸。」○觀公此詩，尚謂退之未識道真也。余在臨川，聞之曾氏子弟載南豐語云：「介甫非前人盡，獨黄帝、孔子未見非耳。」譏其非人太多也。如此詩，可見。**力去陳言誇末俗，可憐無補費精神！**陳無己云：「荆公詩：『力去陳言誇末俗，可憐無補費精神。』而公平生文體數變，暮年詩益工，用意益苦，故言不可不謹也。」○韓詩：「可憐無益費精神，有似黄金擲虚牝。」公譏韓子而用其語，但易一字耳。○或謂退之答李翊書云：「始者非三代兩漢之書不敢觀，非聖人之志不敢存。處若忘，行若遺。儼乎其若思，茫乎其若迷。當其取於心而注於手也，惟陳言之務去，戛戛乎其難哉！其觀於人，不知其非笑之爲非笑也。如是者亦有年，猶不改，然後識古書之正僞，與雖正而不至焉者，昭昭然白黑分矣。而務去之，乃徐有得也，當其取於心而注於手也，汩汩然來矣。其觀於人也，笑之則以爲喜，譽之則以爲憂。」李漢所謂「時人始而驚，中而笑且排。先生益堅，終而翕然隨以定」，則其此之謂歟？是其有功於將來，豈小補之哉？而公乃云爾，好詆之過也。

【校記】

〔一〕龍舒本、宋本、叢刊本詩下校云：「一本作『默默誰令識道真』。」

〔二〕「傳」字原脱，據宫内廳本補，引文出漢書劉歆傳。

宰嚭

謀臣本自繫安危，賤妾何能作禍基。但願君王誅宰嚭，不愁宮裏有西施。評曰：偏宕可憐。○說苑：「桓公問於管仲：『吾欲使爵腐於酒，肉腐於豆，得無害霸乎？』對曰：『無害於霸也。惟不知賢，害霸；信賢而復使小人參之，害霸。』」詩意殆本此。○程氏云：「李覯謂：『若教管仲身長在，宮内何妨更六人？』此語不然。管仲時，桓公之心時未蠹也，若已蠹，雖管仲可奈何？未有心蠹尚能用管仲之理。」公詩亦李意，當以程說爲允。

郭解

藉交雖〔一〕有不貲恩，漢法歸成棄市論。平日五陵多任俠，五陵見上注。可能推刃報王孫？言藉交雖於人有恩，漢法所不許也。本傳：「以軀藉友報仇。」師古曰：「藉，謂借助也。」公孫弘議解罪當大逆亡道，遂族解，不止棄市也。解誅後，俠者極衆而無足數者。○郭解以匹夫而奪人主死生之權。且聖人之作五刑，固論輕重。今一言不中意而殺之，此何理也？考其唱此悖亂之風，解實爲之魁。故立弘之言，解布衣爲俠行權，以睚眦殺人，解不知，此罪甚於解知。劉器之以弘此一事爲得大臣之體。

【校記】

〔一〕「藉」，宋本、叢刊本作「籍」。「雖」，宋本、叢刊本作「唯」。

古寺

寥寥蕭寺半遺基，蕭寺，見上注。游客經年斷履綦。漢班倢伃傳：「俯視兮丹墀，思君兮履綦。」綦，履之飾也。猶有齊梁舊時殿，塵昏金像雨昏碑。温庭筠詩：「猶有南朝舊碑在，敢將興廢問漁翁。」○杜詩：「惟有古殿存，世尊亦塵埃。如聞龍象泣，足令信者哀。」

越人以幕養花〔二〕游其下二首

幕天無日地無塵，越人養花，亦如洛中。劉伶傳：「幕天席地，縱意所如。」百紫千紅占得春。野草自花還自落，落時還有惜花人。言野花雖無幕護，隨風落時，亦有惜之者。○詩家鼎臠：「野滿滿眼〔三〕露香新，獨立空山茶莫春。花自落時無主惜，恣風吹逐馬蹄塵。」

【校記】

〔一〕龍舒本、宋本、叢刊本題「花」下有「因」字。

〔二〕「眼」下原衍「詩」字，删。

其二

尚有殘紅已可悲，更憐〔一〕回首秖空枝。古詩：「花開堪折直須折，莫待無花空折枝。」白集：「爭忍開時不同醉，明朝後日即空枝。」黄臺瓜詞：「三摘尚云可，四摘抱蔓歸。」公詩亦類此。○南唐法眼禪師作牡丹偈云：「艷色隨朝露，麝香落晚風。何須待零落，然後始知空。」莫嗟身世渾無事，睡過春風作惡時。

【校記】

〔一〕「憐」，諸本作「憂」。

魚兒

遶岸車鳴水欲乾，魚兒相逐尚相歡。喻禍至而不知，由溺於燕安也。無人挈入滄江去，汝死那知世界寬。評曰：可風曲學。○方干詩：「來來先上上方看，眼界無窮世界寬。」古靈師在窗下看經，蜂子投窗帋求出。古靈師曰：「世界如許闊，不肯出，鑽他故帋做甚麽去？」

離鄞至菁江東望

村落蕭條夜氣生，杜詩曰：「千村萬落生荆杞。」〔一〕孫子：「夜氣不足以存。」孫子：「朝氣結，暮氣怠，夜氣結。」〔二〕側身東望一傷情。張衡詩：「側身東望涕沾裳。」丹樓碧閣無處所，言變滅無餘矣。只有谿山相照明。

【校記】

〔一〕「千村」句，原作「一萬落生荆年生」，當誤，據杜甫兵車行改。

〔二〕「朝氣」三句：宋本十一家注孫子軍政篇作「朝氣鋭，晝氣惰，暮氣歸」。

信州回車館中作二首

太白山根秋夜靜，太白山，在剡縣，公之舊游也。亂泉深水遶床鳴。鄭谷詩：「向蜀還秦計未成，寒蛩一夜遶床鳴。」病來空館聞風雨，恰似當年枕上聲。當年，指太白山。○李義山詩：「君問歸期未有期，巴山夜雨漲秋池。何當共剪西窗燭，却話巴山夜雨時。」〔一〕

【校記】

〔一〕原詩顛倒錯亂，據全唐詩李商隱夜雨寄北改正。

其二

山木漂摇卧弋陽，去州西一百里，縣名也。○張祜有題弋陽館詩，不知即是此館否。詩云：「一葉飄然下弋陽，殘霞昏日樹蒼蒼。吴溪漫淬干將劍，却是猿聲斷客腸。」因思太白夜淋浪。芭蕉一枕西窗雨〔二〕，一作「西窗一榻芭蕉雨」。復似當時水遶床。

【校記】

〔一〕「芭蕉」句：宋本、叢刊本作「西窻一榻芭蕉雨。」

天童山溪上

以公經游記考之，山在於鄞縣。

溪水清漣樹老蒼，詩伐檀：「河水清且漣漪。」○韓子嘲魯連詩：「田巴兀老蒼。」行穿溪樹踏春陽。段成式記鬼詩：「長安女兒踏春陽，無處春陽不斷腸。」溪深樹密無人處，唯有幽花渡水香。評曰：妙處自然，不入思索。

鄞縣西亭〔一〕

收功無路去無田，韓詩：「臨分不汝誑，有路即歸田。」竊食窮城度兩年。更作世間兒女態，亂栽花竹養風煙。退之詩：「無爲兒女態，憔悴悲賤貧。」楊復恭謂張濬相公：「仗鉞專征，作態耶？」

【校記】

〔一〕此詩爲龍舒本卷六十七起縣舍西亭三首之第三首。

別鄞女

行年〔一〕三十已衰翁，滿眼憂〔二〕傷秖自攻。今夜〔三〕扁舟來訣汝，死生從此〔四〕各西東。

評曰：慘絶。○禮：「五十始衰。」三十而言衰翁，亦太早矣。○潘岳秋興賦：「吾年三十二，始見二毛。」○杜詩：「明朝牽世務，揮淚各西東。」○唐詩：「時難年飢世業空，弟兄羇旅各西東。」

【校記】

〔一〕「行年」，龍舒本作「年登」。

〔二〕「憂」，龍舒本作「離」。

〔三〕「夜」，龍舒本作「泛」。

〔四〕「死生從此」，龍舒本作「此生踪跡」。

真州馬上作

身隨飢馬日中行，眼入風沙困欲盲。心氣已勞形亦弊，自憐於世欲何營。太史遷傳：「神太用則竭，形太勞則弊。」

登飛來峯

興化軍仙游縣有大飛山。臨安錢塘縣靈隱寺有飛來山。介甫未嘗入閩。若又以爲靈隱飛來峰，則初無塔，兼所見亦不至甚遠，恐別指一處也。

飛來山上千尋塔，聞説雞鳴見日昇。後漢志：「太山日觀，雞一鳴時，見日始欲出，長三丈所。」大山記：「東南巖名曰日觀。」言雞初鳴時見日出。又有秦觀、吴觀，望見長安、會稽。○孟浩然天台詩：「雞鳴見出日，常與仙人會。」不畏浮雲遮望眼，自緣身在最高層。李白詩：「盡道浮雲能蔽日。」○杜牧詩：「明朝楚山上，莫上最高層。」若以詩讖言，此亦可見公被遇神考始終，人不能間也。○陸賈新語：「邪臣蔽賢，猶浮雲之障白日也。」龜策傳亦云：「日月之明，而時蔽於浮雲。」

讀漢功臣表

漢家分土建忠良，周書武成：「分土惟三。」賈誼傳：「衆建諸侯而少其力。」鐵券丹書信誓長。漢高帝紀：「與功臣剖符作誓，丹書鐵契，金匱石室，藏之宗廟。」注：「金匱，猶金縢也。契，亦券之異名。」本待山河如帶礪，何緣葅醢賜侯王？漢封爵之誓曰：「使黄河如帶，泰山若礪，國以永存，爰及苗裔。於是申以丹書之信，重以白馬之盟。」注：「帶，衣帶也；厲，砥石也。水當何時如衣帶，山當何時如厲石也？」○黥布傳：「漢誅梁王彭越，盛其醢，以徧賜諸侯。」刑法志所謂「葅其骨肉」是也。

詠　月

追隨落日盡還生，揚子五百篇：「月未望，則終魄於西。既望，則終魄於東。其遡於日乎？」注：「遡，迎也，向也。」點綴浮雲暗又明。「不如浮雲點綴」，謝景重語，見上注。江有蛟龍山虎豹，莊子秋水篇：「水行不避蛟龍者，漁父之勇也；陸行不避虎兕者，獵夫之勇也。」清光雖在不堪行。評曰：以最高層爲讖，則此句當如何？小人多忌，漫寄一笑。○韓公將歸操：「涉其淺兮，石齧我足；乘其深兮，龍入我舟。」亦此意。

金　山〔一〕

怪祕陰靈與護持，重丹複碧煥參差。滄江見底應無日，萬丈孤根世不知。評曰：即是前金山寺第一首，疑改本，然不及。○杜荀鶴詩：「海枯終見底，人死不知心。」○杜詩：「艷預既没孤根深。」

【校記】

〔一〕此詩爲龍舒本卷六十四金山寺五首之第三首。

疊翠亭

煙籠遠浦迷芳草，劉禹錫詩：「煙籠寒水月籠沙。」日照澄湖浸碧峯。杜詩渼陂行〔二〕：「半陂以南純浸山。」○韓子蒼詩：「未肯分流下山去〔三〕，爲君純浸紫青峯。」幸有清罇堪酩酊，忍陪良友不從容。退之詩：「遇酒即酩酊，君知我爲誰。」

【校記】

〔一〕「渼陂行」，原作「漢波行」，據杜工部草堂詩箋改。

〔二〕「去」，原作「夫」，據宮内廳本改。

默默〔一〕

默默長年有所思，世間談笑謾〔二〕追隨。勉酬俗也。蒼髯欲茁朱顏去〔三〕，韓文：「蘭茁其牙。」○黃詩：「笋茁不避道。」更覺求田問舍遲。

【校記】

〔一〕此詩爲龍舒本卷七十五無題二首之第二首。

〔二〕「謾」，龍舒本、宋本、叢刊本作「强」。

〔三〕「茁」，龍舒本、宋本、叢刊本作「出」。「去」，宋本、叢刊本作「謝」。

寓言三首〔一〕

太虚無實可追尋，葉落松枝漫〔二〕古今。張安道和趙叔平詩：「視身無實元泡幻，觀世皆空漫古今。」若見桃花生聖解，不疑還自有疑心。楊傑語：「拈花示衆，微笑者已墮迷坑；立雪齊腰，勤求者自投疑網。」靈雲詩：「自從不〔三〕見桃花後，直到如今更不疑。」

【校記】

〔一〕宋本、叢刊本題作「寓言二首」，同此前二首。

〔二〕「漫」，龍舒本、宋本、叢刊本作「謾」。

〔三〕「不」，宫内廳本作「一」。

其　二

本來無物使人疑，却爲參禪買得癡。尊宿云：「三乘十二分教是分外事，若與他作對，即是心境兩法，便有種種見解。若不與他作對，一事也無。所以祖師云：『本來無一物。』」聞道無情能説法，傳燈録：「良玠禪師問潙山：『頃聞忠國師有無情説法。』良玠未究其微，潙山云云。玠又問雲巖：『無情説法，什麽人得聞？』雲巖曰：『無情説法無得聞。』師曰：『和尚聞否？』雲巖曰：『我若聞，汝即不得聞吾説法也。』曰：『若恁麼，即良玠不聞和尚説法也。』雲巖曰：『我説法，汝尚不得聞，何況無情説法也？』師乃述〔一〕偈呈雲曰：『也大奇，也大奇。無情説法不思議。若將耳聽聲不現，服處聞聲方自知。』』面墻終日妄尋思。尋思，謂六祖令石頭尋思去也。忠即清源行思禪師。○樂天詩：「愛老尋思事，慵多取次眠。」○韓詩：「尋思百計不如閑。」又與前義別，兩存之。

【校記】

〔一〕「述」，原作「迷」，據宮内廳本改。

其三〔一〕

未能達本且歸根，真照無知豈待言。信心銘：「歸根得旨，隨照失宗。」臨濟云：「沿流不止問如何，真照無邊説似他。」枯木巖前猶失路，那堪春入武陵源。安禪師玄談：「枯木巖前叉路多，行人到此莫蹉跎。」杜詩：「悲秋宋玉宅，失路武陵源。」

【校記】

〔一〕宋本、叢刊本題作「達本」，列「寓言二首」前。

偶書

「專一」字，見陸雲逸民賦。

穰侯老擅關中事，長恐諸侯客子來。穰侯謂王稽：「謁君，得無與諸侯客子俱來乎？無益，徒亂人國耳。」〇張文潛詩：「穰侯擅關中，頗畏諸侯客。搜車計已遲，終困范公策。庸夫吝富貴，百計私自惜。勢移禍敗至，智巧竟何益？」我亦暮年專一壑，每逢車馬便驚猜。莊子秋水篇：「且夫擅一壑之水，而跨跱〔一〕埳井之樂，此亦至矣。」

【校記】

〔一〕「跱」，原作「時」，據浙江書局本莊子及宫内廳本改。

揚子三首〔一〕

儒者陵夷此道窮，千秋止有一揚雄。當時薦口終虛語，賦擬相如却未工。本傳：「蜀有司馬相如，作賦甚弘麗温雅。雄心壯之，每作賦，常擬之以爲式。」又：「孝成帝時，有薦雄文似相如者，召雄待詔承明之庭。」言薦雄者止稱其詞賦，雄蓋知道者，不應以詞賦稱之，兼實未及相如之工也。公古詩亦云：「知者乃獨稱其詞。」

【校記】

〔一〕宋本、叢刊本卷三十二揚子二首，同此前二首；卷三十四揚子，同此第三首。

其二

九流沉溺道真渾〔一〕，九流：一儒家，二道家，三陰陽家，四法家，五名家，六墨家，七縱横家，八雜家，九農家。穀梁序：「九流分而微言隱，異端作而大義乖。」獨泝頹波討得源。一本作「道真沉溺九流渾」。○陸機文賦：「沿波而討源。」歲晚強顔天禄閣，秖將奇字與人言。司馬遷遺任安書：「及已至此，言不辱者，所謂強顔耳。」詩言雄仕於莽時，實包羞，故猥託於奇字耳。

【校記】

〔一〕「九流」句，龍舒本同，宋本、叢刊本作「道真沉溺九流渾」。

其　三

千古雄文造聖真，眇然幽思入無倫。他年未免投天禄，虚爲新都著劇秦。雄解嘲：「顧而作太玄五千文，大者含元氣，纖者入無倫。」雄雖投閣，莽言其素不與事，或猶以美新故爾。

讀維摩經有感

身如泡沫亦如風，刀割香塗共一空。宴坐世間觀此理，維摩雖病有神通。國語：「魯人束縛管仲以與齊，比至，三釁三浴之。」注：「以香塗身曰釁。三，或作熏。」○華嚴經云：「以白旃檀塗身，能除一切熱惱，得清涼也。」○刀割，高利王〔一〕事。法華經云：「或遭王難苦，臨刑欲壽終，念彼觀音力，刀尋段段壞。」前輩謂此言性也。楞嚴經云：「觀世音令衆生於我身心，獲十四種無畏功德。五者熏聞成聞，六根銷復，同於聲聽，能令衆生臨當欲壽〔二〕，刀段段壞，使其兵戈猶如割水，亦如吹火〔三〕，性無摇動。」蓋割水吹火，而水火之性不動摇，猶如遇害而吾性湛然，此亦得觀音無畏之力，所謂「刀尋段段壞」者，正謂是耳。又云：「七者性音圓常，行聽受不離諸塵妄。能令衆生禁繫枷鎖，所不能著。謂人得無畏力，則雖被拘執，而吾觀聽反入此枷鎖，不能爲害。故吾師頌云：『將頭迎白刃，一似斬春風。』」老黄龍在歸宗反入牢獄，若此人者，刑殺枷鎖所不能害也。」○玄覺禪師第三語：「其相應者，心與空相應，則譏毁讚譽，何憂何喜？身與空相應，則刀割香塗，何苦何樂？」

【校記】

〔一〕「高利王」，宮内廳本作「歌利王」。

〔二〕「欲壽」，宮内廳本作「被害」。

〔三〕「吹火」，宮内廳本作「吹光」，下同。

春日即事

池北池南春水生，桃花深處好閑行。細思擾擾夢中事，何用悠悠身後名。孫權語曹操：「春水方生，公宜〔一〕速去。」○王建詩：「池北池南草緑，殿前殿後花紅。」○鄭合敬詩：「春來無處不閑行，楚閏相看别有情。」張季鷹：「使我有身後名，不如生前一杯酒。」

【校記】

〔一〕「宜」，原作「日」，據宮内廳本改。

贈安大〔一〕師

獨龍岡北第三峯，逋客歸來老更慵。北山移文：「請回俗士駕，爲君謝逋客。」敗屋數椽青繚繞，冷雲深處不聞鐘。唐人詩：「重雲晦廬嶽，微鼓辨湓城。」此言陰晦之夕，鼓聲纔彷彿耳，亦猶鐘聲爲冷雲所隔，而不之聞也。

補注 宋祁詩：「谿霧鎖窗燈焰短，雪風敲竹磬聲微。」〔二〕

【校記】

〔一〕「大」，原作「太」，據宋本、本書目録改。

〔二〕本注原闌入題下，無「補注」二字。

送李生白華巖修道

白華巖主是金仙，假作山僧學道一作「坐」。禪。珍重此行吾不及，爲傳消息結因緣。白華巖在金谿，即仙巖也。巖主是爲寶月禪師，熙豐間人，居巖之絶頂，持戒誦經。猛獸馴伏，客至則遣去。又能以慧眼知人善惡事。李生名無咎，慕師之風，棄儒從之。介父在金陵，嘗遣人致師，師不出。邑人朱幹叔之子日嚴、日邁，爲余言如此。

寄道光大師

秋雨漫漫夜復朝，可嗟蔀屋望重霄。豐：「上六，豐其屋，蔀其家。」遥知宴坐無餘念，萬事都從劫火燒。劫火，見寄國清處謙注。

示報寧長老

白下亭東鳴一牛，事出西域記。山林陂港浄高秋。新營棗域我檀越，域，一作「棫」。字書云：「木名。」佛書云：「印度國造寺檀越名爲寺主。」公嘗乞以所居園屋爲僧寺，乞賜額劄子云：「臣幸遭興運，超拔等夷，知奬眷憐，逮兼父子。戴天負地，感涕難勝。顧迫衰殘，糜捐[一]何補，不勝螻蟻微願。以臣今所居江寧府上元縣園屋爲僧寺一所，永遠祝延聖壽。如蒙矜許，特賜名額，庶昭希曠，榮遇一時。仰憑威神，誓報無已。」公既捨宅爲寺，故云「我檀越」。曾悟布毛誰比丘？會通問鳥窠：「如何是和尚佛法？」師於身上拈起布毛，吹之，遂悟。時謂「布毛侍者[二]」。

【校記】

[一]「糜捐」，原作「摩損」，龍舒本作「糜損」；下「希曠」，原作「希廣」，均據宋本乞以所居園屋爲僧寺并乞賜額劄子改。

[二]「侍者」，宫内廳本作「比丘」。

紅　梨〔一〕

紅梨無葉庇花身，黄菊分香委路塵。義山詩：「幾度木蘭舟上望，不知元是此花身。」〔二〕歲晚蒼官纔自保，日高青女尚横陳。蒼官、青女，並見上注。杜審言詩：「降霜青女月，送酒白衣人。」○復齋漫録云：「荆公詩：『日高青女尚横陳。』横陳事，見相如賦及楞嚴經。青女者，主霜雪之神也，事見淮南子。公以青女爲霜，於理未當。如杜子美秋野詩云：『飛霜任青女。』乃爲當理。」梁昭明博山香爐賦云：「青女司寒，紅花緊景。」亦皆指爲雪霜神矣。復齋之説，姑存之。○楊文公梨詩：「九秋青女霜添味，五夜方諸月陷津。」則青女與霜，必兼言也。

【校記】

〔一〕此詩爲龍舒本卷七十五絶句九首之第三首。

〔二〕「舟」，原作「花」；「元」，原作「舡」，均據宮内廳本、全唐詩李商隱木蘭花改。「義山」，宮内廳本作「陸魯望」。

鵾

依倚秋風氣象豪，似欺黄雀在蓬蒿。退之病鵾詩：「晴日占光景，高風送追隨。遂凌紫鳳高，肯顧鴻鵠卑。」○韓偓玩水禽詩：「依倚雕梁欺社鷰。」不知羽翼青冥上，腐鼠相隨勢亦高。莊子：「蝍蛆甘帶，鴟鴉嗜鼠。」鹽鐵論曰：「泰山之鴟，啄腐鼠於窮澤，非有害人也。今有司盜主財而食之，焉得若泰山之鴟乎？」○淮南子亦有飛鳶墮腐鼠事。○鴟以喻小人不足道，而又有附之以顯者，猶腐鼠之於鴟也。

補注 史丹傳：「宣帝微時，依倚史氏。」〔一〕

【校記】

〔一〕本注原闌入題下，無「補注」二字。

驢二首

力侔龍象或難堪，維摩經云：「譬如龍象蹴踏，非驢所堪，是名住不思議解脱方便之門。」脣比僊人亦未慙。臨路長鳴有真意，盤山弟子久〔一〕同參。大集經有驢脣仙人。鎮州普化和尚，承嗣盤山。嘗振一鐸，行化城市。暮入臨濟院喫生菜。臨濟曰：「遮漢大似一頭驢。」師便作驢鳴。臨濟乃休。普化曰：「臨濟小厮兒，亦具一隻眼。」

【校記】

〔一〕「久」，宋本、叢刊本作「欠」。

其　二

雖得康莊亦好還，柳子厚牛賦：「不如羸驢，服逐駑馬。曲意隨勢，不擇處所。不耕不駕，藿菽自與。騰踏康莊，出入輕舉。」又，答問云：「且夫白羲騄耳之得康莊也，逐奔星，先飄風，而跛驢不出泥滓。」言於得意處不戀，亦知斂退也。康莊，大路。每逢溝塹便知難。無乘險僥倖之心。由來此物非他物，莫道何曾似仰山。大集經：「大梅法常禪師，一日謂其徒曰：『來莫可抑，往莫可追。』從容復聞鼯鼠聲。師曰：『即此物，非他物。汝善護持，吾今逝矣。』」僧問仰山：「和尚何似一頭驢？」

晚　春〔一〕

春殘葉密花枝少，睡起茶多酒盞疏。斜倚屏風搔首坐，滿簪華髮一床書。刺客傳：「八尺屏風，可超而越。」〇王昌齡詩：「妻子歡同數株柳，雲山老對一床書。」〇陳去非詩：「八尺屏風遮宴坐，一簾細雨獨題詩。」疑倣公作也。〇藝苑雌黃云：「僧惠洪冷齋夜話載介甫詩『睡起茶多酒盞疏』，『多』字當作『親』字，世俗傳寫之誤。洪之意，蓋欲以『少』對『密』，『疏』對『親』。予作荆南教官，與江朝宗匯者同僚，偶論及此，江云：『惠洪多妄誕，殊不曉古人詩格。此一聯，以『密』字對『疏』，以『多』字對『少』，正交股用之，所謂蹉對法也。』」

【校記】

〔一〕宋本、叢刊本無晚春以下九首。

樓上望湖〔一〕

樓上人腸渴欲枯，杜詩：「肺枯渴太甚，飄泊公孫城。」樓前終日望平湖。無舟得入滄浪去，爲問漁人得意無？

【校記】

〔一〕「湖」，宮内廳本作「潮」。

寄李道人

李生富漢亦貧兒，人不知渠只我知。跳過六輪中要峭，養成三界外愚癡。道人即李士寧，蓬州人，曾慥集仙傳誤云資州人。六輪、三界，皆佛氏語。

憶江南

城南城北萬株花，池面冰消水見沙。回首江南春更好，夢爲胡蝶亦還家。令狐楚詩：「縱有還家夢，猶聞出塞聲。」來鵬詩：「分明記得還家夢，徐孺宅前湖水東。」韓詩：「江空水見沙。」

對碁呈道原〔一〕

北風吹人不可出，清坐且可與君碁。明朝投局亦未晚，從此亦復不吟詩。評曰：造次古意，可傳。○投博局，見戲贈葉致遠注。言棋與詩之妨學也。

【校記】

〔一〕此詩本書重出，同卷四對碁與道原至草堂寺。龍舒本卷四十八、七十七亦兩出。

謝微之見過 王晳，字微之。

此身已是一枯株，翟湯謂庾亮曰：「使君直敬其枯木朽株耳。」公詩累有枯木之語，蓋晚而師瞿曇者也。程氏嘗云：「今語道則須待要寂滅湛静，形便如槁木，心便如死灰。豈有直做墻壁木石，而謂之道？所貴乎智周天地萬物而不遺。」又：「幾時要如死灰？所貴乎動容周旋中禮。又幾時要如槁木？論心術，無如孟子也。」又謂：「必有事焉。今既如槁木死灰，則却於何處有事？」所記交朋八九無。杜詩：「訪舊半爲鬼，驚呼熱中腸。」唯有微之來訪舊，天寒幾夕擁山爐。

惜　春

滿城風雨滿城塵，淺紫殘紅謾惜春。春去自應無覓處，可憐多少惜花人。唐人崔櫓詩：「春意自知無主惜。」杜〔一〕詩：「莫怪杏園憔悴去，滿城多少惜花人。」

【校記】

〔一〕「杜」，宫内廳本作「小杜」，此爲杜牧杏園詩句。「杜詩」上原衍「春時」兩字，删。

寄北山詳大師〔一〕

一作和平父寄道光法師。

欲見道人非一朝，杖藜無路到青霄。千巖萬壑排風雨，想對銅爐柏子燒。晉顧愷之還荆州，人問以會稽山川之狀，愷之云：「千巖競秀，萬壑争流。草木蒙籠，若雲興霞蔚。」東坡詩：「銅爐燒柏子。」

【校記】

〔一〕宋本、叢刊本題作「和平父寄道光法師」。

子貢

一來齊境助奸臣，臣，謂齊田常也。子雖説令無伐魯，而其詞云：「臣聞憂在外者攻弱。今君憂在内，故曰：『不如伐吳。』」如此，是助姦也。去誤驕王亦苦辛。爲吳之計，莫急於破越。子貢乃謂夫差〔一〕：「王者不絶出，伯者無強敵，宜置越而伐齊。」又爲吳東見越王，令出師。以後子貢去而之魯，吳王果大齊師於艾陵，以兵臨晉，敗於黄池。越遂乘間滅吳。故詩稱「誤」也。魯國存亡宜有命，區區飜覆亦何人？評曰：信大於國，身重於天下。○言國之廢興存亡自有天命，乃飾詐設辭如儀、秦之爲，雖能存宗國，不足進也。

【校記】

〔一〕「夫差」，原作「夫楚」，據宫内廳本改。

補注　示報寧長老　布毛　婺州入雲山，遇臻禪師秋分閑坐，頌曰：「□庭蕭一風颼一，日虚列空爲魄高，指頤静坐神通爲，烏巢無端吹布衣。」

庚寅增注第四十八卷

中秋夕寄平甫諸弟　公早有詩名，嘗見歐公折簡遺人云：「得介甫新詩數十篇，皆奇絶。喜此道不絶，故以相告。」意歐公所見，皆其早年詩耳。使及見其晚年所賦，當作如何歎譽也！

靈山　水玉　劉向列仙傳：「赤松子服水玉。」據此，則水精亦可服，如雲母之類云。

初晴　黯淡紅　白樂天詩：「闇淡緋衫稱我身。」

釣者　亡友譚季壬之大父勉翁亦有詩：「漁翁何事亦從戎？變化神奇抵掌中。莫道直鈎無所取，渭州一釣得三公。」

贈僧　身似嶺雲閑　岑參太白山胡僧歌云：「心將流水日清浄，身與浮雲無是非。」

嘲叔孫通　馬上功成不喜文　陸賈時帝前説詩、書，帝駡曰：「乃翁居馬上得之，安事詩、書？」賈曰：「馬上得之，寧可以馬上治乎？向使秦并天下，行仁義，法先聖，陛下安得而有之？」帝不懌，有慙色。

寄伯兄　鮆魚肥　晉虞嘯父謂晉孝武：「天尚温，鮆魚蝦鮓，未可致，尋當有所獻。」帝大笑。觀此，則制之美可知已。○古語又云：「寧去累世宅，不去制魚額。」

魚兒　**魚兒相逐尚相歡**　孔子順曰：「先人有言：『鷰雀處屋，子母相哺，呴呴焉相樂也，自以爲安矣。竈突炎上，棟宇將焚，鷰雀顔色不變，不知禍之將及己也。』今魏不悟趙破患將及己，可以人而同於鷰雀乎！」

天童山溪上　夷堅戊志第八卷載，邵武龔女冠夢至一所，如僊府然，且命己教童子數百，誦天童溪上詩。既覺，爲人誦之，即荆公此詩。豈公詩不止傳人間，亦傳天上耶？

別鄞女　**三十已衰翁**　一本作「年登三十」。史記：「東門……叔孫……若皆蚤世猶可，若登以年載其毒，必亡。」〔一〕

寓言三首　**生聖解**　僧寶傳第三：「或問：『四種料簡語，料簡何法？』對曰：『凡語不滯凡情，即隋聖解，學者大病。』」

其三　**真照**　柳詩：「滌慮發真照，還源蕩昏邪。」

春日即事　**何用悠悠身後名**　魏文帝詩：「人生如寄，多憂何爲？」○李白詩：「處世若大夢，胡爲勞其生？」皆此意也。○陶弘景云：「仙障有九，名居其一。使吾不白日升天，正坐三朝有浮名耳。」以此知仙者亦畏名，乃謂妨其仙耳。

贈安大師　**冷雲深處不聞鐘**　宋祁詩：「谿霧鎖窗燈焰短，雪風敲竹磬聲微。」亦此意也。

報寧長老　**棗域**　此當言寺，非指木也。漢書有「日域」。吕后傳有「踏鞠之域」。棗域，必釋氏事，未詳。

紅梨　**紅梨無葉庇花身**　歐公言：「峽州州宅中有千葉紅梨花，無人賞。太守朱郎中始加欄檻，命坐客賦之。」此言無葉，謂搖落時耶？

寄李道人　養成三界外愚癡

柳州净土院記：「有能歸心是土者，然後出三界之外。」然陳圖南快活歌云：「不修福，不造罪，不居中間及内外。」此又高一著也。○又古宿偈：「已決一切愚癡膜。」

對碁呈道原　從此亦復不吟詩

歐公詩：「死生壽夭無足道，百年長短能幾時？但飲酒，莫吟詩，子其聽我言非癡。」

【校記】

〔一〕此条出國語周語中，不見於今本史記。

王荊文公詩卷第四十九

律詩

仁宗皇帝挽詞〔一〕四首

去序三朝聖，三朝，謂太祖、太宗、真宗。○杜子美〔二〕玄元皇帝廟詩云：「九聖聯龍袞。」行崩萬國天。列子天瑞篇：「杞國之人，憂天地崩隕，身無所寄，廢寢食者。」憂勤無曠古，言勤勞無逸，過於商宗，曠古所未有。治洽最長年。書畢命〔三〕云：「道洽政治，澤潤生民。」仁育齊高厚，史載聖度漠然，以大公爲心。有善則進，有惡則退，不爲喜怒憂情之所移。又容受直言，任人不疑，故人人得以盡其誠。其事天地宗廟，齋栗如不勝。或值水旱，必跣足露立，致禱於禁中。愛重民力，無所興築。三司嘗欲以玉清舊地爲苑，不許。平居儉約，所御帷幕衾幬，多以繒絁爲之。異時歲凶，州郡畏罪，□不敢言，使民不得除税。乃著令無罪吏，聽除民租。又遇奏水災者，有司請罪之。上曰：「不猶愈於奏祥瑞乎？」天下大辟有疑，若情可矜者，皆令上讞，所活歲千計。吏坐失入死罪，皆終身不得遷。嘗諭輔臣曰：「朕未始詈人以死，況敢濫刑罰乎？」程顥伯淳言：「仁祖時，北使進言：『高麗自來臣屬北朝，近來職貢全缺，殊失臣禮。今欲加兵，又聞臣屬南朝，今來報知。』仁祖不答。及將去也，召而前，語之曰：『適議高麗事，朕思之，只是王子罪，不干百姓事。今既加兵，王子未必能誅得，且是屠戮百姓。』北使遂屈，無答，不覺汗流浹背，俯伏於地。歸而寢兵佗郡，不言彼兵事勢。只看這一个天地之量，亦誠有以格佗也。」哀思罄幅員。詩長發：「幅隕既長。」注：「幅，廣也；隕，均也。」箋云：「隕，當作『員』。員，謂周也。」公詩用鄭箋。史稱：「遺制之下，雖深山窮谷，莫不奔走悲號而不絕。豈非德澤涵養之至？廟號曰『仁』，不亦宜乎！」欲知千載美，道德冠遺編。仁宗御集一百卷，如欹器後述、政化述、寶訓要言序、觀文鑒古圖序，皆列之卷首。

【校記】

〔一〕「詞」，龍舒本、宋本、叢刊本作「辭」，下同。

〔二〕「杜子美」，原作「杜詩云」，據宮内廳本改。

〔三〕「書畢命」，原作「壽辛命」，據尚書正義改；下「政治」，原作「長年」：據尚書正義及宮内廳本改。

其二

賈誼傳：「故陛九級上，廉遠地，則堂〔一〕高。」注：「級，等也；廉，側隅也。」

憑几微言絶，上疾急，指心不能言。詩意或指此。○書顧命：「相被冕服，憑玉几。」○前漢藝文志：「仲尼没而微言絶。」羣臣涕泗揮。哀號三級陛，長安記：「含元殿前玉階三級，第一級可高二丈許，第二級、第三級各高五尺，間以螭頭，東西鱗次。」縞素九重圍。「圍」字，又作「闈」，禁闈之義。○天子有九門，謂關門、遠郊門、近郊門、城門、臯門、庫門、雉門、應門、路門也。九辨云：「豈不鬱陶而思君兮，君之門以九重。」據楚詞，則「九重」謂九門也。○退之詩：「豈識天子居，九重鬱沉沉。」天上仙游遠，宮中御座非。最悲帷幄侍，不復未明衣。漢昭未明求衣。

【校記】

〔一〕「堂」，原作「崇」，據漢書賈誼傳、宮內廳本改。

其三

仁宗以三月末昇仙，故傅堯俞挽詩有「感莫春歸」之句。

厭代人間世，莊子天地篇：「千歲厭世，去而上仙。乘彼白雲，至於帝鄉。」收神天上游。遽然虛玉座，不復望珠旒。柳子厚詩：「忽疑朝玉皇，天冕垂前旒。」選詩：「玉座猶寂寞，況乃妾身輕。」○杜詩：「苔稼玉座春。」○仁宗聖性恭儉。至和二年春，不豫。兩府人臣日至寢閤問聖體，見上器服簡質，用素漆唾盂子、素甆盞進藥，御榻上衾褥皆黃絁，色已故暗，宮人遽取新衾覆其〔二〕上，亦黃絁，然外人無知者，惟兩府、侍人因見之爾。待旦移巾幘，饔人改饍羞。「待旦」對「饔人」，恐兩句上必有一誤。周禮內饔注：「饔，割烹煎和之稱。」內臣昭信掌內饔十五年，上嘗面戒曰：「動活之物，不得擅烹。」深惡於殺也。○魏泰記：「仁宗聖性仁恕。一日晨興，謂近臣曰：『昨夕因不寐而甚飢，思食燕羊。』侍臣曰：『何不降旨取索？』仁宗曰：『比聞禁中每有取索，外而遂以爲例。誠恐自此逐夜宰殺，以備非時供應，則歲月之久，害物多矣。豈可不忍一夕之餒，而啓無窮之殺也？』時左右皆呼萬歲，至有感泣者。」○陳師道記：「十閤獻蛤蜊，每枚千錢，一獻二十八枚。仁宗曰：『我當戒爾輩勿爲侈靡，今一下箸費二十八千，吾不甚也。』遂不食。」尋常飛白几，寂寞暗塵浮。魏公作哀册文：「至帚之揮，千奇萬巧。」謂飛白也。歐公云：「仁宗萬機之暇，無所翫好，唯親翰墨，而飛白尤爲神妙。凡飛白，以點畫象物形，而點最難工。至和中，有書待詔李唐卿撰飛白三百點以進，自謂窮盡物象。上亦頗佳之，乃特爲『清淨』二字以賜之，其六點尤爲奇絶，又出三百點外。」○梁武帝謂蕭子雲曰：「蔡邕飛而不白，羲之白而不飛。飛白之間，在卿斟酌耳。」事見廣記。

【校記】

〔一〕「其」，原作「美」，徑改。

其四

同軌羣方至，因山七〔二〕月催。隱公元年：「天子七月而葬，同軌畢至。」注云：「同軌，以别四夷之國。」○文帝遺詔：「覇陵山川因其故，無有所改。」「因山爲藏，不復起墳。山下川流不絶，就其水名爲陵號。」永違天日表，李密見太宗曰：「龍鳳之姿，天日之表。」空有肺肝摧。杜詩：「塌然摧肺肝。」○帳殿流蘇卷，李賀詩：「桂帳流蘇暖。」鈴歌薤露哀。後漢禮儀志：大行「載車著白系参繆紼，長三十丈，大七寸，爲挽，六行，行五十人。公卿以下子弟凡三百人，校尉三人，候司馬丞〔三〕爲行首，皆銜枚。羽林孤兒、巴俞擢歌者六十人，爲六列。鐸司馬八人，執鐸先。」言挽者振鐸而歌，其聲哀也。薤露歌，見車載板注。宮中垂曉軔，西去不更回。離騷經：「朝發軔乎蒼梧兮，夕余至于縣圃。」言宮車曉而發軔，遂歸藏也。

【校記】

〔一〕「七」，龍舒本、宋本、叢刊本作「十」。

〔二〕「丞」，原作「亟」，據後漢書禮儀志、宮内廳本改。

英宗皇帝挽詞二首

御氣方尊極，莊子：「御六氣之辨。」「氣」，疑爲「御宇」，緣下已有「乘雲」。又白樂天開成皇帝挽歌：「御宇恢皇化，傳家叶至公。」乘雲已沉〔一〕寥。乘彼白雲，見前篇。衣冠萬國會，陵寢百神朝。王維詩：「萬國衣冠拜紫宸〔二〕。」又退之太后挽詩：「追攀萬國來，警衛百神陪。」夏鼎傳歸啓，虞羹想見堯。誰當授椽筆，論德在瓊瑶。鼎，謂禹鑄九鼎。史記：「帝禹東巡狩，至於會稽而崩。以天下授益。三年之喪畢，益讓帝禹之子啓，而辟居箕山之陽。禹子啓賢，天下屬意焉。及禹崩，雖授益，益之佐禹日淺，天下未洽，故諸侯皆去益而朝啓，曰：『吾君，帝禹之子也。』於是啓遂即天子之位。」此言嗣聖歷數所歸如故也。○後漢李固傳：「舜坐，見堯於墻；食，見堯於羹。」言聖情追慕之切，如舜之於堯也。

【校記】

〔一〕「沉」，諸本作「泬」。

〔二〕「紫宸」，宋蜀刻本王摩詰文集和賈舍人早朝大明宫之作作「冕旒」。

其二

玉册上鴻名，猶殘警蹕聲。按，治平四年正月庚戌朔，宰臣韓琦等上尊號曰「體乾膺歷文武聖孝皇帝」，至初八日上仙，故云「猶殘警蹕聲」，蓋紀事實也。忽辭千歲祝，祝聖人壽，詳見上注。虚卜五年征。左氏襄公十三年：「石臭言於子囊曰：『先王卜征五年，而歲習其祥。』」注：「征，謂巡狩征行。」〇〔一〕孫奭諫書：「陛下始畢東封，更議西幸，殆非先王卜征五年謹重之意。」羽衛悲哀送，退之豐陵行：「羽衛煌煌一百里，曉出都門葬天子。」山陵指顧成。陝西之民供厚陵之役，不比嘉祐十分之一。韓子華曰：「非上旨丁寧，不能如是。」歐陽文忠公曰：「上云：『朕成先帝之志，天下必不以朕爲不孝。』」〇漢文紀：「作〔二〕顧成廟。」應劭注：「言『制度卑狹，若顧望而成，猶靈臺不日成之，故曰顧成』。」謳歌歸聖子，世孝在持盈。公雖有「持盈」之句，而素論乃主變法。

【校記】

〔一〕「〇」，原作「一」，從宫内廳本改。

〔二〕「作」，原作「注」，據漢書文帝紀改。

神宗皇帝挽詞二首

元豐八年乙丑，神宗升遐。明年，元祐改元，公亦薨。進此詩時，公爲集禧觀使。蓋自熙寧十年至是，里居適九年矣。○曾子開哭公詩：「天上龍胡斷，人間鵩鳥來。」

將聖由天縱，語子罕〔一〕：「天縱之將聖。」成能與鬼謀。易：「天地設位，聖人成能。人謀鬼謀，百姓與能。」聰明初四達，舜典：「達四聰。」雋乂盡旁求。評曰：十字盡當日倚任意。第「初」字不滿，在今人則以爲謗。諸老風流篤厚，未嘗及此。○書序：「旁求儒雅，以闡大猷。」説命：「旁招俊乂，列於庶位。」又：「聿求元聖，與之戮力。」言神考初御極，勵精爲治，欲追三代之時也。公亦以自與。一變前無古，語雍也：「魯一變，至於道。」此言神考之變法，高出百王也。三登歲有秋。前漢食貨志：「民三年耕，則餘一年之蓄，餘三年食，進業曰登，再登曰平，餘六年食；三登曰泰平，二十七歲，餘九年食。然後至德流洽，禮樂成焉。故曰：『如有王者，必世而後仁。』繇此道也。」○盤庚：「若農服田力穡，乃亦有秋。」謳歌歸子啓，欽念禹功修。此句啓後來紹述之張本。

【校記】

〔一〕「子罕」，原作「子固」，據論語及宮内廳本改。

其二

城闕宫車轉，山林隧路歸。言自城闕而歸山林，亦古詩「華屋山丘」之意。○左氏：「重耳請〔一〕隧，襄王曰：『王章也。』」注：「闕地通路曰隧。」蒼梧雲未遠，姑射露先晞。舜葬於蒼梧之野。雲，則「乘彼白雲」之意。蒼梧、姑射，皆指陵闕也。杜詩：「回首叫虞舜，蒼梧雲正愁。」玉暗蛟龍蟄，西京雜記曰：「漢帝及諸侯王，葬皆珠襦玉匣，形如鎧甲，連以金縷。匣上皆鏤爲蛟龍、鸞鳳、龜麟之象，時謂蛟龍玉匣。」玉暗，亦言歲久，玉色故暗也。」易繫辭：「龍蛇之蟄，以存身也。」杜詩：「蛟龍欲蟄寒沙水。」金寒鴈鶩飛。評曰：尋常對偶，而有以爲極工者。○昭公四年：「金寒玦離。」○拾遺録：「日南之南有瑶泉，時有鳧鴈，色如金玉，羣飛戲於沙瀨。羅者得之，乃真金鳧也。昔破酈山之墳，行野者見金鳧向南而飛。至寶鼎元年，張善爲日南太守，郡民有見金鳧以貢善。善博識多通，考其年月，即是秦皇墓金鳧也。」○劉向傳諫厚葬疏：「水銀爲江海，黄金爲鳧鴈。」老臣他日淚，湖海想遺衣。評曰：此老佛心腸，無甚情事。○遺衣，如黄帝昇天遺弓劍之類。

【校記】

〔一〕「請」，原作「諸」，據左傳僖公二十五年、宫内廳本改。

太〔一〕皇太后挽詞二首

慈聖光獻仁宗曹后也。元豐三年庚申十月二十日上仙。明年三月山陵，詔百官各進挽詞二首。公時奉祠里居，進此。

國賴姜任盛，門歸馬鄧高。

后漢明帝明德馬后、和熹鄧后。詩：「厥初生民，時維姜嫄。」后稷母也。○大明詩：「太任有身，生此文王。」后祖父贈唐王彬、父玘，尚書虞部員外郎，故云「門高」。

關雎求窈窕，卷耳念勤勞。

評曰：十字欲不可動。○關雎：「窈窕淑女，寤寐求之。」郭氏既退，王〔二〕聘后入宮，詔平章事李迪、參知政事王隨持節授册，立爲皇后。妙選而入，故云「求」也。○卷耳，知臣下之勤勞，內有進賢之志。公詩義云：「卷耳，言后妃之志。后妃不得預闑外之事，而其所以輔佐君子，思相與濟大業者，乃其志也。惟有是心，則其於險詖私謁、敗德亂政之事遠矣。」公意蓋謂可以有其志，不可有其事也。是時臣僚如吳丞相沖卿、從臣元絳、王存、鄧潤父、何洵直皆進詞，傳於中外。或謂公關雎、卷耳之句固美矣，然止后妃事而已。此可謂繆論。詩固當揔論平生之美，何嫌言后妃事耶？況後篇又用啓母、文母事。

聖淑才難擬，休明運繼遭。岡原今獻卜，維〔三〕扆正攀號。

聖淑休明，謂定儲嘉祐，復辟治平。又神廟御製詞亦云「燕翼功參九，安榮世歷三」也。時高太后、向太后皆侍。○國史稱后才高慮深。至和、嘉祐中，仁宗數得疾，或至危殆不知人。天下憂恐，賴后扶持，卒無事。治平、熙寧時，陰功隱德，著於天下。升遐之日，四海想慕，老臣宿將尤哀不自勝。○英宗感疾，后垂簾聽政。○二府每於前殿奏事罷，詣小殿奏太后。后意有疑其未盡者，則曰：「公等更議之。」再奏，盡善乃可，未嘗自出己意。事涉曹氏及內臣者，無絲毫優假。中外章奏下二府者，日不減五十通。二府考會擬議，近者數日，遠者旬月，然後進呈。后一一記舉大意，無所忘失。富弼時爲樞密使，退謂副使吳奎曰：「君后〔四〕彊記，能如是乎？」奎曰：「奎於經史，誦之五十過，則終身不忘，至於公文叢委，一覽而記之，非所及也。」后博覽經史，往往成誦，每議政事，多引以爲證。觀此，可見后之才。東坡所謂「高出古人之右」，信矣。

【校記】

〔一〕「太」字原缺，據目録及龍舒本、宮内廳本補。又，宋本、叢刊本題作「慈聖光獻皇后挽辭二首」。

〔二〕「王」，宮内廳本作「上」。

〔三〕「維」，宋本、叢刊本作「帷」。

〔四〕「后」，宮内廳本作「名」。

其二

塗山女德茂，塗山，啓母也。漢外戚傳：「自古受命帝王及繼體守文之君，非獨内德茂也，蓋亦有外戚之助焉。」京室母才難。周頌思齊〔一〕：「思媚周姜，京室之婦。」注：「京室，王室也。」○語泰伯篇：「武王曰：『予有亂臣十人。』孔子曰：『才難，不其然乎？唐虞之際，於斯爲盛。有婦人焉，九人而已』。」注：「謂文母。」○后待裕陵，慈愛天至。上御朝，退稍晚，后必自至屏扆候之，或自持飲食以待〔二〕上。始終十餘年，外廷不盡知。在仁宗時，英宗方四歲，仁宗命后鞠養，後雖出外邸，問賜不絶。宣仁聖烈皇后，后之甥也，亦四歲，與英宗同時鞠於后所，后深愛之。仁宗謂后：他日必以歸英宗。后許諾。仁宗晚年春秋高，繼嗣未立，天下寒心。后居中佐決大策，遂以英宗爲子，入居慶寧宫，后待之恩意尤密。嘉祐末，仁宗中夜暴得疾，崩。后令左右毋得輒動，歛諸門鑰，悉置於前，乃發喪，授衛士甲宿衛畢，召皇子入。左右請帝即位，后曰：「不可，須宰相至。」乃召韓琦等。及明，宰臣等方入。琦至，慟哭不敢發言。后曰：「皇子，先帝所立。」於是琦奉英宗即位，尊后爲皇太后。具美多前志，餘光永後觀。韓文：「孰云具美，而不永年？」又：「善并美具。」○神廟御製云：「軒輝雖揜北，風教自存南。」遺衣還館御，祖載出宮菆。蔡邕傳：「恒思皇后祖載之時，東郡有盗人妻者，亡在孝子中。」陸士衡詩：「死生各異倫，祖載當有時。」注：「祖，始也。謂移柩車爲引之始。」終始神孫孝，長留萬國歡。孝經：「昔者明王以孝治天下也云云，故得萬國之歡心。」神宗即位，易后宮名曰慶壽。上事后致極誠孝，所以娛悦后無不至。在宮中，從后行，必扶掖，視膳定省唯謹。元豐元年正月望夜，后以齒疾，不御樓觀燈。閏月望夜，上於禁中爲后再張燈靈臺，妓樂俱入。后嘗幸金明池，上豫爲百寶酒舡，其日馳以上壽。嘗得水疾，御醫不能愈，會樞密院檢詳官薛昌朝以病水，得老兵王舉者治之愈。上訪知之，即召入治，后亦愈。上大喜，除舉翰林醫官，賜金紫服，賞賚甚厚。故事，外家男子未嘗得入謁。后既高年多疾，佾亦老，上常爲后言，宜數召見，以自慰懌，后輒不許；請遷佾官，亦不許。一日，佾因侍上從容，上固爲之請得入謁，后乃許之。上自與佾同至后閤，坐少頃，上先起，令佾得伸親親意。后遽謂佾曰：「此非若所當留也。」趣隨上出。上既除后喪，每朝謁景靈，哀慟左右，間召佾子評、誘至神御前行家人禮。六年正月，當朝謁，諫官趙彦若言：「竊見聖情思慕，猶如前時，公卿侍臣，無不惻楚。慶壽變除，歲月漸〔三〕遠，而少陽用事，生氣尚微。若孝思發中，或復感動，慮於時令有所未順。欲望抑忍聖意，奉承天時。」上雖嘉其言，及朝饗，哀慕如初。右國史並載，可見裕陵始終孝愛之盡。〇范忠宣作光獻挽詞亦云：「聖主孝思形四海，千秋萬歲詠烝〔四〕哉。」

【校記】

〔一〕「思齊」，出自詩大雅，非詩周頌。

〔二〕「待」，宫内廳本作「食」。

〔三〕「漸」，原作「斬」，據宫内廳本改。

〔四〕「蒸」，宫内廳本作「烝」。

吴正肅公挽詞三首 名育。○公嘗舉賢良，終河南守，葬鄭。介甫舉進士時，公知舉。〔一〕

昔繼吴公治，漢河南守吴公，治平爲天下第一。今從子産游。昭公二十年：「子産卒，仲尼聞之，出涕曰：『古之遺愛也。』」里門無舊客，鄉國有新丘。歐公作吴墓誌云：「吴氏世爲建安人，自曾、高〔二〕以來，皆葬建州之浦城。至公始葬其皇考於新鄭。」公從葬焉。若言鄉國，當謂建州。今顧指新鄭，蓋正肅已葬親於鄭矣。謀讓裨諶遠，襄公三十年：「裨諶能謀，謀於野則獲，謀於邑則否。」文歸賈誼優。公天聖中試禮部爲第一，遂中甲科，時年尚少。此時辜怨寵，西望涕空流。怨寵，未詳。

【校記】

〔一〕宋本、叢刊本題作「正肅吴公挽辭三首」，以本首爲第三首，以下爲第一、二首；下注中無「名育」二字，「介甫」作「予」。龍舒本無題注。

〔二〕「曾、高」，歐陽修居士集資政殿大學士尚書左丞贈吏部尚書正肅吴公墓誌銘作「高、曾」。

其二

從容邊塞議，元昊初叛，公獨言：「夷狄不識禮義，宜勿與校，許其所求，彼得無詞以動，然後飭邊備以待之。」時方鋭意攻討，不以爲然，卒如公策。慷慨〔一〕廟堂争。公嘗與賈丞相争事上前，殿中人皆失色，公論辨不已。既而曰：「臣所争者，職也，顧力不能勝，願得罷去。」時爲參知政事。公在政府，又嘗論駁魚周詢乞因災異方試賢良事。曲突非無驗，霍光傳：「今論功而請賞，曲突徙薪亡恩澤，焦頭爛額爲上客。」方穿有不行。史記：「淳于髡曰：『稀膏棘軸，所以爲滑也，而不能運方穿。』」朝廷〔二〕一作「搢紳」。終倚賴，公始自樞府出，連典數州，後卒召還，判都省，除宣徽使，帥鄜，遷〔三〕改河中。賻襚極哀榮。豈愧一作「慕」。公孫相〔四〕，平生慕〔五〕一作「學」。董生。轅固言：「公孫子務正學以言，無曲學以阿世。」此言公以直道，卒不至宰相。

【校記】

〔一〕「慷慨」，龍舒本作「抗疏」。

〔二〕「朝廷」，宋本、叢刊本作「搢紳」。

〔三〕「遷」，宮内廳本作「延」。歐陽修正肅吴公墓誌銘載：吴育「拜宣徽南院使、鄜延路經略安撫使，判延州。」

〔四〕「豈愧」句，宋本、叢刊本作「豈慕公孫貴」。

〔五〕「慕」，宋本、叢刊本作「學」。

其　三

應世文章手，宜民政事才。公爲政簡嚴，所至，民樂其不擾。去雖久，愈思之。知襄城縣，宗室宦官往來上冢，不敢犯。治開封，尤先豪猾，曰：「吾何有以及斯人？去其爲害者而已。」朝多側目忌，仁宗嘗語輔臣：「吳育剛正可用，但嫉惡太過耳。」觀此，宜爲小人所忌也。汲黯傳：「令天下側目而視矣。」士有拊心哀。古詩：「苦哉遠征人，拊心悲如何？」書蠹平生簡，香寒後夜灰。悠悠國西路，空得葬車回。吳葬鄭州。

賈魏公挽詞二首〔一〕

昌朝字子明，謚文元。○自仁宗徙爲開封人，英宗治平二年薨。

功名烜赫在三朝，文元天禧元年以文章召試，賜同進士出身，以經術大顯於仁宗時，卒於英宗治平二年七月，故云「三朝」。經術從容輔漢條。儒服早紆丞相紱，文元慶曆五年自樞密使拜集賢相，兩月，升昭文相。戎冠再插侍中貂。戎冠，謂帶節鉞也。文元皇祐元年以檢校太師兼侍中判鄭州，嘉祐元年判大名，時又進封許國公兼侍中。方避，未聽，而以樞密使召，卒罷侍中，乃帶平章事兼樞密使。三年，以鎮安節右僕射檢校太師兼侍中，充景靈宮使。至治平元年，求還侍中，至六七，不許。今云「再插」，蓋一次除而不拜也。又呂晦叔奏疏云：「臣伏見正侍中，自國朝以來，罕曾除授，如賈昌朝、文彦博輩，皆以節度使、樞密使兼領。至於真拜，則自范質、趙普後，惟丁謂、馮拯、韓琦以受遺宰相，故有殊命。今來富弼已當大任，欲乞因其固辭，與免兼侍中，遂其謙守。」開倉六塔流民〔二〕復，六塔，河名也。公爲大名，河決商胡，出倉廩與被水百姓，舍其流棄，接以醫藥，所活九十餘萬口。出甲甘陵叛黨銷。甘陵，貝州也。公安撫河北，王則反貝州，亟命部將王信、孟元、郝質持兵操攻具往，且請自出搏賊，不許。終賊所以破，功居多。東第秖今空畫像，司馬相如傳：「居列東第。」師古曰：「東第，甲宅也。居帝城之東，故曰東第。」當時於此識風標。

【校記】

〔一〕宋本、叢刊本題作「文元賈公挽辭二首」。

〔二〕「民」，宋本、叢刊本作「人」。

其二

銘旌蕭颯九秋風，薤露悲歌落月中。華屋幾人思謝傅〔一〕，華屋，用羊曇事。佳城今日閉滕公。西京雜記：「滕公得石槨銘曰：『佳城鬱鬱，三千年，見白日，吁嗟滕公居此室。』」名垂竹帛書勳在，神寄丹青審象同。説命篇：「乃審厥象。」天上貂蟬曾夢賜，吴曾漫録：「賈文元公母史夫人方妊娠，父注夢使者持大笏，奉貂蟬、紫綬、玉簡，揖令受賜。既寤，告史曰：『若生子，必爲宰輔。』翌日生文元公，命名昌朝。」歸魂應侍〔二〕紫陽宫。子由作張樂全挽詩：「聞道騎箕尾，還應事玉宸。」皆言死而復爲仙也。〇唐張賁詩：「酒後只留滄海客，香前惟見紫陽君。」〇李涉黄葵詩：「好逐秋風天上去〔三〕，紫陽宫女要頭冠。」

【校記】

〔一〕「謝傅」，宋本、叢刊本作「賈傅」。

〔二〕「侍」，宋本、叢刊本作「佩」。

〔三〕「逐」，原作「起」，據宫内廳本、全唐詩李涉黄葵花改；「天上」，全唐詩作「上天」，注曰：「一作『天上』。」

晏元獻公挽詞三首〔一〕

殊，字同叔。

文章晉康樂，經術漢公孫。比之謝靈運、公孫弘，與曾子固作公類要序，皆有微意。舊秩疑丞貴，公薨時，階已儀同三司。先雖遷尚書左丞，恐非指此。蓋前丞後疑，在古皆宰相也。前功保傅尊。前功，必謂公在仁宗爲儲副時，居保傅之任也。初，公任館職，真宗嘗論大臣：「近聞館閣臣僚，無不嬉游宴賞，惟殊杜門與兄弟讀書。如此謹厚，正可爲東宫官。」後卒相仁宗，實基於此。傳呼猶在耳，會哭已填門。蕭瑟城南路，嗚笳上九原。九原，出檀弓。公葬陽翟。○柳子厚書：「排門填户。」

【校記】

〔一〕宋本、叢刊本題作「元獻晏公挽辭三首」，龍舒本無「公」字。

其二

終賈年方妙，蕭曹地已親。杜詩：「扈聖登黄閣，明公獨妙年。」蕭、曹，言故人也。終、賈，謂公以童子被遇爲宫官。優游太平日，密勿老成人。抗論辭多秘，公既左右東宫，真宗所咨訪，多以方寸小紙細書問之，由是參預機密。凡所對，必以其藁進，示不洩。其後悉閲真宗閣中遺書，得公所進藁，類爲八十卷，藏之禁中，人〔二〕莫之見也。賡歌迹已陳。功名千載下，不負漢廷〔二〕臣。賈誼傳：「漢廷臣無出其右者。」

【校記】

〔一〕「人」字原脱，據宮内廳本補。

〔二〕「廷」，宋本、叢刊本作「庭」。

其三

感會真奇遇，飛揚獨妙齡。他年西餞日，書：「寅餞納日，平秩西成。」此夜上騎星。謂送真廟山陵也。傳説事，見莊子。楚詞亦云：「奇傅説之託星辰兮，羡韓衆之得一。」宿惠留藩屏，公嘗爲應天府、潁、陳、許州，知永興軍，徙河南府，皆有惠政。餘忠在禁廷〔一〕。音容無處所，髣髴寄丹青。公喜薦士，其得人最多。范忠文挽公詞亦云：「平生欲報國，所得是知人。」而公詩乃不及此。

【校記】

〔一〕「廷」，宋本、叢刊本作「庭」。

韓忠獻挽詞二首[一]

琦，字稚圭。

心期自與衆人殊，南史向柳傳：「柳與顏峻友善。及峻貴，柳猶以素情自許，不推先之。范璩戒柳曰：『名位不同，禮亦異數。卿何得作曩時意耶？』柳曰：『我與士遜心期久矣，豈可一旦以勢利處之？』及柳涉義宣事繫獄，峻竟不助之，柳遂伏法。」骨相知非淺[二]丈夫。獨斡斗杓環帝座，公爲相十年，雖有同相者，而大事多公專之，故云「獨斡」也。親扶日轂上一作「繼」。天衢。仁宗春秋高，繼嗣未立，公乞立皇子，是爲英宗。英廟屢疾，公又乞早定國本，以安衆心，乃立潁王爲皇太子，時治平三年十二月也。神宗旋即尊位。鋤耰萬里山無盜，商君傳：「山無盜賊。」衮繡三朝國有儒。三朝，謂相仁宗、英宗、神宗。爽氣忽隨秋露盡，謾憑[三]一作「但留」。陳迹在龜趺。唐葬令：「五品以上墓表，爲龜趺螭首，高九尺；七品爲碣，方趺圓首，其高四尺。」

【校記】

[一]宋本、叢刊本題作「忠獻韓公挽辭二首」。

[二]「淺」，龍舒本作「賤」。

[三]「謾憑」，宋本、叢刊本作「但留」。

其二

兩朝身與國安危，公與魏公啓云：「英宗以哀疚荒迷，慈聖以謙冲退託，内揆百官之衆，外當萬事之微。國無危疑，人以静一。周勃、霍光之於漢，能定策而終以致疑；姚崇、宋璟之於唐，善致理而未嘗遭變。記在舊史，號爲元功。未有獨運廟堂，再安社稷，弼亮三世，敉寧四方，崛然在諸公之先，焕乎如今日之懿。」典策哀榮此一時。木稼曾〔一〕聞達官怕，舊唐書讓皇帝傳云：「開元二十九年，京城寒甚，嚴霜封樹。時學者以爲春秋『雨木冰』即此是，亦名樹介，言其象介胄也。憲見而嘆曰：『此俗所謂樹稼者也。諺曰：樹稼達官怕。必有大臣當之，吾其死矣。』十一月，薨。」○元豐初，雨木冰，又華山崩，故推以爲公薨之應。介父最不喜劉向諸儒洪範傳傳會災異之説，獨此推之於事云。山頽果見哲人萎。檀弓：「哲人其萎乎？」英姿爽氣歸圖畫，茂〔二〕德元勳在鼎彛。范忠宣作富公挽詞亦云：「英氣不隨鐘漏盡，高名長與日星垂。」幕府少年今白髮，傷心無路送靈輀。評曰：語意甚悲。謂有憾，非也。○幕府少年，事見入瓜步望揚州注。○陸士衡詩：「舍爵兩楹位，啓殯進靈輀。」王莽造華蓋車，百官竊言：「此似輀車，非仙物也。」褚彦回傳：「先是，庶姓三公輀車未有定格。王儉議官品第一皆加幢〔三〕絡，自彦回始。」王禹玉作公挽詩亦云：「淮南別乘人空老，猶憶當時醉吐茵。」

【校記】

〔一〕「曾」，宋本作「常」，叢刊本作「嘗」。

〔二〕「茂」，宋本作「舊」。

〔三〕「幢」，原作「轒」，據宮内廳本、南史褚彦回傳改。

故相吳正憲公挽詞〔一〕

丙魏雖遭漢道昌，豈如公出值虞唐？秀鍾舊國山川氣，榮附中天日月光。更化事功參虎變，公名充，參政育之弟，建安人，蓋閩産也。或言「秀鍾舊國」之語，意若譏吳深中。〇吳變法時大用，故云「參虎變」。介父於吳最厚。介父罷，吳始相，陰欲有所變更，稍進介甫所斥逐之人韓維、吕公著等。介父此語，似言其初未嘗不同也。〇易革卦：「大人虎變，未占有孚。」取更革之義。贊元時序得金穰。金穰，見天官書。又貨殖傳：「故歲在金穰，水毁、木饑、火旱。旱則資舟，水則資車，物之理也。」〇袁子正書：「歲在申酉，乞漿得酒。」申酉屬金，亦謂金穰。傷心鼓吹城南陌，回首新阡柏一行。評曰：乃極不滿耳。

【校記】

〔一〕宋本、叢刊本題作「正憲吳公挽辭」，龍舒本卷七十八題作「故吳相公挽辭」。

庚寅增注第四十九卷

神宗皇帝挽詞其二　湖海想遺衣　白樂天聞國哀詩：「涕淚滿襟君莫怪，甘泉侍從獨多時。」

太皇太后挽詞二首　慈聖光獻皇后薨，上悲慕甚。有姜識者，自言神術，可使死者復生。上命以其術置壇於外苑。凡數旬，無効，乃曰：「臣見太皇太后方與仁宗宴，臨白玉欄干賞牡丹，無意復來人間也。」上知誕妄，亦不深罪，止斥於柳州。蔡承禧進挽詞曰：「天上玉欄花已拆，人間方士術何施？」蓋謂是也。據此，蔡不應引妖妄之詞爲證也。

吳正肅公挽詞其二　方穿有不行　徐鍇說文「楇」字注：「桉，古者車行，其軸當滑也，易故嘗載脂膏以塗軸。楇，即其器也。」齊人，謂淳于髡爲炙楇，以其言長而有味，如炙楇，器雖久而膏不盡也。

其三　側目忌　息夫躬傳：「衆畏其口，見之仄目。」師古注：「仄，古側字也。」

晏元獻公挽詞其一　疑丞　文王世子篇：「虞、夏、商、周有師保，有疑丞，設四輔及三公，不必備，唯其人。」　填門　鄭當時傳：「翟公爲廷尉，賓客填門。」又原涉傳：「人無賢不肖闐門。」

其二　密勿　杜詩：「經緯常密勿。」

其三　奇遇　宋庠謝紀年通譜獎諭詔云：「但寶訓之獲傳，實孤生之奇遇。」云云。

韓忠獻挽詞其一

心期自與衆人殊　韓魏公慶曆中以資政殿學士知揚州。荆公初及第，爲校書郎、簽書判官廳公事，議論多與魏公不合。洎嘉祐末，魏公爲相，荆公知制誥，因論蕭注降官詞頭，遂上疏争舍人院職分，其言頗侵執政。又爲糾察刑獄，駮開封府斷争鵪鶉公事，而魏公以開封爲直。自是往還文字甚多。及荆公秉政，又與常平議不合。然而荆公每評近代宰相，即曰：「韓公德量才智，心期高遠，諸公皆莫及也。」及魏公薨，爲挽詞曰：「心期自與衆人殊，骨相知非淺丈夫。」又曰：「幕府少年今白髮，傷心無路送靈輀。」

骨相知非淺丈夫　國史本傳稱公風骨秀異，美鬚髯。子忠彦常使遼，遼主以忠彦貌類琦，命工圖之。石介云：「琦有奇骨，可屬大事，重厚如勃。」〇西漢書：「誠淺之爲丈夫也。」

山無盜　京房傳：「委任趙高，政治日亂，盜賊滿山。」

其二

木稼曾聞達官怕　五行志：「成公十六年，雨木冰。劉向以爲：『冰者，陰之盛而水滯者也。木者，少陽，貴臣卿大夫之象也。此人將有害，則陰氣脅木先寒，故得雨而冰也。是時，叔孫僑如出奔，公子偃誅死。』」又曰：「今之長老名水冰爲木介。介者甲。甲，兵象也。是歲，晉有鄢陵之戰，楚王傷木而敗。」〇東軒筆録云：「熙寧三年，京輔猛風大雪，草木皆稼，厚者冰及數寸。既而華山震，阜頭谷圮拆數十百丈，蕩摇十餘里，覆壓甚衆。」〇唐天寶初，冰稼，而寧王死，故當時諺曰：「冬凌樹介達官怕。」又詩有「太山其頹，哲人其萎」之說，衆謂大臣當之。未數年，而司徒、侍中、魏國韓公琦薨。王荆公作挽詞，略曰：「冰介嘗聞達官怕，山頹今見哲人萎。」公薨於神宗即位之二年，年六十八。前一夕大星殞，櫪馬皆驚。

故相吴正憲公挽詞

新阡柏一行　謝靈運詩：「徂謝易永久，松柏森已行。」或謂公表中嘗云：「況遠迹久孤之地，寔邇言易間之時。」所謂「邇言」，專可指吴也。

王荆文公詩卷第五十

律詩

孫威敏公挽詞

沔，字元規。○越州人，後寓許下。治平三年，自慶徙延，道卒於鄜州。

功名一世事，興廢豈人謀。評曰：起得慨歎。○言士之立功名，休戚關於天下，非一身之計。其興廢成敗，非人力所能爲也。嘉祐間，參政王堯臣死，帝欲召公而未果。樞密使田况病，帝又屬意公，言者遂力攻公守杭及并所爲多不法，卒由此謫。重爲蒼生起，終隨逝水流。孔子在川上曰：「逝者如斯夫，不捨晝夜。」○沔三知慶州，邊人服其能。後又安撫廣南，助狄青平儂寇。英宗初，數與執政議守邊者，難其人。歐陽公言：「慶曆罷兵以來，當時更事舊人，惟孫沔在。雖中以罪廢，然棄瑕使過，正是用人之術。」乃以資政、觀文再起帥西陲，旋卒。凄涼歸部曲，零落掩山丘。鮑昭詩：「將軍既下世，部曲亦罕存。」曹子建詩：「零落歸山丘。」許國言猶在，姦諛可使羞。沔，會稽人。景祐初，爲御史，坐言事連斥。旋擢諫官，益有直名。後爲陝西轉運使，上書斥吕夷簡：「多忌，不用正人。先出鎮許昌，乃薦王隨、陳堯佐代己，專引不若己者爲自固之計，欲使陛下知輔相之位非己不可，冀復思己而見用也。今其求罷，若復不救前過，是張禹不獨生於漢，李林甫復見於今。」帝不之罪，議者以爲蹇切。

崇禧給事馬兄〔一〕挽詞二首

名中甫，廬江人，晚知通進銀臺司，提舉江寧府崇禧觀，銀臺主封駁，後改爲給事中。

慶曆公偕起，元豐我獨傷。馬與公爲同年，卒於元豐三年冬。兩楹終昔夢，檀弓：「夢坐奠於兩楹之間。」五鼎繼前喪。孟子：「孟子之後喪踰前喪……前以三鼎而後以五鼎歟？」士祭三鼎，大夫祭五鼎。薰歇曾攀桂，樂天賀座主拜太常詩：「共仰曾攀處，年深桂尚薰。」○李義山詩：「酒甕凝餘桂，書藏冷舊芸。」甘留所憩棠。評曰：句好。○詩甘棠：「蔽芾甘棠，勿翦勿敗，召伯所憩。」○馬爲登封縣，募民鑿轘轅爲通塗。將漕淮南，言瀕江諸州民有米而無官糴，若移糴瀕江，則穀售不至傷農，而真、揚以北無湧貴之患。徙江淮發運使，自洪澤鑿渠六十里，以避長淮漕運之險。凡此皆惠政也。素風知不墜，能世有諸郎。君之子玗、瑊、琯、瑞、瑧皆未聞顯者。瑊仕差遂。

【校記】

〔一〕龍舒本、宋本、叢刊本「馬兄」上有「同年」二字。

其二

藏室亡三篋，得之公最多。漢張安世傳：「上行幸河東，嘗亡書三篋，詔問，莫能知。惟安世識之，具列其事。」按：馬未嘗爲館閣，然父亮事仁、英朝爲名臣，意中甫必諳知朝章國典，故用安世事以比之。露晞當晚景，川逝作前波。川逝，見孫威敏挽詞注。惠寄輿人誦，輿人誦，用子産事，見左傳襄公二十九年。悲傳挽者歌。酉陽雜俎云：「田横死，從者不敢哭，爲歌以寄哀。」摯虞新禮議：「挽歌出於漢武帝，役人勞苦，歌聲哀切，遂以送終，非古制也。」工部郎中嚴厚本云：「挽歌，其來尚矣。據左傳：『公會吳子伐齊，將戰，公孫夏卿命其徒歌虞殯，示必死也。』」竹西携手處，漬洒〔一〕一作「清淚」。邈山河。「漬洒邈山河」，疑作「漬酒」。謝承書言：「徐穉爲諸公所辟，雖不就，有死喪，負笈赴弔，常於家豫炙雞一隻，以一兩緜絜漬酒中，暴乾以裹雞，徑到所起冢隧外，以水漬緜，使有酒氣。斗米飯，白茅爲藉，以雞置前，醊酒畢，留謁而去，不見喪主。」公此詩意蓋言道遠不能往弔也。○馬嘗一再知揚州，公必嘗與相會，故云「竹西」也。○杜牧詩：「斜陽竹西路，歌吹是揚州。」

【校記】

〔一〕「漬洒」，宋本作「漬淚」，叢刊本作「清淚」。

陳動之祕丞挽詞二首

年高漢賈誼，官過楚荀卿。賈生没時年三十三。荀卿，趙人。仕齊，三爲祭酒。仕楚，爲蘭陵令。卒葬蘭陵，故係之楚。望古君無憾，論今我未平。評曰：甚頓挫抑揚，何也？○比君荀、賈，亦可無憾耳。若眎世之庸庸躐居顯重，以君之才，顧僅止此，則不能不使人不平也。有風吹畫翣，無日照佳城。空復文章在，流傳世上名。

其二

動之，天聖八年王拱辰榜甲科第八名。

人間三十六，追逐孔鸞飛。三十六，謂動之所得之年。以前篇「年高漢賈誼」之句考之，即可見。似欲來爲瑞，評曰：好。○唐書：「人瑞有鄭仁表。」如何去不歸？琴樽已寂寞，筆墨尚光輝。空復平生友，西華豈易依？劉峻見任昉諸子西華兄弟等流離不振，平生舊友，莫有收恤。西華冬月著葛帔練裙，路逢峻，峻泫然矜之，乃廣朱公叔絶交論。到溉見其論，抵几於地，終身恨之。公用此事，必有所指。

贈尚書工部〔一〕侍郎鄭公挽詞

苕溪胡仔云：「鄭兵部仲賢、工部文寶，不知其果一人耶？果二人耶？」趙清父云：「按國史，鄭文寶字仲賢。此當是鄭文寶也。」

地蟠江漢久知靈，左太沖蜀都賦：「近則江漢炳靈，世載其英。」通德門中見老成。鄭康成通德門。南去伏波推將略，北來光祿擅詩名。馬援爲伏波將軍。○小杜寄宣州鄭諫議詩：「五句寧謝顏光祿，百歲須齊衛武公。」嚴武詩：「可似步兵偏愛酒，也知光祿最能詩。」光祿，謂謝莊、顏延年，皆爲光祿。王少卿塵史：「鄭工部文寶將漕陝西，經畫靈武，後謫監郢州京山縣稅。過信陽軍白雪驛，作絕句，久而湮沒，莫有知者。先君皇祐間尉是邑，重書於牌，後亦亡。近郢州刊工部詩，凡三百餘首，亦無之。詩曰：『得罪前朝出粉闈，五原功業有誰知？年餘放逐無人識，白雪關頭一望時。』工部在京山，又有寒食日經秀上人房詩云：『花時懶看花，來訪野僧家。勞師擊新火，勸我雨前茶。』其詩篆書刻石在縣多寶寺中。」據塵史所記，則詩所稱「將略」、「詩名」不虛矣。密章贈繸連三組，劉禹錫爲杜司徒謝追贈表：「紫書忽降於九重，密印加榮於厚夜。」印，即章也。權載之渾瑊墓銘亦曰：「繸印易名，以尊以飾。」又王定神道碑銘云：「密印金貂，繸於墓門。」○王崇術神道碑銘云：「沒代流慶，密章下賁。」○李國貞神道碑銘〔二〕云：「煌煌密章，肅肅絲言。」杜牧上周相公書：「楊僕三組垂腰，蘇秦六印在手。」楊僕傳：「懷銀黃，垂三組。」師古曰：「銀，銀印也；黃，金印也。」時僕爲主爵都尉，又爲樓舡將軍，并封梁侯，故云「三組」。畫翣喪車載一旒。翣者，車飾也。檀弓下曰：「周人廧置翣。」董勛荅問曰：「翣似屏風，人持隨車前後左右也。」檀弓上曰：「銘，明旌也。以死者爲不可別，故以其旗識之。」陰德故應多後福，後漢虞詡上疏薦議郎左雄曰：「今公卿類多拱默，以樹恩爲賢，盡節爲愚，至相戒曰：『白璧不可爲，容容多後福。』」可能生子但升卿。虞詡祖父經曰：「吾決獄六十年矣，雖不及於公，其庶幾乎！子孫何必不爲九卿？」故詡字升卿。

【校記】

〔一〕宋本、叢刊本「工部」上無「尚書」二字。

〔二〕「貞」，宮内廳本作「真」。

致仕虞部曲江譚君挽詞

同時獻賦久無人，李端贈康洽詩：「同時獻賦人皆盡，共壁題詩君獨存。」握手悲歡迹已陳。蘭亭序：「俛仰之間，已爲陳迹。」他日白衣霄漢志，杜詩：「空餘棟梁具，無復霄漢志。」暮年朱紱水雲身。杜牧詩：「水雲蹤跡去悠悠。」虛容劍几今長夜，虛容，君平生之儀也。宋鮑昭蒿里歌：「虛容遺劍佩，美兒戢衣巾。」小隱山林祇舊春。豈惜埋辭追往事，退之王適銘：「鑽石埋辭，以列幽墟。」齒衰才盡獨傷神。才盡，用江淹事。

馬玘大夫挽詞

冠蓋青門道，漢長安有青門，取以爲比。知君自少時。從容他日喜，奄忽暮年悲。江月明丹旐，湖風泠繐帷。音容雖可想，小杜祭周公文：「想像音容，思惟恩紀。」材力竟何施？公有祭玘文，稱其「割劇撥煩，爲時能吏」。

蘇才翁挽詩二首〔一〕

蘇才翁，名舜元。祖易簡，參知政事。父耆，終工部郎中、直史館，娶王文正公之女，生三子，皆有才名，而才翁最長。七歲，能爲歌詩，文正公愛且奇之，奏授同學究出身。時詔復唐進士科，而新令門選者不得與焉。君乞還所有官，應詔，不得報，乃上所著文章。召學士院試，賜進士出身，後浸顯。以弟舜欽謫死湖州，求江吴一郡。平居譚辨，唐數百年間，喜稱魏鄭公諫諍、裴晉公德業、李臨淮將兵、衛公處邊事、劉忠州通流財利、韓退之文章，類此數人而已。其議當世人物，亦以之爲標的。於人少所稱許，至有同班列，偕出入，漫不省記，以是予者益少。然涖官當事，定慮果決。所至制束強黠，敦尚風儀。其爲文不迹故陳，自爲高古。雖所不與者，亦不能掩也。

空餘一丹旐，退之祭嫂文：「水浮陸走，丹旐翩然。」無復兩朱轓〔二〕。寂寞蒜山渡，陂陀京口原。音容歸繪畫，才業付兒孫。尚有故人淚〔三〕，滄江相與翻。韓詩：「慷慨爲悲咤，淚如九河翻。」

【校記】

〔一〕「詩」，宫内廳本作「詞」，叢刊本作「辭」。龍舒本卷七十八蘇才翁挽辭僅一首，同此。

〔二〕「轓」，宫内廳本作「輪」。

〔三〕「淚」，龍舒本作「渡」。

其二

翰墨隨談笑〔一〕，風流在弟兄。浮名同逆旅，壯志負平生。使節何年去？喪車故老迎。悠悠京口外，落日照銘旌。張耒明道雜誌稱才翁之詩與翰墨皆過子美，而世人不盡知也。范公希文嘗爲才翁作黄素小楷伯夷頌，書尾云：「書札亦要切瑳，未是處無惜見教。」時皇祐三年，才翁以度支郎中爲京西轉運使，范公爲青社。才翁又有詩謝范公及路公題跋云：「台文競耀高逾麗，化筆交揮老更閑。」

【校記】

〔一〕「笑」，叢刊本作「嘯」。

王中甫學士挽詞　王介，衢州人，嘉祐六年與二蘇同中制科。

同學金陵最少年，奏書曾用牘三千。盛名非復居人後，齊東昏侯，明帝子。帝嘗戒曰：「作事不可在人後。」賈充謂庾純：「君行嘗居人前，今何以在後？」三千牘，見史記東方朔傳。中甫仁宗時以制策登科，故詩有「牘三千」、「盛名」之句。東坡亦嘗爲作挽詩，遺其子沇之。壯歲如何棄我先？種橘園林無舊業，採蘋洲渚有新篇。種橘，用李衡事。劉長卿送李中丞詩：「罷歸無舊業，老去戀明時。」○據諸公多言介心疾，故公前詩戲以「白蘋洲渚正滄波」之句。今又及蘋洲事，疑猶前意。劉貢父在試院，因争畜字，與介忤。後與歐公書云：「某愚戇孤蹇。前在試院，不幸與小人共事，論議之間，爲所詬辱。既素知其心病狂易，都與包含隱忍，未嘗酬對。」據此，則介之心疾，似有之矣。蒜山東路春風緑，埋没誰知太守阡？

王逢原挽詞

逢原名令，廣陵人，累見前注。公嘗銘其墓。

蒿里竟〔一〕何在？死生從此分。謾傳仙掌籍，神仙傳拾遺：「木公，亦云東王父，亦云東王公，亦號玉皇君。真僚仙官巨億萬計，各有所職，皆禀其命而朝奉翼衞。故男子得道者，名籍隸焉。」○白樂天詩：「但恐長生須有籍，仙臺試爲檢名看。」誰見鬼修文？真誥：「卜商等爲地下修文郎。」蔡琰能傳業，韓詩：「中郎有女能傳業，伯道無兒可保家。」中郎，謂蔡邕，琰，其女也。言逢原無子，僅有女。侯芭爲起墳。揚雄傳：「雄天鳳五年卒，侯芭爲起墳，喪之三年。」傷心北風路，吹淚濕江雲。令葬常州武進縣。

【校記】

〔一〕「竟」，宋本、龍舒本、叢刊本作「競」。

葛興祖挽詞

名良嗣，年四十餘，始以進士出仕州縣。餘十年，窮於無所遇以死。公嘗銘其墓云。

憶隨諸彦附青雲，場屋聲名看出羣。興祖當天聖、嘉祐間，兄弟皆以文有聲赫然。屢試進士，角出其上。孫寶暮年猶主簿，孫寶傳：「御史大夫張忠署寶主簿，徙舍祭竈，請比鄰。忠使所親問：『今兩府高士，俗不爲主簿，子既爲之，徙舍甚説，何前後不相副也？』」興祖卒於許州長社縣簿。卜商今日更修文。見上注。山川凜凜平生氣，草木蕭蕭數尺墳。介甫誌興祖墓，追悼甚切。欲寫此哀終不盡，但令千載少知君。

王子直挽詞

多才自合至公卿，豈料青衫困一生。劉貢父作子直哀詞，亦云：「神峻清而骨單，吾固亦以君爲疑。」然則王之不爲公卿，亦自其骨相屯耳。太史有書能叙〔一〕事，曾子固序：「吾友王氏兄弟，曰回深父，曰向子直，曰冏容季，皆善屬文，長於叙事。深父尤深，而子直、容季皆能稱其兄也。」○司馬遷傳：「自劉向、揚雄博極羣書，皆稱遷有良史才，服其善叙事理，辨而不華，質而不俚。」子雲於世不徼名。揚雄傳：「不汲汲於富貴，不戚戚於貧賤，不脩廉隅以徼名當世。」丘墳慘淡箕山緑，門巷蕭條潁水清。握手笑言如昨日，白頭東望一傷情。

【校記】

〔一〕「叙」，宋本作「序」。

孫適〔一〕挽詞

曾南豐嘗爲適書墓，見本集。

喪車上新壟，哀挽轉空山。名與碑長在，魂隨帛蹔還。檀弓：「重，主道也。」注：「始死，未作主，以重主其神也。」今人始死，結帛爲之，謂之魂帛，亦主道也。無兒漫黄卷，有母亦朱顔。俛仰平生事，相看一夢間。

【校記】

〔一〕宋本、叢刊本題作「孫君挽辭」，題下注：「名適。」

處士葛君挽詞

楚人黄歇地，據春申君所都乃故吴國，即無錫惠山上有春申君廟，疑此地近之。或言黄州十五里許有永安城，圖經以爲春申君故城，非也。晉代葛洪家。晉書：「葛洪，丹陽句容人。」〔一〕丹陽與無錫接近。據此，則黄州圖經之誤甚明。獨〔二〕一作「特」。擅山川秀，相承黻冕華。據洪祖系，吴大鴻臚。父偉，晉邵陵太守。洪位散騎常侍，領大著作。猗君有清尚，於世不雄〔三〕誇。令子能傳業，流光未可涯。

【校記】

〔一〕「丹陽」，原作「淮揚」，據宫内廳本及晉書改。

〔二〕「獨」，宋本、叢刊本作「特」。

〔三〕「雄」，宋本、叢刊本作「雍」。

追傷河中使君修撰陸公三首〔一〕

公名經，字子履。

文采機雲後，知名實妙年。銀鉤工壯麗，金薤富清妍〔二〕。韓詩：「臨風一揮手，金薤垂琳琅。」謂文彩也，非字畫之謂。批鳳多新貴，中書謂之鳳池，未見「批」字出處。李藩爲給事中，制有不便，就勅尾批「却之」。給事屬門下省，不應言「批鳳」也。據齊高帝使江夏王學鳳尾一字便工，帝以玉騏驎賜之。蓋諸侯牒奏皆批曰「諾」。諾字有尾若鳳焉。凭熊數外遷。漢制：公、列侯安車，倚鹿較，伏熊軾。又杜牧詩：「曾經觸蠆尾，猶得凭熊軒。」空令猗氏監，九域志：「河中府猗氏，以猗頓所居，因爲猗氏。」遺愛有良田。

【校記】

〔一〕宋本、叢刊本題首無「追傷」二字，「陸公」下有「挽辭」二字。

〔二〕「妍」，龍舒本、宋本、叢刊本作「研」。

其二

皖城初得故人詩，歎息龍媒跼壯時。言得詩未久，陸已亡。儲光羲詩：「君門峻且深，跼足空夷猶。」太史滯留終不偶，中郎制作遂無施。太史公留滯周南，不得與從事。中郎制作，謂蔡邕也。邕爲漢史，以被誅，竟不就。二千石禄今何有？四十車書昔謾〔一〕知。劉夢得詩：「謾讀圖書四十車，年年爲郡老天涯。」又：「醉酒一千日，貯書三十車。」又：張華徙居，載書三十車。海曲冷雲埋拱木，僖公三十二年：「爾何知？中壽，爾墓之木拱矣。」注云：「合手曰拱，言其過老，不可用。」延州空掛暮年悲。李白詩：「獨掛延陵劍，千秋在古墳。」又：「悲來欲脱劍，掛向何枝好？」

【校記】

〔一〕「謾」，宋本、叢刊本作「漫」。

其　三

前旌一幅粉書銘〔一〕，行路知君亦涕零。遂失詞人空甫里，謾留悲鶴老華亭。甫里，謂龜蒙也。華亭，士衡也。皆陸氏事。主張壽禄無三甲，管輅言：「吾額上無生骨，眼中無守精，鼻無樑柱，脚無天根，背無三甲，腹無三壬，皆不壽之驗。」樂天哭皇甫七詩：「多才非福禄，薄命是聰明。」亦此意。收拾文章有六丁。退之詩：「平生千萬篇，金薤垂琳琅。仙官勑六丁，雷電下取將。」異人記：「上元中，道士王遠知善易，知人死生禍福，作易摠十五卷。一日，雷雨，風霧中一老人叱曰：『所泄者何在？上帝命吾攝六丁雷電追取。』遠知惶懼據地。旁有六丁人青衣，已捧書去矣。」〇詩話云：「嘉祐初，王文公、陸子履同在書林。日者王生一日見兩公，言介甫自此十五年出將入相，顧子履曰：『陸學士無背，仕宦齟齬多難，且壽不滿六十，官不至侍從。』皆如其言。子履死，家人夢云：『帝命同宋次道修官制，凡吾平生所著職官書，可盡焚之。』未幾，朝廷果修官制焉。」歸處僊龕應不遠，新墳東見海山青。白公詩：「近有人從海上回，海山深處見樓臺。中有仙龕虛一室，多傳此待樂天來。」

【校記】

〔一〕「銘」，宋本、叢刊本作「名」。

悼慧休

休公遂不起，難料復難忘。古詩：「易知復難忘。」玉骨隨薪盡，空留一分香。觀音經：「一分奉多寶佛塔。」

永壽縣太君周氏挽詞二首 鄧忠臣母。〔一〕

永壽開新〔二〕邑，長沙返舊塋。金葩冷鈿軸，粉字暗銘旌。薤久露難濕，蘭餘風尚清。慶鍾知有在，令子合升卿。升卿，謂虞翊，見上注。

【校記】

〔一〕龍舒本無題注。

〔二〕「新」，龍舒本作「封」。

其二

子引金閨籍，身開石窌封。選詩：「繆通金閨籍。」成二年：「辟司徒之妻，齊侯與之石窌。」靈輀悲吉路，象服儼虛容。詩君子偕老云：「象服是宜。」箋云：「象服，謂褕翟、闕翟也。」楚挽雖多相，萊衣不更縫。萊衣，老萊子戲彩之服。誰知逝川底，劒自喜相從〔一〕。退之集挽歌云：「鳳飛終不返，劒化會相從。」

【校記】

〔一〕「從」，宋本、叢刊本作「逢」。

淵師示寂〔一〕

公自題云：「殊勝淵師八十餘，因見訪，問之近來如何。答曰：『隨緣而已。』至示寂，作是詩。」

寄託荒山鬼與鄰，杜牧之詩：「竄逐空山〔二〕與死期。」〇參同契：「委時去害，依託丘山。循游寥廓，與鬼爲鄰。化形而仙，淪寂無聲。」一生黃卷不離身。黃卷，謂經卷。

百年薪盡隨緣去，薪盡，屢見上注。莫學緇郎更悞人。唐書崔胤傳：「胤父慎，由晚無子，遇浮圖，以術求，乃生胤，字緇郎。及爲相，其季父澹咄曰：『吾父兄刻苦以持門户，終爲緇郎壞之。」

【校記】

〔一〕宋本、叢刊本題作「殊勝淵師八十餘因見訪問之近來如何答曰隨緣而已至示寂作此詩」。

〔二〕「空山」，全唐詩杜牧見宋拾遺題名處感而成詩作「窮荒」。

吊王先生致〔一〕

處士生涯水一瓢，行年七十更〔二〕蕭條。老妻稻下收〔三〕遺秉，詩小雅大田：「彼有遺秉，此有滯穗。」注：「秉，把也。」稚〔四〕子松間拾墮樵。雖〔五〕有聲名高後世，且〔六〕無饘粥永今朝。窮魂散漫知何處？甬水東西不可招。史記：「越遷吴王夫差於甬東。」賈逵注：「甬東，越東鄙，甬江東也。」韋昭曰：「勾章縣東夾口外洲也。」據此，則王君必越州人。○劉得仁弔人詩：「君苦爲詩身到此，冰魂雪魄已難招。」

【校記】

〔一〕宋本、叢刊本題作「悼王致處士」。

〔二〕「更」，龍舒本作「尚」。

〔三〕「收」，宋本、叢刊本作「分」。

〔四〕「稚」，宋本、叢刊本作「弱」。

〔五〕「雖」，宋本、叢刊本作「豈」。

〔六〕「且」，宋本、叢刊本作「遂」。

哭慈照大師〔一〕

投老惟公最故人，相尋長恨隔城闉。公時已僦宅城中居。百年俯仰隨薪盡，畫手空傳浄戒身。傳燈録漳州報勛勞玄應定……云：「今年六十六，世事有延促無……有爲新不足出谷與歸源一時。」〔二〕

【校記】

〔一〕宋本、宮内廳本、叢刊本無此首。又，「慈照」，本書目録、臺北本目録作「慈昭」。

〔二〕此注「……」處有脱漏。

哭張唐公

堂一作「棠」。邑山林久寂寥，屬車前日駐雞翹。冥冥獨鳳隨雲霧，一作「知何處」。南陌空聞引葬簫。前漢周勃常以吹簫給葬事。韋應物五弦行：「獨鳳寥寥有時隱，碧霄來下聽還近。」

宋中道挽詞

宋綬〔一〕參政之子。宋長子敏求，字次道；次敏修，字中道。敏求終龍圖閣學士；敏修乃不得一館職。敏求疾革，遺奏乞官敏修之孫而不與其子，時論高之。

文史傳家學，聲名動帝除。蘭臺空作賦，金匱不讎書。勝事悲疇昔，清談想緒餘。吹簫索上去，歸國有魂車。索上，謂索水也，距汴四十里，即古索河。

【校記】

〔一〕「宋綬」，原作「宋緩」，據宫内廳本、宋史宋綬傳改。

葛郎中挽詞二首

葛源字宗聖，處州麗水人。終〔一〕度支郎中、湖北路提刑。介甫書宗聖墓〔二〕有云：「中貴人擊驛吏取所給過家，以言府，府不敢劾。公曰：『中貴人何憚？爲吾民而有陵之者，吾亦恥之。』上書論其事，中貴人坐絀。此公之爲縣於雍丘也。屬吏嘗有隙於公同進者，因譏之，公察其旨，不聽，以爲舉首。此公之爲州於南劍也。」又銘曰：「士窾以養交兮，弛官之不忌。維公之所至兮，樂職嗜〔三〕事。彼能顯聞兮，公則不晰。不銘示後兮，孰勸爲瘁？」

卷卷繐帷輕，空堂晝哭聲。檀弓：「穆伯之喪，敬姜晝哭；文伯之喪，晝夜哭。孔子曰：『知禮矣。』」衣冠餘〔四〕故物，杯案〔五〕若平生。白馬有悲送，後漢范式與張元伯爲友。及張死，巨卿素車白馬，往送其葬。赤車非古行。太常朝陵，赤車千乘。此漢制，非古也。疑後世士夫葬，亦或用赤車。低佪九原日，光景在銘旌。「古行」，疑是「吉行」。賈捐之傳：「吉行日五十里。」

【校記】

〔一〕「終」，原作「役」，據宮内廳本改。

〔二〕「書宗聖墓」，即宋本、叢刊本所載度支郎中葛公墓誌銘。

〔三〕「嗜」，原作「者」，據宋本、叢刊本度支郎中葛公墓誌銘及宮内廳本改。又，下銘文末脱「瘁」字，亦據宋本、叢刊本補。

〔四〕「餘」，宋本、叢刊本作「遺」。

〔五〕「案」，原作「按」，據宋本、叢刊本改。

其二

蠻荆長往地，湖海獨歸時。旅櫬蛟龍護，銘旌鴈鶩隨。此生要有盡，何物告無期。一片幽堂石，公知我不欺。

庚寅增注第五十卷

孫威敏公挽詞

凄涼歸部曲　杜詩：「部曲異平生。」○晉齊王攸薨，驃騎當罷營，兵士數千人戀攸恩德，不肯去。　姦諛可使羞　又温成之喪，詔樞密副使孫沔讀哀册。沔奏：「章穆皇后喪，比葬，行事皆兩制讀册。今温成追册反詔二府大臣行事，不可。」於是執册立上前，且曰：「以臣孫沔讀册則可，以樞密副使讀册則不可。」置册而退。宰相陳執中取而讀之。

虞部譚君挽詞

劒几今長夜　「怨脩夜之不暘。」注：「脩，長也。」宋之問弔人詩：「劒机傳好事，池臺傷故人。」

蘇才翁挽詩其二

喪車故老迎　韓持國挽公詩云：「勳業經營内，賢豪許與中。遠圖宜將相，高論自兒童。」云云。

處士葛君挽詞

楚人黄歇地　史記：「太史公曰：『吾適楚，觀春申君故城，宫室盛也哉。』」下無注。索隱述贊曰：「邑開吴土，爲無錫。」無疑也。

追傷河中使君修撰陸公其二

踠壯時　陸機辨亡論：「及虜踠跡待戮。」　太史滯留終不偶　子履得罪謫是慶曆四年，詳見三十五卷。又筆録：「陸經，慶曆中爲館職。一日，飲於相國寺僧祕演房，語笑方洽，有一人箕踞於旁，睥睨經曰：『禍作矣，僅在頃刻，能復飲乎？』陸大怒，欲捕之，爲祕演勸勉而止。薄暮，飲罷上馬，而追牒已俟於門。陸惶懼而不知所爲，復見箕踞者行且笑曰：『無苦，終復故物。』既而陸得罪，斥廢累年。嘉祐初，乃復館職。」

其三

遂失詞人空甫里　陸龜蒙居松江甫里，人號甫里先生，多所撰述，雖幽憂疾病，貲無十日計，不少輟也。文成，竄藁篋中，或歷年不省，爲好事者盜去。

悼慧休　復難忘　古詩玉臺新詠：「相逢狹路開，易知復難忘。」

永壽縣太君周氏挽詞其一　蘭餘風尚清　楚詞：「光風轉蕙，泛崇蘭兮。」薤露，見上注。

其二　吉路　「遵吉路兮凶歸。」　楚挽　謝都督挽歌：「楚挽繞廬山，胡笳臨武庫。」

附録

重刊王荆公詩箋注序

王荆公詩五十卷，鴈湖先生李壁季章箋注。予十年前，購得華山馬氏所藏元刻本。間取通行臨川集勘之，篇目既多寡不同，題字亦增損互異。乃歎是書之善，不獨援據該洽，可號王氏功臣也。史稱季章嗜學如飢渴，羣經百氏，搜抉靡遺。今鴈湖集既不存，其他著録亦盡逸，惟是書見稱藝林，而流布絶少。因重鋟之，以廣其傳。俾嗜古者得窺先生之藴涵，識臨川之意匠，而并可正俗本之紕繆。殆如景星鳳凰，争先睹之爲快已。乾隆辛酉上巳後五日武原張宗松題於清綺齋。

影印大德本張元濟跋

王荆文公詩，李鴈湖箋注。先六世祖嘗得華山馬氏元刊五十卷本，於乾隆辛酉之歲，覆刻行世。

中經洪楊之亂，板久散佚，書亦不易得矣。余幼嗜此書，訪求十餘年，既官京師，始得之。是書自元大德刊行後，未有别槧。四庫著録，亦吾家刻本。日本有翻雕者，然中土流傳絶少。先人有言：「是書之善，不獨援據該洽，可號王氏功臣。」又引鄉賢姚叔祥語，謂藏書於家，但知秘惜爲藏，不知傳布爲藏。余悚然以是爲懼。顧原書第三十卷、第五十卷失去兩末葉，亟思蒐補，以償先人未竟之願，再謀剞劂。偶檢宜都楊惺吾參贊日本訪書志，有朝鮮活字本，完善無缺，且附年譜，亟遺書往索。既得楊君慨焉録寄，欣感交集，即思付印。會有歐美之行，事遂中止。嗣江安傅沅叔同年，自京師來訪，謂道出蘇州，見有元刊本，爲季滄葦故物，已爲余購留。展之，則第三十卷第五十卷兩末葉均存，而年譜且有撰人名氏。沅叔勸以此本影印，謂留存須溪評點，雖違先志，然不失昔人面目，亦祖庭遺訓也。余以失去他卷十餘葉，仍非足本，未遽決。友人日本長尾雨山先生謂彼國宫内省圖書寮有是書，可以摹寫，且引爲己任。不數月，以寫真版來，所缺之十餘葉，僅欠其一，復就江南圖書館所儲殘本補之。考鴈湖初作此注，有魏鶴山序。先人嘗以搜求未得爲憾，後從長塘鮑氏鈔録補刊晚印之本，多有載此序者，而吾六世祖已不及見矣。烏程劉翰怡京卿，嘗得殘宋本，其魏序固存。余請於翰怡，許我假印，冠諸簡端，亦以繼先人之志也。惺吾初從朝鮮本録示劉將孫、毋逢辰兩序，文中稱荆公爲文正，亦稍有不可句讀者，余始猶疑之。迨余本撤裝攝影時，年譜前夾綫中，忽露殘紙兩段，因悟是必劉毋兩序之餘，其足以致疑者，或朝鮮手民之誤歟。因並存之。夫以一書之微，閲數百年，將就湮没，乃有人起而緜續之，而又故留其缺憾，待百數十年後，仍假其子孫之手，使其先代所引爲缺憾者，而一一彌之，其書欲亡而卒不亡，是豈得謂造物之無意耶！抑亦血脈相承，雖更歷數世，苟精神有所訢合，而古昔之人，與生存者，固隱隱有相通之道也。歲在壬戌，距乾隆辛酉爲百有八十年，影印既竣，謹識其緣起如右，海鹽張元濟。

《中國古典文學叢書》已出書目

詩經今注	高亨注
楚辭今注	湯炳正、李大明、李誠、熊良智注
司馬相如集校注	[漢]司馬相如著　金國永校注
揚雄集校注	[漢]揚雄著　張震澤校注
張衡詩文集校注	[漢]張衡著　張震澤校注
阮籍集	[魏]阮籍著　李志鈞等校點
陸機集校箋	[晉]陸機著　楊明校箋
陶淵明集校箋(修訂本)	[晉]陶潛著　龔斌校箋
世説新語箋疏(修訂本)	[南朝宋]劉義慶撰　余嘉錫箋疏　周祖謨等整理
世説新語校釋(增訂本)	[南朝宋]劉義慶撰　[南朝梁]劉孝標注　龔斌校釋
鮑參軍集注	[南朝宋]鮑照著　錢仲聯增補集説校
謝宣城集校注	[南朝齊]謝朓著　曹融南校注集説
江文通集校注	[南朝梁]江淹著　丁福林、楊勝朋校注
文心雕龍義證	[南朝梁]劉勰著　詹鍈義證
詩品集注(增訂本)	[梁]鍾嶸著　曹旭集注
文選	[梁]蕭統編　[唐]李善注
蕭繹集校注	[南朝梁]蕭繹著　陳志平、熊清元校注

玉臺新咏彙校　吴冠文、談蓓芳、章培恒彙校
王梵志詩校注(增訂本)　[唐]王梵志著　項楚校注
盧照鄰集箋注　[唐]盧照鄰著　祝尚書箋注
駱臨海集箋注　[唐]駱賓王著　[清]陳熙晉箋注
王子安集注　[唐]王勃著　[清]蔣清翊注
陳子昂集(修訂本)　[唐]陳子昂撰　徐鵬校點
孟浩然詩集箋注(增訂本)　[唐]孟浩然著　佟培基箋注
王右丞集箋注　[唐]王維著　[清]趙殿成箋注
李白集校注　[唐]李白著　瞿蜕園、朱金城校注
高適集校注(修訂本)　[唐]高適著　孫欽善校注
杜詩趙次公先後解輯校　[唐]杜甫著　[宋]趙次公注　林繼中輯校
新定杜工部草堂詩箋斠證　[唐]杜甫著　[宋]魯訔編　[宋]蔡夢弼會箋　曾祥波新定斠證
杜詩鏡銓　[唐]杜甫著　[清]楊倫箋注
錢注杜詩　[唐]杜甫著　[清]錢謙益箋注
杜甫集校注　[唐]杜甫著　謝思煒校注
岑參集校注　[唐]岑參著　陳鐵民、侯忠義校注
戴叔倫詩集校注　[唐]戴叔倫著　蔣寅校注
韋應物集校注(增訂本)　[唐]韋應物著　陶敏、王友勝校注
權德輿詩文集　[唐]權德輿撰　郭廣偉校點
王建詩集校注　[唐]王建著　尹占華校注
韓昌黎詩繫年集釋　[唐]韓愈著　錢仲聯集釋
韓昌黎文集校注　[唐]韓愈著　馬其昶校注　馬茂元整理
劉禹錫集箋證　[唐]劉禹錫著　瞿蜕園箋證
白居易集箋校　[唐]白居易著　朱金城箋校
柳宗元詩箋釋　[唐]柳宗元著　王國安箋釋

柳河東集	[唐]柳宗元著　[宋]廖瑩中輯注
元稹集校注	[唐]元稹著　周相録校注
長江集新校	[唐]賈島著　李嘉言新校
張祜詩集校注	[唐]張祜著　尹占華校注
三家評注李長吉歌詩	[唐]李賀著　[清]王琦等評注 蔣凡校點
樊川文集	[唐]杜牧著　陳允吉校點
樊川詩集注	[唐]杜牧著　[清]馮集梧注
温飛卿詩集箋注	[唐]温庭筠著　[清]曾益等箋注
玉谿生詩集箋注	[唐]李商隱著　[清]馮浩箋注 蔣凡校點
樊南文集	[唐]李商隱著　[清]馮浩詳注 錢振倫、錢振常箋注
皮子文藪	[唐]皮日休著　蕭滌非、鄭慶篤整理
鄭谷詩集箋注	[唐]鄭谷著 嚴壽澂、黄明、趙昌平箋注
韋莊集箋注	[五代]韋莊著　聶安福箋注
李璟李煜詞校注	[南唐]李璟、李煜著　詹安泰校注
張先集編年校注	[宋]張先著　吴熊和、沈松勤校注
二晏詞箋注	[宋]晏殊、晏幾道著　張草紉箋注
乐章集校箋	[宋]柳永著　陶然、姚逸超校箋
梅堯臣集編年校注	[宋]梅堯臣著　朱東潤編年校注
歐陽修詩文集校箋	[宋]歐陽修著　洪本健校箋
歐陽修詞校注	[宋]歐陽修著　胡可先、徐邁校注
蘇舜欽集	[宋]蘇舜欽著　沈文倬校點
嘉祐集箋注	[宋]蘇洵著　曾棗莊、金成禮箋注
王荆文公詩箋注(修訂版)	[宋]王安石著　[宋]李壁箋注 高克勤點校

王令集　　［宋］王令著　沈文倬校點
蘇軾詩集合注　　［宋］蘇軾著　［清］馮應榴注　黄任軻、朱懷春校點
東坡樂府箋　　［宋］蘇軾著　［清］朱孝臧編年　龍榆生校箋
東坡詞傅幹注校證　　［宋］蘇軾著　［宋］傅幹注　劉尚榮校證
欒城集　　［宋］蘇轍著　曾棗莊、馬德富校點
山谷詩集注　　［宋］黄庭堅著　［宋］任淵、史容、史季温注　黄寶華點校
山谷詩注續補　　［宋］黄庭堅著　陳永正、何澤棠注
山谷詞校注　　［宋］黄庭堅著　馬興榮、祝振玉校注
淮海集箋注　　［宋］秦觀撰　徐培均箋注
淮海居士長短句箋注　　［宋］秦觀著　徐培均箋注
清真集箋注　　［宋］周邦彦著　羅忼烈箋注
石門文字禪校注　　［宋］釋惠洪撰　周裕鍇校注
石林詞箋注　　［宋］葉夢得著　蔣哲倫箋注
樵歌校注　　［宋］朱敦儒著　鄧子勉校注
李清照集箋注（修訂本）　　［宋］李清照著　徐培均箋注
吕本中詩集箋注　　［宋］吕本中著　祝尚書箋注
陳與義集校箋　　［宋］陳與義著　白敦仁校箋
蘆川詞箋注　　［宋］張元幹著　曹濟平箋注
劍南詩稿校注　　［宋］陸游著　錢仲聯校注
放翁詞編年箋注（增訂本）　　［宋］陸游著　夏承燾、吴熊和箋注　陶然訂補
范石湖集　　［宋］范成大撰　富壽蓀標校
于湖居士文集　　［宋］張孝祥著　徐鵬校點
稼軒詞編年箋注（定本）　　［宋］辛棄疾撰　鄧廣銘箋注

辛棄疾詞校箋	[宋]辛棄疾著　吴企明校箋
姜白石詞編年箋校	[宋]姜夔著　夏承燾箋校
後村詞箋注	[宋]劉克莊著　錢仲聯箋注
瀛奎律髓彙評	[元]方回選評　李慶甲集評校點
雁門集	[元]薩都拉著 殷孟倫、朱廣祁校點
揭傒斯全集	[元]揭傒斯著　李夢生標校
高青丘集	[明]高啓著　[清]金檀注 徐澄宇、沈北宗校點
唐寅集	[明]唐寅著　周道振、張月尊輯校
文徵明集(增訂本)	[明]文徵明著　周道振輯校
震川先生集	[明]歸有光著　周本淳校點
海浮山堂詞稿	[明]馮惟敏著 凌景埏、謝伯陽標校
滄溟先生集	[明]李攀龍著　包敬第標校
梁辰魚集	[明]梁辰魚著　吴書蔭編集校點
沈璟集	[明]沈璟著　徐朔方輯校
湯顯祖詩文集	[明]湯顯祖著　徐朔方箋校
湯顯祖戲曲集	[明]湯顯祖著　錢南揚校點
白蘇齋類集	[明]袁宗道著　錢伯城校點
袁宏道集箋校	[明]袁宏道著　錢伯城箋校
珂雪齋集	[明]袁中道著　錢伯城點校
隱秀軒集	[明]鍾惺著　李先耕、崔重慶標校
譚元春集	[明]譚元春著　陳杏珍標校
張岱詩文集(增訂本)	[明]張岱著　夏咸淳輯校
陳子龍詩集	[明]陳子龍著 施蟄存、馬祖熙標校

夏完淳集箋校(修訂本)	[明]夏完淳著　白堅箋校
牧齋初學集	[清]錢謙益著　[清]錢曾箋注 錢仲聯標校
牧齋有學集	[清]錢謙益著　[清]錢曾箋注 錢仲聯標校
牧齋雜著	[清]錢謙益著　[清]錢曾箋注 錢仲聯標校
牧齋初學集詩注彙校	[清]錢謙益著　[清]錢曾箋注 卿朝暉輯校
李玉戲曲集	[清]李玉著 陳古虞、陳多、馬聖貴點校
吴梅村全集	[清]吴偉業著　李學穎集評標校
歸莊集	[清]歸莊著
顧亭林詩集彙注	[清]顧炎武著　王蘧常輯注 吴丕績標校
安雅堂全集	[清]宋琬著　馬祖熙標校
吴嘉紀詩箋校	[清]吴嘉紀著　楊積慶箋校
陳維崧集	[清]陳維崧著　陳振鵬標點 李學穎校補
屈大均詩詞編年校箋	[清]屈大均著　陳永正等校箋
秋笳集	[清]吴兆騫撰　麻守中校點
漁洋精華録集釋	[清]王士禛著 李毓芙、牟通、李茂肅整理
聊齋志異會校會注會評本	[清]蒲松齡著　張友鶴輯校
敬業堂詩集	[清]查慎行著　周劭標點
納蘭詞箋注	[清]納蘭性德著　張草紉箋注
方苞集	[清]方苞著　劉季高校點

樊榭山房集　　[清]厲鶚著　[清]董兆熊注　陳九思標校
劉大櫆集　　[清]劉大櫆著　吴孟復標點
儒林外史彙校彙評　　[清]吴敬梓著　李漢秋輯校
小倉山房詩文集　　[清]袁枚著　周本淳標校
忠雅堂集校箋　　[清]蔣士銓著　邵海清校　李夢生箋
甌北集　　[清]趙翼著　李學穎、曹光甫校點
惜抱軒詩文集　　[清]姚鼐著　劉季高標校
兩當軒集　　[清]黄景仁著　李國章校點
惲敬集　　[清]惲敬著　萬陸、謝珊珊、林振岳標校　林振岳集評
茗柯文編　　[清]張惠言著　黄立新校點
瓶水齋詩集　　[清]舒位著　曹光甫點校
龔自珍全集　　[清]龔自珍著　王佩諍校點
龔自珍詩集編年校注　　[清]龔自珍著　劉逸生、周錫韓校注
水雲樓詩詞箋注　　[清]蔣春霖著　劉勇剛箋注
人境廬詩草箋注　　[清]黄遵憲著　錢仲聯箋注
嶺雲海日樓詩鈔　　[清]丘逢甲著　丘鑄昌標點

篇 目 索 引

一　畫

二　畫

三　畫

四　畫

五　畫

六　畫

六畫

七　畫

八　畫

九　畫

十　畫

十一畫

十一畫

十二畫

十三畫

十四畫

十五畫

十六畫

十九畫

廿　畫

廿一畫

廿二畫

廿四畫

廿六畫

廿九畫